IMPLACABLES VENDANGES

Dans la même collection, Chemins Nocturnes

Du même auteur
Les Croix de paille

Fred Vargas
Ceux qui vont mourir te saluent
Debout les morts
(Prix Mystère de la Critique 1996
Prix du Polar de la ville du Mans 1995)
L'Homme aux cercles bleus
(Prix du festival de Saint-Nazaire 1992)
Un peu plus loin sur la droite
Sans feu ni lieu
L'Homme à l'envers
(Grand Prix du Roman noir Cognac 2000)

Dominique Sylvain
Baka !
Sœurs de sang
Travestis
Techno Bobo
Vox

Maud Tabachnik
Un été pourri
La Mort quelque part
Le Festin de l'araignée
Gémeaux
L'Étoile du Temple
Fin de parcours

Estelle Monbrun
Meurtre chez tante Léonie
Meurtre à Petite-Plaisance

Jean-Pierre Maurel
Malaver s'en mêle
Malaver à l'hôtel

Liliane Korb / Laurence Lefèvre
Sang dessus dessous

Laurence Démonio
Une sorte d'ange

Éric Valz
Cargo – les aventures de Koré

PHILIPPE BOUIN

IMPLACABLES VENDANGES

VIVIANE HAMY

Conception graphique, Pierre Dusser

ISBN 2-87858-130-X
ISSN 1251-6961

Pour Serge, Aurore et leurs enfants.
En souvenir d'hier, en prévision de demain.

PREMIÈRES GOUTTES

Dans un hameau du sud-est de Villefranche-sur-Saône, près de Jarnioux, rien ne distingue la typique maison beaujolaise des Rampon.

Comme ses voisines étalées dans les vignobles, ses tuiles romaines luisent sous le beau soleil de juillet ; son avant-toit particulier aux demeures des Pierres dorées protège avec grâce l'escalier en bois de ses rayons ; le caveau – paradis des soiffards – regorge de vin aux senteurs de muguet, à l'arrière-goût de banane ; le logis, situé à l'étage, sent bon la cire d'abeille ; les meubles en chêne disputent aux casseroles en cuivre la palme de l'objet le plus rutilant ; rien ne la différencie, ne la démarque, et pourtant...

Un homme, dans une chambre, serre les dents, la sueur au front, la peur au ventre, le pantalon baissé, allongé sur un lit...

Bien que l'âge ait eu raison de sa résistance physique, il n'a rien d'une poule mouillée, avec ses muscles durcis aux travaux de la vigne, son cou de bœuf prêt à charger, son visage buriné, tanné au grand air. Sa carcasse a du répondant, mais ses lèvres épaisses s'assèchent, sa lourde mâchoire se crispe, ses yeux toujours bleus s'écarquillent d'angoisse devant son bourreau. « Elle » est là, debout près de lui sans rien dire, fascinée par l'aiguille en acier qu'elle va lui enfoncer dans la chair. Il se retient pour ne pas trembler…

Dieu sait si la jeune femme en a vu des fesses dans sa vie, de quoi écrire une savoureuse anthologie du derrière sous toutes ses formes. Elle a exploré le sujet de long en large : les ronds, les plats, les oblongs ; ses doigts délicats ont frotté des postérieurs charnus, flasques, ridés, ou encore – référence faite aux fruits – pommetés à la peau dure, biscornus au grain de poire, veloutés comme des pêches.

Mais dans le cas présent, elle en a découvert une nouvelle variété, qu'elle a classée aussitôt dans la famille des potirons boutonneux, un immense fessier qui a roulé ses bosses pendant quelque soixante-quinze ans sur tous les coteaux du Beaujolais. Sa voix douce, non dénuée d'autorité, prévient le propriétaire de cette anatomie légumière :

– Détendez-vous… Voilà ! C'est fait !

L'autre hurle :

– Aïe ! Vous y allez pas de main morte, ma sœur.

– Espèce de grand douillet ! À votre âge, monsieur Rampon, chougner pour une petite piqûre de rien du tout, pis qu'un gone, vous n'avez pas honte ?

– J'ai peur de rien, ma sœur, j'ai fait la guerre, mais je déteste me faire trouer le cul…

Outrée, Mme Rampon, Eugénie de son prénom, fragile septuagénaire de petite taille, aux traits de poupée en porcelaine, s'insurge, rappelle à l'ordre :

– Ça va pas, Gaston ? Surveille ton langage, tu t'adresses à une religieuse, espèce de malappris !

– Non, mais écoutez-la, cette catolle, lancer des fions derrière ses casseroles ! Tu crois pas que sœur Blandine en a entendu d'autres ?

– C'est pas une raison, grand malhonnête.

Gaston Rampon remonte son immense caleçon, une antiquaille de slip-kangourou comme on n'ose plus en fabriquer, acheté en lot par correspondance à la « Manu » sous

Pompidou. On dira ce qu'on voudra, mais la qualité fait du profit :

– Arrête de gongonner, vieille bugne ! Occupe-toi de tes cardons, tu vas les faire brûler.

– Si t'es pas heureux, viens te les faire cuire, pauvre moelle.

– T'en profites parce que j'ai le dos détrencané, sinon t'en dirais pas la moitié.

Du coin de l'œil, qu'elle a d'un vert lumineux, sœur Blandine les observe en riant dans son for intérieur. Certes, son hilarité impie n'est peut-être pas conforme aux usages des Saint-Vincent-de-Paul, mais elle se moque des lois et des textes : une fois pour toutes, elle est entrée dans les ordres pour servir Jésus, pas un code de procédure pénale, elle a déjà donné dans le passé, mais ça, c'est une autre histoire. Toujours attentive aux propos des Rampon, la religieuse jette la seringue dans une grosse poubelle, se lave les mains dans l'évier, se regarde par réflexe dans le miroir placé au-dessus du robinet. Il lui renvoie l'image d'un visage allongé aux traits fins, avec de longs sourcils noirs, un petit nez bien droit, une longue bouche sur des dents de louve, le tout terminé par un menton en pointe. Si la glace était plus grande, elle pourrait contempler une femme dans sa trentaine, de haute taille, bien dans sa peau, enveloppée dans le simple uniforme de l'ordre des Sœurs de la Charité. Ah ! cette blouse grise ! Ce voile ! Que ne lui a-t-on reproché de vouloir les porter ; personne n'a compris, dans son entourage, pourquoi elle prenait cette décision, elle, une fille aussi… aussi… Parce que sœur Blandine est belle, les hommes, autrefois, n'ont cessé de le lui répéter, elle a vécu, comme on dit, avant de s'engager… Mais elle se fiche de son physique, on n'est jamais trop jolie pour répondre à l'appel du Christ.

– T'es plus guère qu'un horrible ronchon, cassé de partout, mon pauvre Gaston. Il est temps que t'ailles mieux, je te supporte plus.

– T'inquiète, dès que je serai requinqué, tu me verras pas beaucoup à la maison, vieille sandrouille, j'irai taper le carton chez Fernand.

– Et vider des canons au-delà de la soif ! Je connais le programme.

D'un coup de poing sur la table, la religieuse rétablit l'ordre :

– Vous n'avez pas bientôt fini, les Rampon ? Mais est-ce que vous vous entendez ?

– Nous, non, mais Dieu, certainement, hasarde Eugénie.

– Lui, j'en sais rien, moi, j'en ai plein les oreilles... Enfin monsieur Rampon, c'est à chaque fois le même refrain, dès que vous reluquez cette sacrée aiguille, vous me chantez *Lakmé*, en solo, avec chœurs, avec orchestre, toute la partition y passe, un opéra à vous tout seul... Un grand gaillard comme vous, ça vous fait pas un tant soit peu rougir ?

– Je vous demande pardon, ma sœur, j'ai jamais bien pu y sentir, ces machins-là. Pourtant, j'ai fait la guerre, les coups, j'y suis abonné, mais les piqûres !... Brrr ! En l'an 2000, la veille du 14 Juillet, je pensais que ça existerait plus. Quand j'y songe : on se cause de Chiroubles à Pékin dans des portables pas plus gros que mon orteil, on envoie des Spoutniks sur Mars photographier des trous qui servent à rien – que j'ai les mêmes dans mon jardin –, on clone des moutons et bientôt des andouilles, et on n'est toujours pas fichu de vous guérir d'une sciatique autrement qu'à coups d'aiguillon dans le pétard ! Affligeant... Les médecins sont des bourricots.

– C'est une opinion. Quoi qu'il en soit, en attendant l'injection de puces dans l'anus, on en reste aux bons vieux anti-inflammatoires. Fête nationale ou pas, demain à onze heures, préparez-moi vos fesses.

Sa trousse d'infirmière en main, sœur Blandine s'apprête à partir, déjà elle pousse la porte, Rampon l'arrête alors que son pied s'engage sur le seuil :

– Ben, ma sœur, on va pas se quitter comme ça... Vous avez pas goûté mon petit dernier du Domaine des Cailles, un vrai poème.

– Aussi lyrique qu'en 98 ?

– Mieux, encore plus de corps, le Petit Jésus à la messe, vous allez voir.

– Bon ! D'accord, un petit en vitesse, pour la route. On n'en dira rien à la mère supérieure.

Mais, déjà, Eugénie a anticipé, elle a sorti trois verres, le tire-bouchon, quelques grattons, et la fameuse bouteille que son mari ouvre avec religion. Il verse le divin breuvage, surpris lui-même que ce soit lui qui l'ait fait :

– Quelle robe ! Quelle couleur ! Un rubis... Un magnifique rubis...

– Quel parfum ! Quel bouquet ! surenchérit la religieuse.

– L'est bon, conclut sobrement Mme Rampon... Un poil jeunot.

– T'y connais rien, ma pauvre, il est trop frais, tu l'as encore mis dans la cuisine, il a chopé le rhume par ta faute.

– Oh ! Ça suffit, vous deux... Il est parfait, on le boit, amen.

Les nez replongent dans les verres au coup de semonce de la sœur.

Un ange passe, la bouteille aussi... Il faut bien procéder avec le sérieux qui s'impose à son analyse organoleptique, prétexte savant pour s'en reverser une rasade.

– Je ne suis pas mécontent du résultat, déclare Rampon, il m'a donné du mal. Allez, une de plus que les Lyonnais n'auront pas.

– Merci bien, vous le savez peut-être pas, mais je suis lyonnaise.

– Vous, ma sœur, une personne si bien ?

– Laissez-le parler, ma sœur, il est franc fou : bien sûr, qu'il le sait, c'est pour vous faire marcher.

Coincée entre deux vilains tableaux de chasse brodés sur canevas, une franc-comtoise massive sonne soudain le signal du départ de la religieuse ; son *bong* la fait sursauter :

– Onze heures et demie, déjà ! Bon, ben c'est pas que je m'ennuie, mais il y a d'autres fesses qui m'attendent, sans oublier un lavement baryté qui va bien. Merci, au revoir et à demain, je file.

À la hâte, elle enfourne un ultime gratton pour se tapisser l'estomac, imitée de son bougon de patient qui, la bouche pleine, la suit dans la cour, en se traînant jusqu'à sa 4 L, le dos plus courbé qu'un arc. Hors de question de mettre le moteur en marche, elle connaît les usages, elle ne peut s'en aller sans un dernier mot, et quoi de plus intéressant pour un vigneron que de lui parler du temps ?

– Chouette soleil. Faites attention à votre sciatique, n'allez pas rogner vos vignes aujourd'hui.

– Pas de danger, ma sœur, je pourrais même pas grimper la petite côte du Chemin vert. Mes gars vont s'en charger sans moi.

Un sourire appuie sa déclaration de bonne intention… Aussitôt suivie d'une grimace, d'une hideuse crispation du visage.

– Ça ne va pas ? s'inquiète-t-elle.

Mais le vieux Rampon ne répond pas, obnubilé par le passage d'un tracteur… Sûr qu'en tendant l'oreille, elle entendrait ses dents grincer… Il fixe l'engin, ouvre ses lèvres grasses pour murmurer :

– Un Rutebœuf… Patrick Rutebœuf… Sale engeance, qu'il aille crever dans sa vigne, lui et les siens.

Puis, n'y tenant plus, il explose :

– Passe ailleurs, charogne ! Vous puez, les Rutebœuf ! Va polluer ailleurs !

Sur le moment, l'autre n'entend pas, ou fait semblant de ne pas entendre Rampon, dont le ton monte en puissance :

– Tous des ordures, les Ruteboeuf !

Mais arrivé au coin de la propriété, prêt à amorcer un virage pour disparaître dans les rues du village, le conducteur lève un majeur en l'air sans se retourner.

– Sans couilles, les Ruteboeuf ! Viens ici, viens me le dire là !

– Non, mais des fois, monsieur Rampon, c'est quoi, ces manières ?

À l'étonnement de la sœur vient s'ajouter l'irritation de l'épouse :

– Enfin, Gaston ! Ça suffit, tes gros mots, devant une bonne sœur, parler de... Comment dire ? De...

– De couilles, madame Rampon, je sais ce que c'est, je suis infirmière, j'en vois à longueur d'année. Les mots ne me font pas peur, je suis une bonne sœur de ce siècle, pas une nonnette de Port-Royal... En revanche, la colère, la violence : autre paire de moufles ! Ça signifie quoi, ce coup de sang ?

– Un Ruteboeuf, répète Gaston, incapable de détacher son regard du chemin où a disparu le tracteur.

– Soit ! Un Ruteboeuf ! Mais encore ?

Eugénie enveloppe alors tendrement son mari dans ses bras, elle le berce comme un enfant, l'embrasse sur ses grosses joues rouges :

– Calme-toi, il est parti... Rentre à la maison, viens t'allonger.

Sœur Blandine assiste à la scène, ébaubie :

– Ça va aller, vous voulez un coup de main ?

– Non, ma sœur, merci, j'ai l'habitude, depuis le temps...

– Ah ? Parce que c'est pas récent ? Dès qu'il voit un Ruteboeuf, pouf ! c'est parti, il bave, il agonise, il distribue des baffes.

– Ce sont des vieilles histoires, ma sœur, des histoires de famille, de Résistance… Il y a des plaies qui ne cicatrisent jamais… Mais enfin, la vie continue… Bonne journée.

Sur ce, pour éviter d'en révéler davantage, ou pour ne pas vexer son interlocutrice par un silence blessant, Eugénie entraîne son mari vers la maison.

La bouche de sœur Blandine s'allonge dans une moue déçue :

– Gardez-le pour vous, quoi que vous fassiez, Dieu est au courant… En route…

Au premier tour de la clé de contact, le moteur se met à ronfler :

– Bonne Titine, gentille Titine, elle va gentiment mener Blandine chez les malades, vers les grosses fe-fesses à piquer…

Sa main caresse le tableau de bord de la capricieuse 4 L dont la survie tient à son génie bidouilleur. Elle en connaît chaque pièce, la plus petite durite, le moindre boulon. La passion l'emporte sur son sens inné de la mécanique, elle fond comme un chocolat au soleil dès qu'elle voit une puissante moto, une poussive Levassor, une antique De Dion-Bouton, bref, tout engin à roues avec moteur à explorer.

Et là, justement, devant elle, entre les interminables vagues des plants de vignes, le long des milliards de grains de gamay noir à jus blanc, une Harley-Davidson surgit, magnifique, brillant de tous ses feux.

– Ah ! que ouaf ! Ah, que c'est une Road Glide, soixante-huit chevaux, Twin Cam 1450 cm^3.

Elle s'en tord le cou pour mieux l'admirer, sort d'un geste machinal une demi-cigarette dissimulée au fond de la boîte à gants, l'allume, tire une large bouffée, se met à chanter :

– *Je n'ai besoin de personne / En Harley-Davidson…*

Puis se signe à toute allure pour demander pardon.

Mais de quel péché veut-elle se faire absoudre, en prise directe, par le Créateur ? De tirer sur son mégot, en cachette, comme une collégienne ? De brailler des chansons profanes sur les routes de campagne ?… Il y a belle lurette qu'Il la pratique, qu'Il sait qu'elle recommencera… Que ce soit Dieu ou ses créatures, tout le monde est au courant de ses défauts à répétition, à commencer par mère Adrienne, sa supérieure :

– Sœur Blandine, un peu de tenue ! Oubliez-vous que votre oncle est évêque ? Vous devez, plus que quiconque, montrer l'exemple.

Avoir un oncle évêque, c'est parfois pratique, même si elle n'en abuse pas.

Alors de quoi veut-elle se faire pardonner ?

Ça y est, ça lui vient :

– De ma lâcheté avec les Rampon, mon Dieu ; je n'ai pas osé leur parler de Votre amour pour les hommes, de la paix qu'ils devraient offrir aux Ruteboeuf.

Mais de quoi se mêle-t-elle ? De toute manière, c'est trop tard, les plants de la haine ont été greffés depuis longtemps, ses grains vont donner des morts, trop, même, dans une meurtrière, une implacable vendange.

⁂

Il en a vu, au cours de sa carrière, maître Blanchon, notaire à Villefranche, des cocasses, des étrangeoïdes, des pas banales, des sulfureuses, des tragiques… Il a épuisé le genre, il a recueilli, enregistré, donné lecture de toutes sortes de dernières volontés. C'est fou ce que les humains, lorsqu'ils se transforment en futurs défunts, débordent d'imagination pour emmerder leur monde. Le pire, c'est qu'une fois de l'autre côté du miroir, pas un seul ne peut jouir des effets produits par ses inventions. Jamais ils ne profitent, à la lecture de leur testament, de la crise de nerfs de l'épouse volage, du nez de trois pieds de long du neveu avide, de l'écume aux lèvres des parents écartés du magot.

Et lui, maître Blanchon, le spectacle des règlements de comptes ne l'amuse plus.

Mais ici, le cas sort de l'ordinaire, au point qu'il s'en trouve un tantinet frustré puisque, pour la première fois de sa vie, il ne saura pas lui-même de quoi il s'agit : les volontés d'Edmond Rutebœuf sont strictes ! Il parcourt à nouveau le codicille olographe du disparu, jette un œil plein de curiosité sur la pile d'enveloppes cachetées à la cire, puis pousse un soupir avant d'appeler son premier clerc :

– Vous avez besoin de moi, maître ?

– Oui, Ruffiet. Sont-ils tous arrivés ?

– Le dernier vient d'entrer à l'instant, maître, pile à treize heures.

– Parfait. Amenez-les-moi, Ruffiet.

Le clerc referme la lourde porte en bois, non pas de style comme on aimerait la décrire, quel qu'il soit, Louis XVI, Napoléon ou Louis-Philippe (ce dernier a la cote chez les notaires), mais en bois-bois fonctionnel, ainsi que tout ce que l'on qualifiera de décoration autour d'elle. Le personnel travaille sur des bureaux en fer rachetés pour un franc symbolique dans une vente aux enchères, des rustines de gros scotch masquent les trous des sièges en fausse moleskine, la moquette part en drouille, quelques authentiques reproductions de copies de Daumier couvrent les murs, et ces derniers ont vu pour la dernière fois les poils d'un pinceau sous la IVe République ; bref, on est chez un notaire économe, qualité essentielle pour la clientèle de terroir de cette étude tenue de père en fils depuis 1857, tapissée de dossiers de la cave au grenier.

Aussi maître Blanchon pousse-t-il la mise en scène jusqu'à son habillement, toujours vêtu d'un blazer de confection, d'une cravate de chez Auchan, d'une éternelle chemise blanche qui s'harmonise avec ses cheveux gris sel taillés en brosse. Même les montures de ses lunettes sont d'un modèle standard, il les porte pour pas cher sur son long nez aux ailes creuses, leur transparence va d'ailleurs de pair avec son visage osseux, quasi diaphane.

En conclusion de quoi, dans ce modeste décor, avec un tel costume, on se sent en confiance : l'étude traite des affaires énormes !

– Entrez, je vous en prie, asseyez-vous tous.

Une procession de citoyens autant impressionnés qu'hébétés pénètrent dans le saint des saints. Chacun a fait un effort vestimentaire pour se rendre à la convocation du notaire, les messieurs ont tant bien que mal noué une cravate unie autour de leur cou, les dames ont sorti leur sac à main en similicuir du dimanche. En un mot, comme on dit ici, ils sont tous farauds… Au premier regard, maître Blanchon s'aperçoit qu'un détail physique réunit ces braves gens, une marque de fabrique disgracieuse, plus ou moins prononcée pour certains : leur appendice nasal, bombé en son bout comme le chapeau d'un bolet.

Ils se saluent, prennent place après quelque hésitation, s'observent, attendent en silence… Maître Blanchon ouvre le feu :

– Mesdames, messieurs, bonjour… J'imagine que vous avez été surpris par mon courrier vous priant de vous rendre à mon étude le 13 juillet de l'an 2000, à treize heures précises.

– Oui, maître, l'interrompt le plus âgé, celui auquel les autres ont certainement demandé de parler en leur nom. Ce que l'on souhaite tout de suite savoir, c'est s'il s'agit d'une affaire grave, d'un problème. D'une embierne, quoi ?

– Absolument pas, mon cher monsieur, on ne vous demandera aucun sou.

Les visages se détendent : ça va pas coûter.

– J'ajouterai même que ça risque de vous rapporter quelque chose, mais quoi ? Je l'ignore, je suis même tenu de ne pas le savoir. Ce préambule posé, je vais faire l'appel en vous demandant à chacun d'avoir l'obligeance de me présenter une pièce d'identité... Dernier détail, veuillez me confirmer que sont bien réunis dans cette pièce tous les descendants majeurs et mariés de feu M. Edmond Rutebœuf, enfants et petits-enfants directs.

La question manque de renverser l'assemblée sur la moquette usée. Le plus âgé se reprend le premier, il semble compter les présents :

– Oui, maître, on est tous là.

– Excellent ! Commençons donc par les trois enfants du défunt, par ordre de naissance. Alexis Rutebœuf, né le 22 février 1930.

– C'est moi, maître, répond le plus âgé en tendant sa carte d'identité.

Vérification faite, le notaire poursuit en sacrifiant au même cérémonial :

– Jacques Rutebœuf, né le 2 septembre 1933.

– Oui, voilà...

– Amélie Rutebœuf, née le 22 juin 1938.

– Présente.

– Et toujours mariée à M. Gustave Bonier depuis le 24 avril 1956 ?

– Exactement, maître.

– Nous terminons ainsi l'appel des enfants directs, toujours tous vivants, de M. Rutebœuf, à savoir : Alexis, Jacques et Amélie, majeurs, comme il se doit, et mariés. Au tour des petits-enfants...

Viennent alors les deux fils d'Alexis, Patrick, quarante-quatre ans, Nicolas, quarante ans.

Puis les trois enfants de Jacques, ses deux filles, Camille et Benoîte, respectivement âgées de trente-sept et de trente-quatre ans, suivies de leur frère Jules, trente-deux ans.

Enfin Amélie, épouse Bonier, voit les siens défiler, au nombre de cinq – le Gustave est un rude gaillard : Thierry, quarante et un ans, Benjamin, trente-neuf ans, Anne-

Amélie, trente-huit ans, Jean-Claude, trente-six ans, et Violaine, trente-trois ans.

Au total, treize personnes convoquées un vendredi treize à treize heures... De quoi saisir un fer à cheval ou une patte de lapin, tous les signes du malheur entourent d'emblée cette affaire.

– Bien ! poursuit Blanchon. Feu M. Edmond Rutebœuf ne désirait pas que cette liste s'allonge à ses arrière-petits-enfants, sauf au cas où il n'y aurait plus eu d'autres descendants... Mais vous êtes là, bien en chair, je vais donc procéder à la lecture d'un codicille rédigé par votre père, ou grand-père, lequel, je dois m'empresser de le préciser, nous a été remis par lui il y a juste cinquante ans, le 13 juillet 1950 à treize heures. Nous le gardons précieusement, suivant sa volonté, pour l'ouvrir en votre présence ce jour. Le temps de le décacheter, je vous le lis...

Vingt-six yeux se dilatent de stupeur, treize langues bavent d'impatience, vingt-deux oreilles se tendent pour écouter : il y a des malentendants.

– Je vous informe au préalable que le texte a été rédigé de la main de M. Rutebœuf, de par la loi, nous ne l'avons pas corrigé. Voici :

« Moi, Edmond Rutebœuf, né le 12 mars 1900 à Belleville-sur-Saône, vigneron, fils de Louis Rutebœuf et de Justine Clair, déclare vouloir que ce que j'écris sur cette page soit lu dans cinquante ans, jour pour jour, heure pour heure, à mes enfants vivants et mes petits-enfants s'ils sont mariés. Sinon, à mes arrière-petits-enfants que j'ai pas l'honneur de connaître et à qui je souhaite le bonjour de là où je me trouverai en l'an 2000. J'espère qu'ils sont tous dans le vin, à faire du beaujolais, il y a pas plus beau métier au monde. J'ai écrit cette lettre en priant maître Blanchon de la garder chez lui jusqu'à cette date, c'est une maison sérieuse, ses successeurs feront comme j'ai demandé. Sûr qu'il a un peu tiqué, mais j'ai réglé les frais d'avance, alors vous laissez pas faire si on vous réclame encore des sous. Voilà de quoi il retourne : le notaire qui doit lire cette lettre en ce moment va vous remettre des enveloppes scellées. Il y en a de deux sortes, des bleues et des blanches. Il n'y a que trois bleues, elles sont pour mes enfants, Alexis, Jacques et Amélie s'ils sont encore de ce monde. Si c'est hélas plus le cas, elles doivent revenir au premier de leurs enfants. »

Là-dessus, maître Blanchon regarde les trois désignés :

– Madame, messieurs, votre présence atteste que nous vous comptons toujours au nombre des bienheureux taxés par la République, ces enveloppes bleues vous reviendront de droit.

Sa main saisit le verre d'eau posé devant lui, il en boit une gorgée face à une assemblée de vignerons scandalisés que pareil breuvage soit en vente libre dans leur région, s'éclaircit la voix, reprend :

– « Quant aux blanches, tout le monde, y compris mes petits-enfants, doit en avoir une. J'en ai copié vingt identiques, je pense pas que vous vous soyez plus reproduits, ou alors vous êtes des fichus lapins. Voilà maintenant ce que vous allez en faire : je veux que demain, 14 Juillet, les porteurs des trois enveloppes bleues réunissent toute la famille, enfants, frères et sœurs. Surtout pas les conjointes et les conjoints, ce qui va suivre doit rester secret chez les Rutebœuf. Désolé pour les autres. Vous devrez tous prendre connaissance du contenu de l'enveloppe blanche, ensemble, à ce moment-là, et pas avant. Quand ce sera fait, le porteur de l'enveloppe bleue pourra l'ouvrir et la lire à haute voix aux siens. Mais attention : il ne faut pas que d'autres que des Rutebœuf, ou qui ont pas de sang Rutebœuf, l'entendent. Il vous reste donc encore une journée avant de savoir ce que j'ai bien pu gribouiller. Soyez patients. Pour le notaire qui lit ce message, comme je veux pas qu'il meure franc fou avec ce mystère, je veux bien qu'il sache que j'ai le foie tout pétafiné, et que comme on sait jamais quand va vous tomber dessus la maladie de mort, je prends mes précautions pour transmettre aux miens ce que j'ai à leur confier avant que les microbes me mangent. Il est question d'une histoire que j'ai vécue dans la Résistance, je veux qu'ils la connaissent. Un dernier mot avant d'en finir : méfiez-vous des Rampon, ce sont des méchants, faut jamais hésiter à leur flanquer une bonne trivasse s'ils s'approchent trop près de vous. J'en ai terminé. À vous d'agir. »

Le froissement du papier que maître Blanchon replie ne suffit pas à couvrir les pleurs d'Amélie Bonier :

– C'était bien papa, ça, à toujours laisser place nette derrière lui.

– Un homme de son époque, avec le sens de l'honneur, ajoute son frère Jacques. Et de la famille, bien sûr.

– Un homme droit, s'émeut Alexis, à toujours payer ce qu'il devait... Heu... à ce sujet, maître, c'est bien vrai qu'on vous doit rien ?

– Pas un centime, pas un euro, je vous rassure... Sachez par ailleurs que M. Edmond Rutebœuf a confirmé par deux fois sa volonté de procéder ainsi qu'il vient d'être fait, notamment quelques jours avant sa mort, survenue le 6 août 1958. Passons maintenant à la distribution des enveloppes.

Les trois bleues reviennent ipso facto aux trois enfants du cher disparu, dont les doigts s'impatientent déjà de briser la cire, gardienne du secret.

Puis maître Blanchon en donne treize blanches à tous les présents.

– Et les sept qui restent, maître, vous allez en faire quoi ? l'interroge Alexis.

– Les détruire, cher monsieur, les faire disparaître dans un feu purificateur.

La cérémonie s'achève, on se salue bien bas, on s'embrasse, on se dit à demain, on quitte l'étude notariale.

Voilà une drôle d'affaire bien expédiée, se félicite maître Blanchon, enfin, presque, il reste une dernière formalité à accomplir. Dans ce but, il appelle son premier clerc à l'interphone, lui demande de le rejoindre :

– Ruffiet, s'il vous plaît, occupez-vous de me brûler ces enveloppes.

– Tout de suite, maître, comptez sur moi.

Et Ruffiet les emporte.

⁂

Avec la logique d'un ingénieur de la DDE, on peut définir la différence entre Villefranche-sur-Saône et Trévoux en termes de kilomètres ; soit dix-sept, soit dix-neuf, suivant l'endroit où ses fonctionnaires ont planté leurs panneaux dont les positionnements variables perturbent la précision que d'aucuns aimeraient apporter à leurs descriptions.

Pour un géographe, même débutant, la première commune se situe sur la rive droite de la Saône, en pays beaujolais, la seconde sur la rive gauche où elle s'ouvre sur la Dombes, ses étangs, ses grenouilles, ses canards et la Bresse au bout de la route... Les deux cités ont toutefois pour point commun de dresser leurs clochers au pied du Mont-d'or, petit paradis terrestre où Ampère fit des étincelles, enclave de verdure et de haute gastronomie.

Mais pour un esprit quelque peu foutraque, à tendance poéticochauvine, ce minuscule espace de plaine est une grande porte unique vers des pays de cocagne, aux contrastes sans égaux, liés les uns aux autres par la Saône. En fond de scène, la chaîne des Alpes étend sa majesté ; face à elle, les vignes des monts du Lyonnais et du Beaujolais s'étalent pour s'entrecroiser, au nord, avec celles du Mâconnais.

Là, au centre de ce périmètre de rien, l'homme contemple ces merveilles, ébahi comme un enfant devant un sapin de Noël croulant sous les cadeaux, petit, rêveur. Utrillo, autrefois, ne s'y est pas trompé ; il a eu un coup d'amour pour le château de Saint-Bernard, un coup de cœur pour le fleuve qui caresse ses pierres, un coup de foudre pour les lumières changeantes du ciel d'ici ; il a posé son sac, son chevalet, l'a acheté, a sorti sa palette, ses pinceaux, et il a peint tout ce qu'il voyait...

C'est justement à quelques portées de fusil de Saint-Bernard que les Sœurs de la Charité ont établi leur base, dans une grosse bâtisse en pierre du siècle dernier, revue et corrigée en couvent. Elles y vivent à quinze, en communauté, sous la direction de leur supérieure, mère Adrienne. Elles y prient, mangent, dorment, travaillent. Ces religieuses, dont les amples cornettes – aujourd'hui remplacées par un simple voile – et les chevauchées en Vélosolex ou en Dodoche ont laissé de belles images d'Épinal, sont tournées vers le monde. Sous le nom plus connu des Saint-Vincent-de-Paul, elles dirigent des écoles, des orphelinats, assistent les personnes sous curatelle, gèrent des dispensaires, soignent les malades à domicile.

C'est ainsi que sœur Blandine partage son temps entre ces deux dernières activités en qualité d'infirmière dûment diplômée d'État, lequel n'a pas été très regardant sur sa douceur à prodiguer des soins... Il faut bien avouer qu'elle n'a rien d'une contemplative – ce n'est pas l'ordre qu'elle a choisi –, ce dont les malades s'aperçoivent vite fait : elle les traite avec efficacité, certes, mais sans ménagement... Or la position géographique du couvent l'amène à passer le bassin à pipi aussi bien du côté de la Dombes que du côté Beaujolais, à refaire des pansements sur le versant lyonnais, à piquer des fesses dans les communes du Mont-d'or, bref, à ratisser un vaste territoire où les patients qu'elle visite ont cela en commun qu'ils se souviennent tous de sa main un peu lourde pour enfoncer l'aiguille, et de sa main légère pour lever son verre.

Elle ne s'en cache d'ailleurs pas : elle ne crache pas dessus ! Le vin est le sang du Christ ; elle a décidé qu'ils étaient du même groupe, du même rhésus, elle se le transfuse sans vergogne… Toutefois avec modération.

Autre petit travers : la cigarette. Celui-là a le don d'agacer mère Adrienne, ou plutôt de la mettre en boule :

– Sœur Blandine, combien de fois vous ai-je demandé d'arrêter de fumer ? Et à tout le moins pas dans la Titine ?

– Facilement un bon millier de fois, ma mère.

– Je constate que ça revient à pisser dans un clairon.

– On dit : dans un violon, ma mère.

– Moi, j'ai fait la guerre, ma sœur, j'ai soigné des soldats, pas le Quatuor Amadeus, je me fiche de vos violons… Alors, quand vous arrêterez-vous ? À la Saint-Jean ? À la Saint-Pierre ? À la Saint-Sylvestre ?

D'un mur à l'autre, la tête de sœur Blandine balance. Que répondre ? La mère supérieure la devance, désespérée :

– Je vois, à la saint-glinglin dont on attend désespérément la canonisation. Voilà un bienheureux qui nous ferait bien du profit. En attendant sa béatification, réfléchissez, ma sœur. Sachez que si votre vice m'offusque par rapport aux devoirs de notre ordre, il me bousille davantage l'entendement ! Ça vous plaît tant que ça de sucer le cancer par le filtre ?

– Ma mère, enfin !

– Quoi ? Qu'est-ce que j'ai dit ? Ah ! oui, je comprends, encore un mot détourné par les imbéciles. Quoi qu'il en soit, fumer est nocif pour la santé, on peut se passer de rejoindre le Créateur par la route de la chimio, je sais de quoi je parle, j'en ai trop vu souffrir dans ma carrière…

– Je ferai un effort, ma mère.

– Faites-moi surtout celui d'aérer ce véhicule. Sœur Guillemette est encore venue se plaindre à moi en toussant… Il paraît que vous l'assassinez, la pauvre. Vous savez comment elle est, dès que l'une de nous enfreint la règle d'un millimètre, renaît aussitôt en elle l'espoir de rallumer les bûchers. Ses ragots de concierge m'épuisent... Alors de grâce, tout ce qu'on voudra, mais pas sœur Guillemette : votre oncle est évêque, montrez l'exemple, sœur Blandine... ou soyez discrète.

La vieille mère supérieure joint les deux mains comme pour une prière. Ses yeux, d'un bleu un peu passé, renforcent sa supplique en se levant vers le ciel dans un battement de cils épuisé. Oh ! comme ils en ont vu des misères, ces yeux, des souffrances, des drames, des horreurs sous tous les cieux de la terre. Mais mère Adrienne n'en parle jamais, elle dirige son mètre quatre-vingt-six vers l'avenir, le passé ne semble pas la passionner, il est trop laid, elle va de l'avant, avec son langage direct :

– Message terminé ! J'en ai un autre, professionnel, celui-là. Vous allez bien chez M. Rampon, demain, à onze heures ?

– Oui, ma mère. Compte tenu des fêtes, il sera mon dernier malade de la journée. Tous les autres m'ont donné congé jusqu'au 15.

– Bon, vous pourrez donc le faire attendre un peu, j'ai pris l'appel d'une Mme Adèle Rutebœuf, épouse de M. Alexis Rutebœuf ; elle habite à deux kilomètres de chez M. Rampon, vous passerez la voir juste avant lui, pour une histoire de piqûre. Entendu ?

Sœur Blandine acquiesce, prend le papier que lui tend mère Adrienne, regarde l'adresse... Ses prières n'ont peut-être pas été vaines, les voies de Dieu sont si impénétrables.

⁂

Charbonnier est maire chez lui, et le maire va au charbon.

Une fois par an, le jour de la fête nationale, c'est pour lui le coup de grisou : il préside les défilés, serre des mains aux consistances diverses – des molles, des dures, des moites, des sèches –, boit moult canons dans les vins d'honneur, danse avec ses administrées tout ébaubies, prononce son seul discours de l'année privé de fond électoraliste, court, se remue, s'éclate… Ah ! c'est bon d'être le premier magistrat de sa commune pendant ces vingt-quatre heures, il se sent bien dans sa peau de garant de la République, de ses valeurs fraternelles et festives. Bien entendu, le maire se doit de conclure ce jour d'harmonieuse égalité entre les hommes – le 15, c'est fini, la réalité reprend ses droits – par un splendide feu d'artifice… Ou alors, il a le loisir de le faire pétarader la veille ! Ce qui est le cas sur les bords de la Saône, entre Beaujolais et Dombes, où on le tire le 13 au soir sur les rives de Saint-Georges-de-Reneins, et où on va l'admirer d'en face, sur les chemins de halage de Messimy.

Comme tous les ans, la famille d'Alexis Ruteboeuf a décidé d'aller en prendre plein la vue depuis ce bord-là. Toutefois, y parvenir représente un petit périple ; il faut traverser Villefranche, passer le Pont Rouge à sens prioritaire, que personne ne respecte en cette occasion, remonter jusqu'à Messimy, se perdre dans le dédale des chemins vicinaux, se garer comme on le peut le long des pâtures, marcher pendant des kilomètres dans la nuit noire, et, une fois arrivé, dénicher un coin de la Saône bien dégagé. À la même date, quelque deux mille fanatiques effectuent ce pèlerinage, mais Dieu qu'il mérite le détour ! Ce n'est pas à Lyon que l'on peut voir sauter les grenouilles au milieu des fusées d'eau, ni entendre les canards tenter de cancaner plus fort que l'explosion des gerbes bleues. Or, comme on l'a compris, ce petit bijou pyrotechnique se mérite, les familles progressent dans la pénombre en se reconnaissant à la voix, on arrive tant bien que mal à se distinguer grâce aux phares des voitures. Pour peu qu'il ait plu, on s'enfonce dans la bouillasse, il y a peu d'endroits pour s'asseoir, mais on ne céderait pas sa place humide pour tout l'or du FMI.

– Ça va, Adèle ?

Alexis s'inquiète. Sa femme n'aurait pas dû venir, son arthrose la casse en huit, elle prend des risques, le docteur lui a pourtant défendu de se déplacer. Tête de gadin, elle veut rien entendre ; et puis, c'est peut-être son dernier feu d'artifice, à son âge… Prédiction que personne n'écoute plus depuis quinze ans qu'elle répète à tout propos que c'est son « dernier », son dernier Noël, son dernier anniversaire, son dernier beaujolais nouveau :

– Regarde plutôt où tu mets les pieds, y a des bouses partout.

– On est presque rendus, un peu de courage.

La voix de Patrick, leur fils aîné, résonne derrière eux :

– J'ai amené le pliant, maman, on va te trouver un bon coin pour t'installer.

– S'il y en a encore ! Vois-moi ce cuchon de gens qui se bousculent comme à la vogue, toutes les bonnes places vont être prises.

– Mais non, tu sais bien qu'il y a de quoi s'étaler, et ils commencent à peine à arriver, ça démarre à dix heures trente, on a de l'avance.

Barbara, la jeune épouse de Patrick, lâche ses deux enfants pour saisir le bras disponible de sa belle-mère :

– Allez, Adèle, appuyez-vous sur moi, on ira plus vite.

– Non, mais qu'est-ce qu'elle y fait ? Je suis pas encore impotente !

– Je dis pas le contraire, prenez quand même mon bras.

Du coup, Patrick force son père à lui laisser sa place. La mère bougonne un peu, pour la forme, bien contente, au fond de son cœur, d'être soutenue par ses enfants.

Autour d'eux, des formes sépulcrales s'agitent, des êtres fantomatiques se pressent, la pénombre donne une dimension fantastique aux fidèles de la grand-messe annuelle.

Parfois, une vache invisible meugle dans un champ, mécontente de tout ce tapage, un cri d'enfant jaillit à la découverte d'un ver luisant. On rit, on chante, mais on se conseille de se dépêcher.

Enfin les bords de Saône ! Juste en face, à moins de deux cents mètres, les lumières d'une auberge et les lampions d'un bal prêtent un peu de leur clarté aux spectateurs de Messimy. Patrick Ruteboeuf part sans attendre en reconnaissance dans l'espace le plus convoité, une espèce de pente terreuse qui se noie dans le fleuve. Ses yeux scrutent à toute allure le minuscule espace pour découvrir les deux mètres carrés utiles à sa chaise pliante qu'il plante aussitôt pour en prendre possession. Satisfait, il remonte chercher sa tribu, dont les membres, heureux d'apprendre la bonne nouvelle, s'empressent de le suivre jusqu'au terrain conquis. Suivant son habitude, Adèle rouspète :

– On va pas tous tenir, c'est bien trop petit !

– Oui, mais on va bien voir, temporise son mari.

– Serrés comme des sardines, tu parles d'une joie.

Alexis a pourtant l'habitude de l'entendre ronchonner, mais ce soir, il a du mal à supporter le caractère de sa femme. L'émotion qu'il a connue en début d'après-midi, chez le notaire, continue à mettre ses nerfs en daube. Ça bout, à l'intérieur, il ne pense plus qu'à ces sacrées enveloppes, il échafaude supposition sur conjecture, il se demande bien ce que contient le message de son père. Et pourquoi a-t-il voulu que ses enfants attendent cinquante ans pour en prendre connaissance ? Quel secret vaut un demi-siècle de silence ? Et elle, là, sur son pliant qui continue de geindre… Il n'en peut plus, pas ce soir :

– Écoute, Adèle, tu restes ici avec les enfants, moi, je vais plus loin, en aval, comme ça, on sera pas les uns sur les autres.

– Mais on va se perdre !

– Certes pas, rendez-vous au pied de cet arbre près de la maison.

Il désigne un tas de feuilles avec des branches que la nuit ne lui permet pas de mieux qualifier ; un bouleau, sans doute ?

– Patrick, je te confie ta mère. À tout à l'heure.

Et sans plus discuter, il leur tourne les talons pour aller s'isoler un peu plus loin, quoique parler d'isolement dans cette foule ne soit pas le terme adapté. En fait, il fuit les agaceries d'Adèle, dictées par la douleur qu'elle tente d'oublier en engueulant son monde, ce que pour une fois il ne peut plus endurer.

Quelques pas et ça va tout de suite mieux, plus de remontrances, plus de chougneries, la paix, quoi ! Alexis se sent libéré, c'est tout juste s'il cherche un endroit dégagé pour admirer le feu d'artifice dans de bonnes conditions. Tiens, se dit-il, il n'y a pas trop de monde près de ces hautes herbes, pourquoi aller plus loin ? Son pas ralentit, il juge la qualité de l'emplacement, le trouve convenable, s'y installe, bien planté sur ses pieds. Le temps passe, des jeunes font les diables non loin de lui, chahutent, se jettent de l'eau, s'attrapent, s'embrassent, ils ont vingt ans... Tout à coup, ils poussent un cri de joie : les lumières d'en face se sont éteintes... Ça va commencer... Chuiiii ! Une première fusée s'élève dans le ciel avec un *ho !* sorti de milliers de poumons. On applaudit. Alexis bat des mains comme un gone, émerveillé par l'éclosion des bouquets multicolores, les gerbes de feu qui semblent retomber sur la foule... On prend peur, on s'extasie, on gémit de plaisir... Le vacarme s'amplifie, c'est le tonnerre du Jugement dernier que les canards conspuent en battant des ailes, c'est Austerlitz multiplié par Verdun... La musique accompagne le tableau, elle monte crescendo, c'est le final, le plus beau des bouquets, le plus attendu, le plus applaudi... Et, tout à coup, plus rien... À regret, le public salue le talent des artificiers, on siffle, on manifeste son enthousiasme… Et on s'en va sur-le-champ, parce qu'un immense embouteillage attend tout ce bon peuple ; le jeu consiste à partir dans les premiers pour y échapper… Les phares s'allument, la bande de jeunes quitte son petit coin tranquille en chantant. Un grand benêt s'égosille en battant la mesure pour ses camarades :

– *Il est des nôtres, il a bu son verre comme…* (Sa voix s'étrangle d'un coup, il pile sur place :) Merde ! Mais c'est quoi, ce plan ? Eh, les gars ! venez vite ! Il y a un type allongé dans le chemin !

– Un type ? répond une jeune fille. Il est malade ?

– Discute pas, amène une torche !

Elle n'a pas le temps de la lui donner, une voiture arrive vers eux, tous feux allumés sur le corps de l'inconnu qui gît face contre terre. La bande de copains se penche alors sur lui, des mains le retournent : les yeux de l'homme sont fixes, le sang coule par les trous faits dans sa chemise.

La jeune fille se précipite pour aller vomir dans un fourré.

– Merde ! répète le chanteur, mais on dirait bien qu'on l'a tué !

Premier de la liste, Alexis Ruteboeuf vient d'être assassiné de deux balles tirées dans la région du cœur… Un travail de pro !…

***

Un hareng fumé ne doit pas avoir la peau plus plissée, plus sèche que celle du visage de sœur Guillemette. Sa bouche en cul-de-vieille-poule ne laisse jamais échapper d'accusations directes – elle les réserve pour le dos de ses victimes –, elle les formule sous forme interrogative, le regard bien en dessous des normes de la franchise :

– Vous partez, sœur Blandine ? lui demande-t-elle dans la cour du couvent.

– Oui, ma sœur.
– Penserez-vous à aérer la voiture après usage ?
– Bien entendu.
– Toutes fenêtres ouvertes ?

Un célèbre condiment, spécialité de Dijon, monte au nez de sœur Blandine. L'insidieux questionnement de sœur Guillemette lui chauffe les narines. Les graviers volent sous ses semelles au demi-tour brusque qu'elle effectue pour se figer devant la sournoise :

– Pourquoi insistez-vous tant, ma sœur ? Dégagerais-je une odeur infecte ?
– Heu... Non, pas vous... Les médicaments...
– Les médicaments ? Voyez-vous ça ! À ce que je sache, je ne lave pas le pare-brise à l'éther.
– Je n'affirme rien de tel.
– Pas plus que je ne lustre le tableau de bord à l'Algipan.
– Beuh !
– Excellent ! Puisque nous sommes d'accord, tout va bien... Ça se fête, je crois que je vais me taper un bon cigare en conduisant ; mon oncle en a reçu une caisse de La Havane, c'est Castro qui les lui envoie. Je vous en offre un ?

En réponse, les sons échappés de la bouche de sœur Guillemette révèlent alors un talent d'imitatrice bien caché ; tour de force unique au monde, elle reproduit en même temps l'aspiration caractéristique d'un siphon de bar, le glouglou spasmodique d'un tuyau bouché, et, en point d'orgue à son art plombier, le crachotement asthmatique d'une canalisation mal en point :

– Pfeu ! Gle ! Cht ! Vous... Vous...

Et de peur de s'étouffer, l'artiste part en courant vers le couvent, accompagnée des encouragements de sœur Blandine :

– Le bureau de la mère supérieure est à droite ! Bonne journée, ma sœur !

Le sourire aux lèvres, peu soucieuse des retombées, sœur Blandine met la voiture en marche pour démarrer dans un crissement de pneus :

– Ah ! Mais c'est qu'elle me ferait commettre le péché de colère, celle-là ! On a franchement recruté n'importe quoi dans les années soixante.

D'un geste, elle évacue l'incident pour se soumettre à un rituel quotidien, celui de la caresse du volant. Sa voix encourage :

– Jolie Titine, douce Titine, c'est toi la meilleure, pas de boum intempestif, s'il te plaît. Je viens déjà de me mettre en pétard, inutile que tu en rajoutes, n'abusons pas des indulgences du 14 Juillet.

Les objets inanimés ont-ils une âme ? On en doute. En revanche, il est possible que ceux pourvus d'une mobilité aient des oreilles, puisque la 4 L file dans la campagne sans donner le moindre signe de défaillance, comme si elle répondait au vœu de sa conductrice.

En moins de deux, sœur Blandine dépasse Anse, fonce vers Villefranche à cinquante-huit à l'heure, pied au plancher, en répétant d'encourageants « vroum-vroum » à sa Titine, bifurque bien avant pour tourner vers le pays des Pierres dorées. Elle passe la crête, roule encore cinq minutes avant d'atteindre le village où l'attendent ses malades, cherche la maison des Rutebœuf… et tombe sur un déploiement de la gendarmerie.

– Qu'est-ce que c'est que ce déballage de képis ?

Des uniformes bleus entourent la propriété des Rutebœuf, un gendarme en garde l'entrée, d'autres barrent la rue à des civils agités sortis de véhicules personnalisés aux armes de *Lyon Matin*, du *Figaro* de Lyon, du *Progrès*, du *Dauphiné*.

– Des journalistes ? Mais il se passe quoi, ici ?

Rubiconde, mafflue, un soupçon trop grasse, la figure d'un maréchal des logis se penche à sa vitre :

– Bonjour, ma sœur. On ne peut pas passer, désolé.
– J'ai rendez-vous chez Mme Rutebœuf, Adèle Rutebœuf, pour des piqûres. C'est bien ici ?
– Des piqûres. Ça change tout. Allez vous ranger derrière notre fourgonnette.
D'un signe à ses hommes, le sous-officier ordonne d'aider sœur Blandine à se garer, amabilité dont elle se passerait aisément, mais on ne change pas les mentalités d'un coup de baguette magique : dans un univers de machos, sa double condition de femme et de religieuse la désigne comme la tiers-mondiste du volant, la sous-développée standard du permis de conduire. Un jeune gendarme pousse l'assistance humanitaire jusqu'à lui ouvrir sa portière. Cette prévenance l'agace, qui plus est venant de la part d'un homme à peine moins âgé qu'elle…
– Merci, *mon fils*, lui lance-t-elle en s'éjectant dehors avec souplesse.
Le gendarme, décontenancé, la voit alors effectuer quelques mouvements de gymnastique rapides :
– Belle journée, mon fils, n'est-ce pas ? Enfin, manière de parler, il ne me semble pas qu'elle soit lumineuse pour tous. Quel est le problème ?
– M. Rutebœuf a été assassiné hier soir, on enquête.
– Chez lui ?
– Non, ma sœur, à Messimy, pendant le feu d'artifice, de deux coups de pistolet tirés à bout portant.
– Ben, dites donc, quelle horreur. C'est ce meurtre qui nous vaut ce déploiement de forces ?
– Pas seulement. En raccompagnant leur mère chez elle, ses enfants ont trouvé la maison mise à sac. On ne sait pas ce qu'a pris le voleur, on cherche.
– Mon Dieu ! Elle doit être dans un sale état, la pauvre.
– Vous la connaissez ?
– Non. Je vais la rencontrer pour la première fois. Bonne journée, mon fils.

Sa trousse d'infirmière en main, sœur Blandine quitte le gendarme pour se diriger vers la demeure des Rutebœuf. Agacerie ultime : juste avant de franchir la grille, elle aperçoit un journaliste, qui, faute de mieux, histoire de passer le temps, la mitraille frénétiquement avec son Nikon. Sans se démonter, elle se tourne vers lui, affiche son sourire le plus hideux – une grimace gardée en conserve depuis la maternelle –, maintient la pause de manière ostentatoire, louche, ouvre la bouche comme la niaise-tabana patentée du village, hésite à lui tirer la langue, mais évite de justesse cette extrémité devant la capitulation écœurée du photographe.

En deux enjambées, elle grimpe le traditionnel escalier, frappe... La porte s'ouvre sur un grand lieutenant taillé pour le basket, plus bronzé qu'une star de cinéma, les plis du pantalon aussi réguliers que l'ensemble de son physique... Autrement exprimé : un bellâtre en képi, digne d'une couverture de mode, apparaît dans un garde-à-vous impeccable :

– Lieutenant Koëstler, mes respects, ma sœur. Vous venez voir Mme Adèle Rutebœuf, m'a-t-on informé.

La magie de son affirmation s'évapore avec le talkie-walkie qu'il exhibe :

– Mes hommes m'ont annoncé votre arrivée. Venez, c'est par ici. Mais je juge bon de vous prévenir qu'elle n'est pas bien en point. Le Dr Gromentin est passé tout à l'heure pour lui faire une piqûre de Valium.

– Ah ? Dans ce cas, contre-indication oblige, je crains de devoir différer son injection de cortisone.

– Ça me semble plus sage. Ceci dit, vu son état, il n'est pas inutile que vous lui apportiez un peu de réconfort. Elle va vraiment mal.

– Rien d'étonnant, avec ce drame.

Koëstler ricane :

– Vous êtes déjà au courant ? Les nouvelles vont vite.

– Vos gendarmes m'en ont touché deux mots, c'est tout... Ah ! mais...

À la surprise de l'officier, elle se frappe tout à coup le front, lui tend la main :

– J'oublie de me présenter : sœur Blandine, du couvent de la Sainte-Croix, infirmière.

– La Sainte-Croix ? Je connais bien, vous avez soigné ma femme.

– Vous êtes marié, lieutenant ?

– Marié et père de quatre enfants, deux filles, deux fils, de un à neuf ans.

– Belle famille, vous êtes donc un homme heureux.

Un rictus déforme les lèvres enjôleuses du lieutenant :

– Dans le privé, oui... Mais l'officier de police judiciaire l'est moins...

– Des soucis ?

Davantage pour lui-même que pour son interlocutrice, l'officier poursuit :

– M. Rutebœuf a été tué parmi une foule considérable, mais dans des conditions telles qu'il n'y a pas de témoin. Vous vous rendez compte : des milliers de gens près de lui, et personne n'a vu quoi que ce soit !... Un comble !... Enfin, c'est mon problème, je vous ennuie avec ces détails, pardonnez-moi...

Sœur Blandine dodeline de la tête, elle semble partager l'embarras du lieutenant. D'abord dubitative, puis plus affirmée, elle se lance peu à peu dans une hypothèse que le gendarme ne lui réclamait pas :

– Si je comprends bien, le meurtre a été commis pendant le feu d'artifice... C'est-à-dire dans une semi-obscurité propre à cacher le meurtrier, avec des dizaines de spectateurs autour de lui occupés à lever le nez au ciel pour admirer les gerbes multicolores, et dans un bruit d'enfer idéal pour couvrir les détonations d'une arme à feu. J'admets qu'il vous sera difficile de réunir des indices... S'il y en avait, avec toutes les voitures qui passent dans les chemins de terre, ils ont tous été détruits par des centaines de pneus.

Koëstler la regarde d'un œil amusé :

– Vous êtes sûre d'être religieuse, pas détective privée ?

Ah ! S'il savait…

– Vous avez parfaitement réuni les éléments de la problématique, ma sœur. Vous comprendrez donc que chercher des indices sur le coupable relève de la parabole de l'aiguille dans la botte de foin. En plus des pneus, les pas des milliers de personnes présentes ont achevé de labourer le terrain. Le tout est inexploitable.

– Ça signifie que votre meurtrier est un proche de la victime, lieutenant.

– Hein ? Que dites-vous ?

Sans prêter attention au sursaut de Koëstler, sœur Blandine poursuit sur le ton des gens sûrs de leur jugement :

– Je dis que pour choisir de tuer M. Rutebœuf dans ce coin perdu, que je connais par cœur, l'assassin savait que sa victime allait à Messimy. Je présume que c'était une habitude, chez lui, d'aller voir le feu d'artifice à cet endroit ?

– Il y allait tous les ans, répond Koëstler malgré lui, un peu estomaqué par la conviction de la religieuse.

– Alors vous tenez une piste… C'est un crime prémédité… Celui qui a tué M. Rutebœuf lui en voulait et savait où le trouver. Forcément quelqu'un de proche, de la région, un parent, un ami, un associé, un ennemi…

Un silence suit sa conclusion, elle pense tout à coup au vieux Rampon. Cette idée la met mal à l'aise, elle change de registre :

– En tout cas, bonne chance pour la suite, lieutenant… Voyons plutôt cette pauvre Mme Rutebœuf. Elle se repose dans sa chambre ?

– Affirmatif, ma sœur, suivez-moi, je vous y conduis.

Avec les excuses d'usage, il la précède dans un dédale de pièces surchargées de trophées de chasse. En cela la demeure ressemble à s'y méprendre à celle des Rampon, avec des murs tapissés de canevas, d'objets en cuivre, de vieilles photos souvenir, de tableaux peints par des artistes amateurs. Une franc-comtoise masque pareillement un recoin du salon où elle manifeste sa présence par un tic-tac lancinant. Sœur Blandine s'arrête en la découvrant, imitée par le lieutenant :

– Bel objet, n'est-ce pas ? s'émerveille celui-ci, avec remontoir et mise à l'heure au pendant, milieu XIXe siècle. Je l'ai tout de suite remarquée… J'ai une passion pour tout ce qui touche à l'horlogerie. Vous aussi, ma sœur ?

– Oui, oui… Authentique XIXe…

Mais c'est moins la pendule que les cadres accrochés autour d'elle que sœur Blandine observe… Un brassard de F.F.I. pieusement conservé sous verre, un tract de la Résistance appelant les patriotes à soutenir l'avance des Alliés, une photo floue de maquisards, l'arme au poing, posant dans un vignoble… Il y a là, suspendus, les mêmes objets culte qu'elle a pu contempler chez les Rampon.

– Joli balancier, achève-t-elle. Allez, assez perdu de temps, en route !

À son injonction, le lieutenant la conduit vers une chambre sombre, tous rideaux tirés, à peine éclairée par une faible veilleuse. Là, étendue sur un lit monumental, elle distingue Adèle Rutebœuf plus qu'elle ne la voit :

– Bonjour, madame, je suis sœur Blandine, de la Sainte-Croix, on avait rendez-vous.

Un souffle de voix lui répond, las, épuisé :

– Oui, c'est vrai… Asseyez-vous, ma sœur… Pardonnez-moi de ne pas me lever… Mon arthrose… L'émotion… Le choc…

– Je vous en prie, restez couchée, ne bougez surtout pas…

– Merci, merci bien…

Par réflexe professionnel, la religieuse remonte les oreillers sous la tête de la malade :

– Pas de mouvements brusques, voilà, calez-vous bien… En plus du Valium, le docteur vous a-t-il ordonné une prise de médicaments ?

– Oui, mon fils aîné est parti les chercher à la pharmacie. Un 14 Juillet, il va pas en trouver une d'ouverte facilement.

– Il y en a de garde à Villefranche.

D'un coup d'œil rapide, elle évalue l'état de santé de la malade :

– Madame Ruteboeuf, je ne vais pas vous faire de piqûre pour l'instant ; je préfère téléphoner à M. Gromentin pour savoir ce qu'il recommande. Je reviendrai ce soir, s'il le faut…

Tout en parlant, sœur Blandine lui caresse le front, lui sourit :

– En attendant, accepteriez-vous que je prie pour le repos de l'âme de votre mari ?

– Ça me ferait plaisir, ma sœur, j'aimerais, oui ; il était croyant, moi aussi… Oh ! Je vais pas vous mentir, on n'allait pas tous les dimanches à la messe, mais on a toujours respecté l'Église.

À la suite de quoi, elle récite le catalogue des excuses habituelles, mille fois entendues : il y avait la vigne, les travaux de la ferme, sans pitié pour le repos dominical, le manque de temps… Mais les enfants ont été baptisés, ils ont fait leur communion, les deux fils se sont mariés à l'autel… Rien d'autre qu'un flot de regrets sans matière innovante dans l'acte de contrition des cathos ordinaires.

Les mains jointes, sœur Blandine murmure les prières classiques, pas très originales, mais dont les paroles font chaud dans le cœur de ceux qui ont mal. Et puis il y a sa conviction, elle ne triche pas avec les gens, elle les touche sans artifice, avec naturel… Elle a tellement souffert elle-même…

– Voilà, Adèle… Si vous me permettez de vous appeler ainsi.

– Bien sûr, ma sœur.

– Je demanderai à notre mère supérieure que l'on prie pour votre mari, ce soir, à l'office.

Un sanglot remercie son intention :

– Ah ! ma sœur, c'était un homme si bon, si gentil. Travailleur. Honnête. On devait se réunir en famille autour de lui, ce midi, pour faire griller des saucisses, des bonnes de chez Couteillon, les meilleures du canton.

– N'y pensez plus, Adèle.

– Forcément que si : on va en faire quoi, de toutes ces saucisses ?

– Vous les mettrez au congel.

– Ah, ben oui… On les mangera pour l'enterrement… Ça lui fera plaisir, à mon Alexis, de voir qu'on les a conservées pour une bonne occasion… Celle-là était si exceptionnelle, il tenait plus en place depuis hier.

L'oreille de la religieuse résonne d'une petite musique qu'elle croyait avoir évacuée de sa mémoire, elle a tant fait pour en effacer les notes de son esprit… Cependant, pour cette fois, elle l'autorise à jouer quelques mesures, la haine des Rampon l'indispose, elle veut en avoir le cœur net :

– Vous deviez fêter quelque chose ?

Adèle ne se rend même plus compte de ce qu'elle dit, elle parle pour évacuer l'amertume, elle se confie dans le désespoir :

– Pas vraiment… Hier midi, maître Blanchon, notre notaire, a convoqué Alexis, son frère, sa sœur et tous leurs enfants, des petits qui sont bien grands… Il leur a lu une lettre que leur père leur a écrit il y a cinquante ans… Un codicille, qu'on appelle ça… Ça date pas d'hier…

Le souffle court, étranglée par l'émotion, Adèle raconte l'histoire de bout en bout, sans rien omettre, surtout pas la stupeur des membres de la famille. Une fois son récit achevé, elle termine, en larmes :

– Respect des morts ou pas, les dernières volontés de mon beau-père ne seront pas respectées. On est bien obligés de reporter l'ouverture de ces enveloppes comme il l'a demandé, on a d'autres soucis en tête. Et puis, après tout, moi je m'en fiche, j'ai pas du sang de Rutebœuf, je suis une pièce rapportée, j'avais pas le droit de savoir ce qu'il a écrit. Ils attendront tous… Et puis, des histoires de Résistance, qu'est-ce qu'on en a à battre aujourd'hui ?

– Cette enveloppe bleue, celle de votre mari, vous savez où elle se trouve ?

Les yeux de la veuve s'ouvrent en grand :

– C'est vrai, ça, où il l'a mise, cet âne rouge ? Dans sa veste ? Dans un tiroir de son bureau ? Faudra demander aux gendarmes.

– Je m'en charge, Adèle…

Une dernière caresse sur la joue de la vieille, un ultime sourire :

– Essayez de dormir. Je reviendrai peut-être ce soir. En tout cas, à demain.

À pas feutrés, la religieuse quitte la chambre, referme doucement la porte, pousse un énorme soupir :

– On va savoir ça tout de suite…

Elle retrouve le lieutenant Koëstler dans l'entrée, absorbé par sa paperasse ; c'est à peine s'il lui accorde un regard :

– Tout va bien, ma sœur ?

– Moi oui, mais Mme Rutebœuf a besoin de calme… Vous en avez pour longtemps à fouiller chez elle ?

– Si votre question a pour objet le bruit que mes hommes peuvent faire, je vous rassure : ils ont des doigts de fée, on ne les entend pas, votre malade ne risque pas d'être indisposée par le boucan qu'ils font. Quant au reste, la routine.

J'attends les fils du défunt pour qu'ils me confirment qu'aucun objet ne manque. Pour Patrick Rutebœuf, rien ne semble avoir été dérobé chez ses parents, ce qui me paraît bien étrange. Reste à recueillir la déposition de son frère Nicolas que je n'ai pas encore interrogé. Peut-être verra-t-il qu'un bijou a disparu, un tableau, ou je ne sais quoi d'autre.

– Ou un papier.

– Quoi, un papier ?

– Qui vous dit qu'il s'agit d'un objet ?

Le gendarme se gratte le crâne :

– Rien, c'est vrai.

– Une question, lieutenant : avez-vous trouvé une enveloppe bleue, cachetée à la cire, sur la dépouille de M. Rutebœuf ?

– Une enveloppe ? Non, pas à ma connaissance.

– Et ici ?

– On n'en a pas vu.

Les pupilles de sœur Blandine s'illuminent :

– Alors ne cherchez plus : c'est ça que votre voleur est venu dérober.

N'y tenant plus, l'officier explose :

– Sauf votre respect, ma sœur, vous ne croyez pas pousser le bouchon un peu loin ? Vous appartenez au Vatican ou à la place Beauvau ?

– Si vous le prenez sur ce ton, salut ! Vous avez raison, je vais m'occuper de mes fesses, c'est ma spécialité, j'en ai encore une grosse à piquer.

Koëstler repose ses papiers, irrité :

– Bon ! d'accord. Elle contiendrait quoi, votre enveloppe ?

– Le drame, c'est que personne n'en sait rien...

– Merci du tuyau, grâce à vous l'enquête vient d'avancer d'un grand pas.

– C'est fou ce que vous donnez du plaisir à aider la justice, lieutenant... Oh ! Et puis zut ! Faites comme ça vous arrange, c'est votre boulot, après tout... Je vous donne quand même un dernier conseil : parlez aux frères Rutebœuf de leur convocation chez maître Blanchon, vous verrez bien…

Sans que personne l'en ait priée, la grosse franc-comtoise de collection sonne la demie :

– Décidément, le gang des pendules me poursuit… Débrouillez-vous seul avec votre meurtre, je vous quitte, adieu…

Parole à laquelle elle joint le geste en débaroulant les escaliers. Un petit signe pseudo-amical aux journalistes en marmonnant :

– Bande de charognards…

… Une autre mimique au jeune gendarme obstiné dans sa volonté de lui enseigner comment braquer un volant :

– Quand tu veux, mon fils, je te prends sur un circuit…

… Un œil dans le rétroviseur… Et elle met la Titine en marche… Quand un ordre l'arrête :

– Stop !… Alors, ma sœur, comptez-vous sérieusement prendre la route avec ce véhicule qui, pour le moins, vu son âge, a permis à Noé d'emmener sa cargaison d'animaux sur son arche ?

Le lieutenant Koëstler lui fait face, le bras en avant. Il s'approche de la portière, se penche :

– Sans vous commander, puis-je vous demander de me présenter les papiers de la voiture ?

– Elle s'appelle Titine, lieutenant, ne l'insultez pas en la traitant de voiture, le Seigneur et saint Christophe vous en sauront gré.

– D'accord, ma sœur… Montrez-moi, dans ce cas, l'acte de naissance de Titine, son livret de famille, son carnet de santé, ses rappels antitétanique, antivariolique et tout le toutim. Allez, un bon geste.

Les doigts de sœur Blandine se mettent à pianoter sur le volant, signe annonciateur d'une colère froide :

– Entendu, lieutenant. On va gagner du temps, j'en ai pas ; j'ai un gros postérieur, avec une grosse sciatique qui réclame sa grosse dose de Voltarène, alors dites-moi ce que vous cherchez.

– C'est tout simple : j'ai sur les bras un gros meurtre, avec un gros cadavre, et un gros vilain qui court dans la nature… Et j'ai devant moi une grosse cachottière qui a l'air d'en savoir beaucoup… C'est quoi, cette embrouille d'enveloppe, ma sœur ?

– Je viens de vous le dire, lieutenant.

– Entre deux portes et en filant aussitôt. Vous savez que votre attitude ressemble à un refus de témoigner ?

Contre toute attente, sœur Blandine éclate de rire :

– Article 434.12 du Code pénal, vous interprétez mal les textes, monsieur l'officier de police judiciaire. Révisez votre Code.

Un merlan qui découvre une bouée de sauvetage ne doit pas ouvrir une bouche plus béante que celle du lieutenant :

– Et vous, comment se fait-il que vous le connaissiez par cœur ?

– Je l'ai lu dans *Pèlerin magazine* ou dans *Marie-Claire*, je ne sais plus.

– Vous a-t-on déjà dit que vous étiez énervante, ma sœur ?

– Énervante ? Jamais… Emmerdeuse, souvent.

– Je le confirme ! Mais maintenant que nous en sommes aux confidences, vous plairait-il de me révéler si votre comportement consiste à appliquer une nouvelle méthode apostolique ou s'il s'agit d'une théorie personnelle dans votre art d'emmerder votre prochain ?

– Et vous, lieutenant, vous pouvez me dire si c'est à l'école des officiers de Melun que vous avez appris cet air de vous ficher des gens quand ils vous parlent ?

– Moi ? Me ficher des gens ?

– Oui, avec votre petit sourire goguenard, une suffisance dans le ton, une manière de vous moquer d'eux quand ils vous apportent des éléments nouveaux. Vous ne vous voyez pas, c'est irritant ! Vous devriez porter plus d'intérêt aux gens, c'est le secret de la réussite, dans votre métier.

– Dois-je en croire votre vieille expérience de la criminalité ?

– Et pan ! Vous recommencez... Après tout, savez-vous ce que je faisais avant d'entrer dans les ordres ? Un peu de modestie, lieutenant.

Les remarques de la religieuse font mouche, Koëstler se décrispe :

– Acceptez mes excuses, ma sœur... J'avoue reconnaître vous avoir froissée, je me suis laissé emporter... Pour ma défense, j'ai cette enquête qui débute mal, avec un meurtrier prêt, peut-être, à recommencer.

À son tour, sœur Blandine sent le besoin de faire amende honorable :

– De mon côté, j'aurais pu faire preuve de plus de patience, mais, hélas, je n'en ai pas... Mon confesseur a beaucoup de travail sur ce plan-là avec moi... D'accord, je vais vous résumer ce que m'a confié Mme Rutebœuf... Ce qui ne doit pas vous empêcher d'interroger ses fils.

En quelques mots précis, elle lui livre l'essentiel de ce qu'elle a appris.

– Voilà, vous en savez autant que moi.

– Qu'est-ce que c'est que ce pataquès ? J'ai jamais vu une histoire pareille ! Un demi-siècle de silence, de secret...

– Dont vous ne pouvez exiger de connaître le contenu, lieutenant, il s'agit de l'application du codicille d'un testament, la loi ne vous permet pas d'ouvrir ces enveloppes en dehors du cadre fixé par le défunt.

– Fichu droit français !

– Il n'y a rien de pire, mais on n'a pas trouvé plus juste.

Le lieutenant regarde sa montre :

– Soit ! Je crois que je vous ai assez retardée comme ça, ma sœur, vous pouvez y aller, merci pour votre collaboration.

– Et les papiers de ma Titine ?

– Roulez ! Entre collègues, on va pas se faire des misères.

Aux innocents les mains pleines, il ne croit pas si bien dire…

***

Les plaintes de M. Rampon ne diminuent pas en qualité, toujours renouvelées quand l'aiguille s'approche :

– Des traitements pareils, la Sécu ne devrait pas nous les rembourser : elle devrait nous payer pour nous les faire subir !

Et, en écho, les réponses de sa femme ne perdent pas de leur acrimonie :

– Le jour où il chougnera plus, celui-là, il pleuvra des têtes de capucin.

– Jusqu'à ma mort, je dirai comme bon me semble, que ça te plaise ou pas.

– À t'entendre, on dirait qu'on va bientôt avoir la paix, tu agonises, mon bon.

– On verra bien qui partira le premier.

La main de sœur Blandine s'abat brutalement.

– Ouah ! Mais vous prenez des cours spéciaux, ma sœur ? Ça fait mal !

– J'y peux rien si vous avez une peau de fesses en revêtement de bunker, c'est pas une aiguille qu'il faut pour traverser ce béton, c'est un marteau-piqueur… Voilà, c'est fini, je vais vous aider à vous relever.

Avec force ahans, soufflements, grognements, Gaston Rampon se redresse doucement :

– J'ai mon compte de chandelles, pas besoin de me tirer un feu d'artifice.

Un silence suit sa répartie. Eugénie se risque à le briser :

– C'est pas croyable… Alexis, assassiné, au milieu de cette foule.

– Un Rutebœuf de moins. C'est pas un criminel que la police recherche, c'est un bienfaiteur, reprend Gaston.

– Vous n'avez pas honte, monsieur Rampon ?

– J'aimerais bien, ma sœur, mais non, pas du tout… Je payerai mon propos, allez, je réglerai l'addition à votre patron, s'Il existe.

– Gaston ! Ne blasphème pas ! Même s'Il existe pas, Dieu t'entend !

– Comment veux-tu qu'Il ait des oreilles, s'Il existe pas ?

– Vieux mécréant !

– Bugnasse !

– Suffit, les Rampon !

Une fois de plus, sœur Blandine ramène le calme entre eux. Gaston tortille un bout de sa chemise, il ne sait comment se faire pardonner :

– Après tout, il y a des chances qu'il y ait un être suprême… Vaut mieux s'assurer de son amitié, on va boire un coup à sa santé : Eugénie, ouvre une bouteille, s'il te plaît, celle sans étiquette.

L'indication chatouille le sybarisme de sœur Blandine :

– C'est quoi, cette bouteille ?

– Un petit mélange de crus, pour ma consommation personnelle, un joyau hors normes, une alchimie aboutie après des mois de recherche, goûtez-moi ça…

Ils trinquent, observent, hument, savourent, s'expriment :

– Alors, ma sœur ?

– Sublime ! Ce vin vous rachète de vos nombreux péchés, monsieur Rampon.

– Oui… Là, Gaston, tu t'es surpassé.

Et pour bien lui marquer sa considération, Eugénie lui claque un gros bisou sur la joue… Les Rampon sont ainsi faits.

L'esprit de sœur Blandine l'est autrement, elle ne pense plus qu'à ce qu'a pu faire le vigneron pendant le feu d'artifice de Saint-Georges-de-Reneins :

– Avez-vous enfin passé une bonne nuit, monsieur Rampon ?

– La première depuis longtemps, ma sœur, j'ai pas senti cette foutue sciatique. Un vrai dodo de bébé.

– Sauf à six heures, module sa femme. Il a fallu que je l'aide à se lever pour aller faire pipi.

– Vous pouvez pas y aller seul ?

– Dans la journée, oui, en me tenant aux murs… En revanche, j'ai un mal de chien à me lever, le matin, il faut qu'Eugénie me soutienne, ou je m'étale… Ça va mieux après quelques pas.

Ah ! Que cette nouvelle la rassure : merci, mon Dieu, de faire tant souffrir Gaston Rampon, c'est pourtant vrai qu'il ne peut guère se déplacer… Son impotence le disculpe. Ce point étant vérifié, sœur Blandine passe à la seconde phase de son enquête, elle se dirige vers le mur où sont accrochés des souvenirs de la Résistance. Le fameux brassard F.F.I. trône au milieu de tracts, de fanions, de photos. Parmi elles, celle qu'elle a repérée chez les Ruteboeuf :

– C'est vous, là, au centre ?

– Oui, en mars 44. On leur en faisait voir, aux Boches. Ils nous le rendaient bien, ça les a pas empêchés de perdre la belle.

– Et tous ces garçons autour de vous, ils sont devenus quoi ?

En se traînant de chaise en chaise, Gaston Rampon se rapproche :

– Lui, c'est Marcel Daquin, tué un mois plus tard dans l'attaque d'un convoi… Un brave gars, on l'a vengé comme on devait… Celui-là, on l'appelait P'tit Louis ; il a voulu jouer les prolongations après la guerre, il s'est engagé. On nous l'a ramené d'Indochine dans une boîte à chaussures, c'est tout ce qui restait de lui. Ces trois-là, Vincent, Gustave, Hypolitte, sont décédés dans leur lit, il y a pas longtemps, à quelques mois d'intervalle, comme s'ils pouvaient pas se passer les uns des autres. Ils étaient devenus des commerçants pépères, à Villefranche. Ah ! le grand, ici, c'est Julien Chomard, il vit toujours, d'après ce que j'en sais. Il a travaillé chez moi un temps, un bon ouvrier, fort capable, mais il est parti après son mariage, en 59... J'ignore où il habite... Quant au dernier, debout, derrière, il a aussi disparu, rappelé au Ciel, comme on dit.

Toutefois, il en manque un à l'appel :

– Et celui-ci, monsieur Rampon ? demande sœur Blandine en mettant le doigt sur un visage.

– Ce sale type ? Edmond Rutebœuf.

– Le père d'Alexis ?

– Ouais, mais je préfère pas en parler.

Pour bien montrer sa volonté de se taire sur son compte, Gaston porte son verre à ses lèvres, un homme qui boit un tel nectar ne cause pas. Sœur Blandine finit le sien, à regret, et il faut être raisonnable, elle en refuse un second :

– Qu'allez-vous faire en ce 14 Juillet, ma sœur ? lui demande la frêle Eugénie, curieuse comme un pou.

– Prier comme tous les autres jours, travailler... On ne change rien à nos habitudes. Et vous ?

– On attend notre neveu, Sébastien, pour déjeuner. On n'a pas eu le bonheur d'avoir des enfants, c'est lui toute notre famille.

– Alors je vous laisse, bon appétit.

– Vous aussi, ma sœur.

Fidèle à sa technique du cabri pressé, sœur Blandine dégringole les marches, franchit la cour de la ferme, sort récupérer sa Titine qu'elle a laissée sur la route. Un coup d'œil à droite, un autre à gauche avant de traverser... Une Mégane stationnée à droite, avec un conducteur installé à l'intérieur, visiblement pas pressé de la quitter, une Peugeot mal garée à gauche, avec un homme assis sur le capot où s'étale le logo du *Progrès*.

De taille moyenne, les cheveux grisonnants, une fine bouche rieuse, de longs yeux malicieux, le journaliste la salue d'une révérence digne de l'Ancien Régime. Au volant de la Peugeot, elle reconnaît le photographe rondouillard qui l'a mitraillée devant chez les Ruteboeuf.

– Décidément, ils ne lâchent jamais prise... Attendez un peu, mes gaillards...

Fuir ne fait pas partie de son vocabulaire, elle remet les clés de la Titine dans sa poche, s'avance résolument vers le fouille-purin :

– Décidément, vous êtes pire que des bigorneaux collés à leur rocher ! Vous n'avez pas mieux à faire que me suivre, monsieur le reporter ?

– Mes respects, ma sœur... Gontrand Cheuillade, pour vous servir, mais appelez-moi Gontrand, comme tout le monde.

Un charme grand siècle se dégage de son phrasé servi par une intonation haut perchée, sans accent, d'une neutralité déconcertante. Il s'en sert avec naturel, en seigneur :

– Le 14 Juillet n'est pas ma tasse de thé, ma sœur, question de principe, de tradition familiale. Je tente de l'oublier dans des gamineries d'adolescent boutonneux, et là, entre attacher une boîte de conserve à la queue d'un chien et suivre une religieuse en 4 L, j'ai beaucoup hésité... Or, comme il n'y avait pas de pitbull disponible, et que vous l'étiez... Me voilà.

– Vous voulez quoi ?

– Puis-je au préalable vous demander votre nom ?

– Sœur Blandine, infirmière, pas de quoi vous offrir un cinq colonnes à la une... Quoique j'aie un scoop pour vous. M. Rampon a un épiderme fessier d'une résistance anormale, on y tord les meilleures aiguilles. Un cas, du jamais vu.

Gontrand fait quelques pas :

– Sœur Blandine ?... Blandine... Lyonnaise jusqu'au bout du voile, ma sœur... Quelle sorte de lions apprivoisez-vous à présent ?

– Je ne comprends pas la question.

Le journaliste penche la tête avec un sourire indéfinissable :

– Je vous ai reconnue, sœur Blandine, je sais qui vous êtes... Du moins qui vous étiez, comment dire ? Avant...

S'écoulent alors une poignée de secondes pesantes, la religieuse s'interroge sur la manière de réagir. Puis lui apparaît comme évident que le passé ne compte pas, qu'elle n'a rien à cacher :

– Fort bien. Vous désirez quoi ? Que j'applaudisse vos talents de physionomiste ou que je vous obtienne un reportage sur les waters de notre couvent ?... La matière fécale doit être votre spécialité...

– Quelle horreur ! Ni l'un, ni l'autre, ma sœur... Et je vous rassure sur-le-champ, je n'ai pas l'intention d'écrire un papier sur votre conversion ou reconversion, appelons-la comme on voudra : je fais des enquêtes, pas les poubelles... Et encore moins les chiottes...

– Il ne manquerait plus qu'on me traite de poubelle.

– Quelques plumitifs, soi-disant confrères, vous transformeraient vite en détritus pour vendre leurs torchons... Dame ! Vous, religieuse ! Quel beau papier gras !... Mais ce n'est pas ma conception du journalisme, votre père peut vous le confirmer... Je lui ai souvent été utile, en toute loyauté.

Sœur Blandine accuse le coup :

– Mon père ? Et comment ?

– Dans l'affaire Arba-Sargeno, par exemple, l'un des plus gros dossiers de sa carrière, énorme, volcanique ! Je me souviens qu'il marchait sur des œufs, à l'époque, sa hiérarchie ne se privait pas de lui rappeler qu'il jouait sa tête...

Or, par bonheur, M. le procureur a reçu des documents capitaux envoyés par une main mystérieuse. Grâce à eux, tout a soudain basculé dans le bon sens. En retour, j'ai bénéficié d'une certaine exclusivité quand M. le procureur a inculpé le président Carpentier... Un échange de bons procédés entre gens discrets du meilleur monde... La justice en a retiré tout le bénéfice. N'est-ce pas une histoire morale ?

La révélation ne surprend guère sœur Blandine, elle sait trop bien comment se déroule une instruction judiciaire :

– Je suis heureuse de l'apprendre. Néanmoins, je ne vois pas où vous voulez en venir. À quoi vous sert de me présenter votre certificat de bonne conduite ? Je ne peux rien pour vous.

Le nez de Gontrand hume l'air, le vent parfumé venu du vignoble :

– Le flair, ma sœur, le flair... C'est ce qui différencie le journaliste du pisse-web d'aujourd'hui... Vous avez lu ce qu'on imprime ? Ni psychologie, ni références humaines au menu ; on enquête sur Internet. Et quel remplissage : « Séquence haine : blaireau de BD, le keuf déjante, il erase le black sans faire enter »... Moi, je suis de la vieille école, je pratique le terrain, je cherche, je croise les informations, je parle avec les gens sans l'intermédiaire d'un dix-sept pouces. Et ce que j'ai reniflé ce matin, chez les Rutebœuf, dégage une odeur de grosse affaire... J'ai besoin de vous.

Le corps de sœur Blandine tressaille :

– De moi ? J'ai raccroché le holster, et vous oubliez mon voile.

– Ma sœur, derrière ce voile se dissimule toujours celle qui a brillamment servi la justice, ne dites pas le contraire.

– Je ne sers plus Marianne mais Marie.

– Toutes deux n'aiment pas les criminels. Vous avez prouvé que vous non plus... Et j'ai une information qui peut vous intéresser.

– Dites toujours.

– J'ai quelques amis à l'institut médico-légal et au SRPJ de Lyon... Alexis Ruteboeuf a été tué de deux balles de 9 mm d'un vieux luger, un automatique très utilisé pendant la dernière guerre. Pas banal, non ? Moi, ça me titille, ça joue le *Chant des partisans* dans mes trompes d'Eustache, ça me sifflote le vieil air de la facture à payer, le morceau de bravoure du règlement de comptes.

Et à elle, donc ! Sa petite musique personnelle ne la quitte plus... Il y a même des paroles sur la partition, elles disent que le tueur va recommencer, qu'Alexis est le premier de la liste, qu'elle doit faire quelque chose... Après tout, c'est peut-être la voix de Dieu ?

– D'accord, que voulez-vous savoir ?

– Tout ce que vous avez appris sur ces gens, le moindre détail, il peut être capital... Je vous promets de tout vérifier avant d'écrire une ligne.

– Ça ne me suffit pas, j'exige que vous ne publiiez rien que je n'aie lu au préalable.

– Je le jure sur le raisin de ces vignes, parole d'aristo déchu... Cheuillade est un pseudonyme, une excentricité... Je suis confus de ne pouvoir vous offrir une meilleure garantie, mais je collectionne les défauts : antirépublicain, même pas royaliste, je suis par-dessus tout athée... En revanche, je peux vous présenter un certificat de blasé authentique.

Elle ne l'écoute plus ; déjà, des automatismes reviennent, sœur Blandine prend la conduite des opérations :

– Voilà comment on va agir... Avant de vous dire quoi que ce soit, vous allez d'abord me rechercher l'adresse d'un dénommé Julien Chomard, ancien ouvrier agricole... Vous notez ?

– Avec un « d » à la fin.

– Ou sans, il faut vérifier les deux orthographes. Cet homme doit avoir au moins soixante-quinze ans... Maintenant, on va la jouer en douceur, soyez très discret : vous voyez la Mégane garée derrière moi ?

– Oui, très bien.

– Débrouillez-vous pour prendre une photo du conducteur. Ensuite, cherchez à savoir ce qu'il fait, où il habite, le pedigree complet…

– Je vous reconnais bien là, chère…

– Sœur Blandine ! l'interrompt-elle… Oubliez ma vie antérieure.

– Ce sera dur, mais si vous l'exigez… Et, sans indiscrétion, que comptez-vous faire de toutes ces informations ?

– Retrouver le nom d'un inconnu, peut-être d'un mort.

– Plaît-il ?

Curieuse, l'omission de Gaston Rampon.

Pourquoi a-t-il négligé de lui présenter le dernier maquisard ?

DE LA GOUTTE AU MAGNUM

Les clichés ont pris un vieux coup de sépia, les images ne sont plus ce qu'elles étaient... Mais où sont les policiers d'antan ?

Adieu, les valeurs sûres du musée de la caricature, les classiques immuables servis par des plumes Sergent-major dégoulinantes de poncifs !

Disparues, les grolles des argousins aux semelles épaisses comme des pains de campagne ! Mitées, leurs cravates à trois francs six sous assorties à leurs costumes de confection ! Cassées, les vieilles machines à écrire à ruban sauteur, aux touches éternellement coincées ! Détruits, les locaux vétustes aux murs jaunes-pour-faire-sérieux, où dans les couloirs fleurait bon la transpiration des méchants !... On a même jeté les lampes de bureau, ces bonnes grosses lampes qu'on braquait dans la figure des suspects pour leur faire avouer l'inavouable... Les fluos des plafonniers ne font pas le même effet ; dorénavant les coupables pètent les plombs à la lumière de la psycho.

C'est donc dans un bâtiment fonctionnel, avenue Marius-Berliet, que pénètre Gontrand, un bouquet de fleurs à la main, celui du SRPJ de Lyon. Le foutoir ancestral d'il y a peu a été balayé – pour parler le cadraillon moderne – par un concept ergonomique dont l'objectif est de capitaliser sur le triple besoin du couple image-communication, des servitudes de la cybernétique et de la pérennité comportementale positive des ressources humaines de la justice. En gros, traduit en gaulois, c'est propret, coloré, avec des ordinateurs partout.

Personne, à l'accueil, ne songe à questionner le journaliste ; on le connaît, on se contente de le saluer, on le laisse aller où bon lui semble, endroit précis situé au premier étage, au bout du couloir à droite, dans un bureau spacieux sur la porte duquel est inscrit : « Victoire Amalfi. Commissaire principale ».

– Madame la commissaire, mes respects, lance Gontrand sans se donner la peine de frapper.

– Tiens ! Te revoilà dans les parages.

Un accent importé de Bastia n'arrive pas à gommer l'acidité de son ton. Elle étire son mètre soixante, renverse sa tête en arrière, lisse ses courts cheveux noirs, dirige sur l'arrivant un visage aux traits fins, à peine ridés par une quarantaine entamée ; ses lèvres minces affichent un drôle de sourire, à l'énigmatisme permanent, qui lui donne l'air de se ficher des autres quoi qu'elle dise :

– C'est quoi, ces fleurs ? Pour te faire pardonner ?

– Pardonner ? Ai-je l'air d'un coupable ?... Non, madame la commissaire, considérez cette gerbe comme la marque de mon affection et de mes profonds sentiments.

– Des lys, bien entendu.

– Que veux-tu ? À mon âge, on ne se refait pas. Les roses sont socialistes, les lys sont royalistes... Les hommes ont récupéré la nature pour affirmer leurs convictions ; les pommes sont devenues libérales mais les poires sont toujours imposables.

– Et si je te parlais des cactus ?

Gontrand pose le bouquet avec une grimace hautaine :

– Aïe ! Au son de ta voix, je sens que je ne vais pas aimer cette plante.

D'un bond, Victoire se lève de son fauteuil pour poursuivre le journaliste parti se réfugier contre la fenêtre de son bureau :

– Cinq jours ! Cinq jours sans nouvelles, et pas un coup de fil, si ce n'est à un de mes inspecteurs pour une histoire de meurtre à Messimy. J'ai été à deux doigts de balancer ta brosse à dents dans le vide-ordures.

– Tu pouvais, elle n'a plus de poils.

– Et le mien est hérissé : où étais-tu passé ? Qu'as-tu fait ? J'exige des explications.

Les yeux du journaliste se ferment, il répond avec lassitude :

– Je me suis réfugié dans mes terres pour converser avec mes ancêtres.

Le poing de la commissaire martyrise le bureau, la réplique cingle :

– Ah ! non, Gontrand, tes airs de membre du Jockey Club ne m'impressionnent plus, ta fuite dans tes nobles nuages pas davantage ! Oublie le tas de pierres qui te sert de château avec ses étendues de chiendent que tu appelles ton jardin ; redescends sur terre, mon vieux, la monarchie, c'est terminé, on est en République.

– C'est bien cela que j'ai fui dans mon fameux tas de pierres, la pulicaire et les orties, tu aurais dû t'en douter, non ?

Sa main s'avance vers le calendrier, il met l'index sur la date du 14 :

– *Dies irae !...* Vous avez pris la Bastille, vous avez inventé l'accordéon et les merguez pour célébrer l'événement, souffrez que je ne partage pas votre engouement pour la danse des canards. Que vous ayez décapité mes aïeux, passe encore, mais que vous exigiez que j'en couvre l'anniversaire me paraît confiner au sadisme... C'est pourquoi je m'éclipse tous les ans, quelques jours avant votre fête nationale, pour échapper à l'ordre saugrenu d'un rédacteur en chef qui me demanderait d'écrire un papier sur vos défilés cocardiers, vos trémoussements plébéiens... Une semaine avant le funeste 14, je pars en retraite, que ça plaise ou non... Ceci dit, je reconnais que notre récente intimité ne te permettait pas de le savoir... Je t'en demande humblement pardon.

L'ahurissement de Victoire montre qu'elle hésite... Que contient cette potée de mots, du lard ou du cochon ?...

– Tu te fous de moi, ou quoi ? Tu n'es même pas monarchiste !

– Dieu – qui n'existe pas – m'en garde ! Imagine un roi en France... Que serais-je ? Un sujet ! Quelle horreur !

– Antidémocrate, antiroyaliste, j'ai raison : tu te fous de moi.

– Mais pas un seul instant, ma chère Victoire : je ne suis, simplement, le serviteur de personne. Vous ne vous rendez pas compte, les républicains, que vous êtes devenus les sujets de la République, de son monarque septennal, admirateurs béats de ses fastes et pompes... Moi, je n'appartiens qu'à moi-même, c'est cela, la vraie noblesse. Dis bien à tes amis républicains que vous ne m'avez pas confisqué le bien le plus précieux de mon héritage : l'indépendance d'esprit... Ni Dieu ni maître... J'en veux d'ailleurs encore plus aux anarchistes de m'avoir volé la formule.

Autant par sensibilité féminine que par expérience professionnelle, Victoire sent bien que Gontrand ne ment pas ; mais par tempérament – sans concession, exclusif, forgé en Corse –, elle ne peut laisser passer le camouflet :

– Formidable ! Tu me caches plein de choses sur toi alors qu'il y a déjà six mois que nous partageons le même lit.

– Nous partageons surtout le tien...

– C'est vrai, je ne sais toujours pas à quoi ressemble ta modeste demeure. Mis à part ton « château » que tu m'as fait visiter dans ta campagne humide, je n'ai jamais mis les pieds chez toi... Mais qu'est-ce que je fabrique avec un vieux tromblon de ton espèce ? Tu es presque sexagénaire, tu ne fais pas de sport, tu commences à avoir de la bedaine, et tu n'as même pas le sou !... Je dois être folle.

– Non, je suis unique, un cas : on s'attache facilement.

– Ah ! pour cela, oui... Tu es le seul homme que je connaisse à collectionner tous les défauts... C'est à un tel point que dès que tu t'aperçois qu'il t'en manque un, tu t'empresses de l'ajouter à ton palmarès.

– Oui, mais moi je ne les cache pas.

C'est pourtant vrai, et elle le sait : Gontrand ne dissimule rien de ce qu'il est. Mais ce qui la touche le plus en lui, c'est sa discrétion, son respect des autres et de la parole donnée, même si son silence lui coûte le plus formidable des articles... Une élégance d'un autre âge :

– Bon... Passons... Mais attention, je ne t'absous pas, je me réserve le droit de te faire payer ton affront plus tard...

– J'en conclus que tu me crois.

– Mon cher Gontrand, tu es peut-être le seul représentant du sexe masculin que je connaisse à détester réellement le mensonge. Si tu avais été avec une autre femme, tu me l'aurais avoué dès ton entrée.

Un rictus, un soudain mouvement de recul, le journaliste s'exclame :

– Fichtre ! Il faut donc un commencement à tout. C'est maintenant que je te confesse avoir vu une autre femme.

Le sens de l'humour n'est pas le fort de la commissaire :

– Et c'est qui, cette pétasse ?

– Une grande brune, jolie, dans les trente-cinq ans...

– Tu fais la sortie des écoles, à présent ?

– Non, des couvents. Elle s'appelle sœur Blandine.

Le soupir que pousse Victoire en dit long sur son soulagement :

– Une religieuse ? Toi ? Plus athée qu'un caillou.

– Oui, j'ai mes contradictions.

– Et qu'a-t-elle d'exceptionnel, cette bonne sœur, pour que tu t'intéresses tant à elle ?

– Du nez… Tu la connais, d'ailleurs.

– Moi ? Ai-je une tête à fréquenter un carmel ? Le vœu de chasteté, très peu pour moi. Pour preuve, dois-je te rappeler ce qui s'est passé entre nous dans la nuit de mercredi dernier ?…

– Inutile, ma chère Victoire, mon dos s'en charge encore. Mais soyons sérieux… Si je te dis que tu la connais, c'est parce qu'elle a appartenu à la Criminelle. Souviens-toi, il y a six ou sept ans, c'est elle qui a réglé l'affaire des Turcs de Malakoff ; la télé nous la montrait tout le temps, assise sur sa moto…

Victoire se frappe le front :

– Oui ! je me souviens… Son fiancé appartenait à la brigade antiterroriste, il a été tué, quelque temps après l'histoire turque, dans une prise d'otages.

– Voilà…

– Et elle a démissionné aussitôt, sans plus jamais faire parler d'elle… Ah ! Je vois, je comprends… Son silence s'explique : elle a pris le voile.

Les yeux de Gontrand se mettent à battre d'une admiration comique, sa respiration se bloque dans le jeu :

– Ce que j'aime ta façon de conduire une enquête !

– Et je peux, en prime, te donner son nom, c'est la fille du bâtonnier…

– Chut ! Oublie ! Il n'y a plus de fille de bâtonnier, j'ai juré de l'effacer de ma mémoire, il ne reste que sœur Blandine.

Victoire met instinctivement un doigt sur sa bouche :

– Dans ce cas… Puisque c'est un serment…

Gontrand l'embrasse sur le front :

– Merci… Je savais pouvoir compter sur ta discrétion… Autant que sur un petit coup de main…

– Je me disais aussi…

– C’est pour la bonne cause.
– Ben voyons… Et de quelle nature ?
La console d’ordinateur de Victoire fait soudain l’objet de tous les soins du journaliste :
– Ce tas de ferraille bavard pourrait-il me renseigner sur un dénommé Julien Chomard ?
La commissaire réfléchit, tend la main :
– OK, mais donnant-donnant… À condition que tu lui racontes pourquoi il te faut cette information… Équitable, non ?
Marchandage habituel. Gontrand s’installe devant la machine qu’il hait tant, salue l’écran balayé de dessins géométriques, caresse doucement son clavier :
– Cher petit engin… Il était une fois…

*
**

Un soupçon de Pavarotti mâtiné d’Ima Sumak pour l’étendue du registre, le souffle de l’ouragan Véronique pour la pression, le grondement des dernières heures de Pompéi pour le vibrato, l’intensité vocale de mère Adrienne ne manque pas de ressources :
– Des cigares ! Et pire encore : des cigares communistes ! Pendant plus d’une heure j’ai eu droit aux démons de La Havane, aux fumées de l’enfer et au bacille de Koch, le tout sur fond d’apocalypse marxiste enfermée dans une 4 L. Mais où avez-vous donc la tête, sœur Blandine ?
– Dans le sac, en ce moment, ma mère.
L’immense stature de la mère supérieure s’effondre.
– En toute confidence, ma sœur, entre sœur Guillemette et vous, je crois que le Seigneur a décidé de me punir… Si, si, ne protestez pas, je vis une part de mon purgatoire dans ce couvent, des incubes vous inspirent, vous ne pouvez inventer ces diableries vous-mêmes, un démon vous guide, je ne vois pas d’autre explication.

Deux religieuses dans l'unité du Saint Esprit, mais deux caractères peu orthodoxes, si on peut dire, pour des sœurs de l'Église catholique, apostolique et romaine... Elles ont en commun une expérience de la vie qui leur fait oublier leur obligation de réserve... mais sans témoin. Bien que tout entières à leurs vœux, ces femmes n'en sont pas moins des Hommes :

– Avec tout le respect que je vous dois, ma mère...

– Voilà qui commence mal, je n'aime pas cette introduction.

– Je vous promets de mettre des gants pour la suite, ma mère.

– C'est préférable, vous n'y allez jamais de main morte...

– Je n'ai qu'une question : faites-vous autant de reproches à sœur Guillemette ? Vous vous plaignez sans cesse de son caractère, mais c'est sur le mien que vous lancez vos foudres. Pourquoi est-ce de moi que vous exigez tant d'efforts et pas d'elle ?

La mère supérieure paraît décontenancée ; elle s'assied, comme épuisée, se signe à plusieurs reprises :

– Pardon, mon doux Jésus, mais c'est de votre faute : vous nous demandez de vivre dans la vérité, et elle n'est pas toujours bonne à dire ; tant pis, vous l'aurez voulu... Voilà, ma sœur : en un mot comme en quinze, ma vocation m'engage à protéger les faibles.

– Et en quoi sœur Guillemette serait-elle faible ?

– D'esprit, ma sœur, d'esprit... Vous, vous êtes intelligente, il convient, par conséquent, que vous fassiez le premier pas vers elle... Vous allez comprendre... Sœur Guillemette évolue dans un monde bien à elle qu'elle n'a jamais quitté. Sa décision d'entrer dans les ordres date d'un temps où l'on construisait un mur à Berlin, ville où elle vivait, chez son père, général de brigade très vieille France... Dans son cerveau, le Mur existe encore, avec les bons d'un côté, et les suppôts de Satan de l'autre. Ce manichéisme la poursuit, elle continue à défendre des valeurs qu'elle n'a pas vu évoluer. Tandis que vous – qui comme moi, avez roulé votre bosse dans l'horreur sans jamais désespérer – vous savez dispenser cette charité chrétienne qu'on vous enseigne... Alors, par pitié, faites un petit, un minuscule effort... Aidez-la...

La règle vient d'en prendre un sale coup, mais pour le bien de la communauté. Sœur Blandine s'en trouve confuse :

– Pardonnez-moi, ma mère, de vous avoir obligée à me parler ainsi. Je confesse ne pas voir plus loin que le bout de mon nez.

– Et Dieu sait si ce nez a fait la une des journaux ! Je vais vous donner un bon conseil, ma sœur : redevenez vous-même... Je n'ai aucun doute sur votre engagement, il serait temps que vous enterriez vos souffrances, elles vous ont montré votre voie.

– Croyez-vous que c'était écrit ?

Le rire de mère Adrienne retentit, en clé d'ut, dans son bureau étroit :

– À la bonne heure ! Vous appliquez déjà ma recommandation !... Je ne tomberai pas dans le piège de votre question perfide, ma sœur, digne d'un interrogatoire bien mené... Non, je suis comme vous, je sais que rien n'est écrit d'avance ; Dieu nous l'a dit, mais personne ne s'en souvient : Il ne se mêle plus des affaires des hommes ! Imaginez-vous cet être infiniment bon inscrire une liste de meurtres dans le carnet de naissance d'un nouveau-né ? Pensez-vous qu'Il puisse décider qu'un beau bébé joufflu sera un jour un assassin ?... Foutaise que le destin, ma sœur, concept de cartomanciennes... En revanche, Dieu peut nous inspirer si on sait l'en prier.

Comme la vie réserve des surprises, se dit sœur Blandine. Ce discours vient à point, il éclaire les décisions qu'elle doit prendre :

– Ma mère, j'ai une confidence à vous faire… Je ne savais comment vous présenter les faits, autant vous en parler simplement.

Et elle poursuit en lui racontant le meurtre d'Alexis Rutebœuf, sa prise de bec avec le lieutenant Koëstler, sa rencontre avec Gontrand Cheuillade. Elle lui fait part de ses hésitations, mais surtout de son intuition :

– Ce n'est qu'une série qui commence, ma mère, au nom d'une vengeance vieille de plus d'un demi-siècle… Toutefois, j'ai la conviction que sous l'apparence d'une histoire de résistants, les motifs du tueur sont moins glorieux qu'il n'y paraît.

La vieille religieuse acquiesce gravement :

– C'est vrai que les règlements de comptes entre F.T.P., F.F.I. et réseaux divers ont été rapides à la Libération. L'ombre de Jean Moulin planait dans les prétoires improvisés, on ne se faisait pas de cadeau. J'étais jeune, mais je m'en souviens… L'empressement à faire le ménage a été unanime, aussi je ne comprends pas pourquoi des gens qui ont vécu cette époque auraient eu intérêt à attendre ; en 44, on ne demandait qu'à fusiller les traîtres, les collabos et les lâches, il suffisait d'en désigner un pour qu'il reçoive sa ration de poudre. Bizarre…

– À mon avis, on a dégoupillé la bombe dans le maquis, mais elle a mis un curieux temps à exploser… Pour quelle raison ? J'aimerais bien savoir ce que contiennent les enveloppes bleues, elles nous l'apprendraient, ça épargnerait des vies.

Souhait auquel la supérieure met un cadenas :

– Hmm… Vous n'êtes plus dans la police, sœur Blandine, mais dans un couvent.

– Certes, ma mère, je ne perds pas de vue ma condition. Mais si Dieu m'inspire, s'Il me montre un détail que les autres n'ont pas remarqué, que dois-je faire ?

Lentement, mère Adrienne se relève ; sa voix se veut amicale :

– Vous avez réveillé de vieux souvenirs en moi, ma sœur. Je vais vous faire une confidence : c'est dans l'action que, toute petite, j'ai découvert notre ordre, le 19 juin 1940 pour être précise.

– Sans vouloir vous vexer, ça ne date pas d'hier.

– Oui, mais l'effet perdure… J'habitais près de Chasselay, sur les bords de la Saône, à quelques kilomètres d'ici. C'était la débâcle, les Allemands avançaient. Tout le monde fuyait devant eux, les soldats jetaient leurs armes pour courir plus vite ; il me paraît légitime de penser à sauver sa peau, mais il y a la manière. J'ai vu mon père pleurer, j'étais une gamine, et je me suis dit que j'étais née dans un pays de lâches… L'honneur de la patrie ne faisait plus partie du programme… Sauf pour une compagnie de tirailleurs sénégalais, les fameux Tata, une poignée d'hommes, des Nègres comme on disait, et ces Nègres, eux, ils ont dit non, on ne fuit pas, on ne se rend pas, on reste… Et pendant deux jours, ils ont tenu les Boches en échec, seuls ; j'entendais tout de chez moi, les coups de fusil, les crépitements de mitrailleuses, les explosions de grenades. Excédés, les Allemands ont voulu en finir vite, il n'y avait pas cent hommes devant eux, mais ils se battaient chacun comme mille. Ils ont envoyé huit chars pour exterminer les Tata dans leur ultime retranchement… Et vous savez où ? Chez des Sœurs de la Charité, des Saint-Vincent-de-Paul à la retraite… Dieu leur avait-Il montré quelque chose que les autres ne voyaient pas ? Mystère… En tout cas, elles ont jugé bon de faire ce qu'elles ont fait.

Sur ce, mère Adrienne prend son livre de prières :

– En route, sœur Blandine, nous allons manquer les vêpres.

En deux enjambées elles se retrouvent sur le chemin de la chapelle.

En deux mots, la supérieure lui rappelle qu'elle n'est pas idiote :

– Au fait, vous avez bien fait de me parler, sœur Blandine. Votre journaliste, Gontrand Cheuillade, a téléphoné. Il est bien mal en point, le pauvre, son état réclame des piqûres à domicile. C'est à Collonges-au-Mont-d'or... C'est fou ce qu'il a insisté pour que ce soit vous qui les lui fassiez... Ça m'intriguait tellement que j'allais oublier de vous en parler.

En deux secondes, sœur Blandine a compris le message.

⁂

Heureux celui qui vit de sa vigne, il fait l'un des plus beaux métiers du monde, de ceux dont la finalité est de donner du plaisir aux autres. Bien sûr, on peut lui opposer la création artistique ; mais peut-on vraiment se balader dans son œuvre, le soir venu, sous les étoiles, respirer le vent descendu des montagnes, écouter le cri des bêtes, admirer la magie d'un horizon incertain par une nuit de pleine lune ? Non, même avec beaucoup d'imagination, il manquera toujours le principal : les parfums de la nature.

Moment rare, instant privilégié que celui-ci, les vignerons ne le partagent avec personne. C'est pourquoi Jacques Rutebœuf s'en va seul dans son vignoble, la pipe vissée à sa grosse lippe, les mains dans les poches. Son spleen pèse lourd sur ses épaules, son pas est nonchalant, il traîne la patte, surtout la gauche jamais remise d'une vieille fracture ouverte. Il va lentement entre les rangées de gobelets, sort une main pour apprécier, d'un geste machinal, un six cornes à deux yeux, la fermeté d'un grain.

– Mon pauvre Alexis, tu n'auras plus jamais ce plaisir.

Une larme surgit de son œil, elle file le long de son gros nez où elle se demande ce qu'elle est venue ficher sur un tel promontoire. Jacques l'écrase d'un revers de manche, comme il le ferait d'une punaise. Il s'adresse au ciel :

– C'est papa qui nous disait que les pleurs c'est comme les mouches à merde, des vilains moustiques attirés par l'odeur du chagrin. Si tu le vois, là-haut, frangin, dis-y que j'ai pas un gadin à la place du cœur, je t'aimais, mon frère, on était une famille, j'ai le droit de chougner dans mon raisin, ça mouillera pas le vin... Et les femmes sont à la maison, elles se moqueront pas.

Au-delà des crêtes, au loin, il aperçoit les gerbes multicolores de feux d'artifice, ceux tirés dans les communes attachées à la date du 14 pour conclure les festivités. Entre Dombes et Beaujolais, des dizaines de bouquets illuminent la nuit étoilée.

– Dire qu'hier, à la même heure, tu voyais ces couleurs. T'avais beau trimbaler soixante-dix balais, t'étais resté un gone...

Subitement, de rage, profanation inhabituelle, il donne un coup dans un pied de vigne :

– Mais quel est le salaud qui t'a fait ça ? Et pourquoi ? Oui, pourquoi ? On n'a jamais causé de tort à autrui, on n'a pas d'ennemis... Sauf peut-être les Rampon, et encore ? On leur fait pas de violence, on s'engueule parfois avec eux, pas davantage... Alors ?

Ses doigts fouillent dans ses poches, il en extirpe une enveloppe bleue :

– Est-ce pour ce bout de papier qu'on t'a assassiné ? Il a écrit quoi, le père, dans ce foutu codicille ? Fais-lui une commission de ma part : je vais pas attendre qu'on soit tous réunis pour l'ouvrir, tant pis pour ses dernières volontés, demain je la décachette avec mes enfants, on doit savoir.

Il hésite, il le ferait bien tout de suite, mais non, il sait qu'il lui faut des témoins, c'est ça le message du père : toute la famille doit apprendre en même temps ce qu'il a voulu confier après sa mort, c'est un secret qui doit se partager à plusieurs.

À regret, il enfouit l'enveloppe dans sa vareuse, à côté de sa blague à tabac. Tiens ! Justement sa pipe est éteinte. Il évacue les cendres du foyer en la tapotant sur le talon d'une chaussure, sort quelques brindilles de blond, les roule, les enfourne, les tasse avec son index. Puis, ce rituel étant accompli dans les règles, il éprouve le conduit en soufflant dans le tuyau avant d'allumer son briquet. Une flamme jaillit dans la pénombre, il aspire la première bouffée, une petite, maintient son briquet allumé pour en obtenir une plus large en bouche… Son visage se reflète au loin, dans des reflets rouge orangé, lumière anachronique dans l'obscurité du vignoble.

Voit-il le plaisir qu'il éprouve, le personnage tapi dans l'ombre à quelques plants de vigne de là ? Impossible de le savoir… Ce qu'il distingue de Jacques, c'est sa tête penchée dans le mouvement typique des accros de la bouffarde, ses yeux fermés pour mieux savourer le goût épicé de son Amsterdamer.

Fumer nuit gravement à la santé… Ce n'est pourtant pas le tabagisme qui met fin à l'existence de Jacques Ruteboeuf, mais une balle tirée en plein front que l'assassin a eu le loisir de viser avec soin grâce à la flamme du briquet. Une aubaine, il ne comptait pas sur sa complicité en préméditant son crime.

Le crâne du vigneron explose, sa pipe s'envole dans les airs, son corps s'affaisse sur les grappes minuscules de gamay. Il n'a pas le temps de comprendre, de souffrir, de voir la grande Faucheuse arriver. Le tir a été précis, comme au stand d'entraînement, un coup de champion.

La détonation a à peine résonné, on n'a pas dû beaucoup l'entendre aux alentours, et même la confondre avec les pétarades des feux d'artifice.

Pourtant le tireur se méfie, il se presse vers le corps de Jacques, s'assure qu'il est bien mort, fouille dans ses poches, en retire l'enveloppe bleue, puis s'enfuit dans les vignes avec son butin, fusil en bandoulière, en faisant bien attention à ce que personne ne le remarque.

⁂

Comme tous les matins, attablé à la terrasse d'un café, Luis Lopez attend son espresso après avoir acheté son journal quotidien.

En Espagne, s'appeler Lopez passerait inaperçu, comme Dubois ou Leclerc en France, mais à Ars-sur-Formans, dans la Dombes, le patronyme revêt une couleur exotique. Voilà des années qu'il habite près du village, à l'ombre de la basilique où l'on conserve pieusement le corps embaumé de Jean-Marie Vianney, et pourtant on continue à le surnommer Guernica. Cette habitude, il ne la doit qu'à ses souvenirs qu'il évoque à qui n'a pas réussi à fuir son inlassable propos… La guerre civile, les brigades internationales, la bataille de Brunete, la prise de Tolède, cette « enfloure » de Franco, tout y passe, il n'omet aucun détail, aucun massacre, il a tout vu, tout enduré, et il raconte…

Paradoxe du destin, il a échoué à Ars, lui, le vieux républicain bouffeur de curés. Et il en voit défiler, des pèlerins, en bougonnant tout son soûl. Il ne méritait pas un tel châtiment, mais voilà, il n'avait qu'à pas épouser une fille du pays. Aussi se venge-t-il, chaque jour que le Vide fait, en déversant sa hargne sur le saint homme exposé aux yeux de ses adorateurs :

– Salud, camarade coureton, c'est moi le diable rouge, le seul que « tou » attraperas pas par la queue, elle est trop grosse pour tes pétites mains.

Bien entendu, il marmonne l'insulte, conscient qu'elle lui attirerait l'opprobre général s'il la prononçait à haute voix, mais il s'en satisfait… en ajoutant parfois un petit couplet de *L'Internationale*.

Il fait beau, c'est les vacances, les autocars déversent déjà leur flot de chrétiens venus du monde entier. Dans le tas, il aperçoit des Japonais égarés dans un périple catholico-touristique auquel rien ne les a préparés. Un guide leur explique la vie de Jean-Marie Vianney ; à son discours épique, ils répondent des « han-han » polis, comprennent qu'ils viennent voir là un moine Ninja grand pourfendeur de dragons, prennent des photos du champ de bataille, à tout hasard.

– Alors, mon café, c'est pour *mañana* ?

La réplique du patron le calme :

– Non, Guernica, c'est pas pour ta nana, c'est pour toi… Le voici, ton jus.

– Ça n'est pas trop tôt.

Encore un rituel accompli, celui de l'engueulade avec Félix, aux répliques immuables et en plomb ; Félix, c'est le patron du bar, un brave type, même s'il vote à droite.

En fait, à bien y regarder, Luis Lopez a un esprit de conservateur, bien qu'il s'en défende. Il rouspète parce qu'il n'ouvre son journal qu'après la première lampée de petit noir, jamais avant, et que les titres de l'édition du 15 juillet ont attisé son intérêt. Surtout celui du bandeau : *Mystérieux meurtre à Messimy*.

Voilà, mission accomplie, le demi-sucre a fondu, il l'a touillé, a trempé ses lèvres dans la tasse, il peut enfin lire l'article.

Peu à peu, son visage blêmit en en découvrant le contenu… Non, il doit se tromper… Il relit le nom de la victime : Alexis Ruteboeuf… Peut-être un homonyme, tente-t-il de se rassurer… Impossible, hélas, sa profession, son adresse, la description de sa famille ne permettent aucun doute…

Luis Lopez se sent mourir étouffé, sa bouche happe l'air, il crie :

– Félix ! Oun cognac ! Oun double !

Du coup, le patron accourt, inquiet ; il découvre l'Espagnol plus blanc que le linceul du saint curé :

– Oh ! Guernica ! Ça ne va pas, mon bonhomme ? Tu veux un médecin ?

– Non, non, Félix, ça va passer… C'est pas encore mon houre.

– Qu'est-ce que t'as ? Tu te sens mal ?

– T'inquiète pas… Oun grand cognac, s'il te plaît.

Félix hésite, son client approche bien les quatre-vingts printemps, il souhaite pas le voir calancher à sa terrasse, non pas pour l'effet désastreux que son décès produirait sur la clientèle, mais parce qu'il l'aime bien, ce sacré foutu vieux communard d'Espingouin. C'est pourquoi il répète sa question :

– T'es sûr que tu veux rien d'autre qu'un cognac ?

Prostré, Luis semble ne pas l'avoir entendu. Il se redresse subitement :

– Si, tou as raison : jé veux téléphoner… Jé peux, dé chez toi ?

Heureusement qu'une chaise permet au patron de se retenir, la demande de Guernica le renverse, c'est bien la première fois qu'il le voit téléphoner :

– Oui, pas de problème… Mais t'appelles au loin ?

– Non, à Oingt, dans le Beaujolais.

– D'accord… Va dans la cabine derrière le comptoir, tu seras tranquille, je te branche le bigo tout se suite.

Luis suppose que le bigo désigne un combiné, il fait celui qui a compris, suit Félix, entre dans un réduit où la machine à communiquer trône sur des annuaires périmés, décroche… Ses doigts forment un numéro qu'il connaît par cœur… Il attend… Ça sonne à l'autre bout, ça parle :

– Allô, émet une voix de femme.

– Florence ?

Un silence suit.

– C'est qui ?

– Luis... Luis Lopez...

Nouveau silence, suivi d'une série de phrases angoissées :

– C'est toi, Luis ? Tu sais tout, je présume ?... Ce pauvre Alexis... Quel horrible drame... J'en suis malade...

– Oui, j'ai vou l'article dans lé journal... Ça n'est qu'oun début, Florence, tou t'en doutes, ils vont continouer.

– C'est certain... Mais qui est derrière ce crime, Luis, lequel d'entre nous ?

– J'en sais rien, j'en ai oune vague idée, sans plous.

– Moi aussi... Que faire, Luis ?

L'ancien républicain bafouille :

– Jé souis trop, trop vieux pour faire oune enquête, Florence, j'ai plous la force. Excouse-moi.

– Ne t'excuse pas, Luis, on n'a plus vingt ans, hélas, sinon on réglerait l'affaire nous-mêmes, en moins de deux, proprement...

– Peut-être qu'en téléphonant à la police ?

– Non, Luis, tu sais que je ne peux pas.

Les joues de l'Espagnol s'enflamment, plus rouges que le drapeau de ses convictions :

– Jé vous avais prévenous ! Moi, jé souis libre, jé n'ai pas touché à ces machins dou diable.

– Est-ce pour autant que tu vas prévenir les gendarmes ?

– Non ! Tou devines bien que jé né peux pas, pour le passé, et pour mes idées. Les flics, pouah !

– Alors, comment peut-on arrêter le massacre ?

– On réfléchit, Florence... Vite... Et on trouve oune soloution.

– D'accord... On se rappelle, j'ai ton numéro. Je t'embrasse, Luis.

– Moi aussi.

La main de Luis Lopez repose doucement le combiné. Il s'éponge le front, son corps est en sueur.

Réfléchir, c'est bien beau…

Encore faudrait-il, avec Florence, qu'ils soient certains de l'identité de l'assassin. Forcément l'un de leurs meilleurs amis.

***

Voilà deux fois que la Titine fait demi-tour sur les bords de la Saône, qu'elle ralentit devant chez Bocuse pour permettre à sa conductrice de humer l'air, des fois que des parfums s'échapperaient de ses cuisines, de ces odeurs magiques qui lui feraient oublier celles des potages du couvent. Mais non, le dieu des casseroles les garde enfermés dans son palais des mille et une saveurs, comme un sultan ses femmes dans son harem.

Du coup, déçue, sœur Blandine râle plus fort :

– Mais c'est quoi cette maudite adresse ?

Elle relit le papier sur lequel mère Adrienne a noté les coordonnées de Gontrand Cheuillade ; pour cela, la cursivité de l'écriture offre un modèle de pleins et déliés on ne peut plus scolaire, sans ambiguïté sur le nom de la rue ; or elle a beau passer et repasser dans le coin, elle ne trouve pas la maison.

Du coup, elle ralentit, effet de vitesse aussitôt sanctionné par des appels de phares, des vibratos de Klaxon, des bras d'honneur, de phalliques doigts vengeurs levés vers le ciel ; ce à quoi elle répond aux automobilistes enragés en leur tirant la langue, mouvement suivi d'un verset de Brassens :

– *Le temps ne fait rien à l'affaire, quand on est la, la-la-la…*

À quarante à l'heure, warnings allumés, elle inspecte les plaques une à une, inquiète pour son retard :

– Neuf heures trente-cinq ! Cinq minutes dans les dents ! Mais où se cache-t-il, ce sacripant ? Il va me décaler toutes mes visites…

Tout à coup, elle réalise :

– Non ?… Il ne m'a quand même pas donné rendez-vous là ?

Là, c'est un petit hôtel, modeste mais apparemment bien tenu, sans plaque indicatrice sur la façade, dont la position, pourtant, correspond au numéro qu'elle cherche. Elle doit se rendre à l'évidence, c'est bien la bonne adresse. Force lui est d'effectuer un ultime virage fort déplaisant pour les autres conducteurs, de ralentir, de se garer le long de l'établissement, de sortir de la Titine, d'entrer dans l'hôtel où l'accueille une brave mamie, très surprise de voir une religieuse débarquer dans son hall de réception :

– Bonjour, ma sœur… Je peux vous renseigner ?

– Oui… Peut-être s'agit-il d'une erreur, je cherche un M. Cheuillade.

Un sourire angélique éclaire le visage de l'hôtelière :

– Gontrand ? Non, vous ne vous trompez pas, c'est bien ici… Il m'a prévenue qu'il attendait quelqu'un, mais je ne savais pas que c'était…

Elle ne sait comment finir sa phrase, sœur Blandine l'achève pour elle :

– Une bonne sœur… On a l'habitude de nous appeler ainsi… Ne me demandez pas pourquoi, je l'ignore… Sommes-nous « bonnes » ?… Possible, faudrait-il encore savoir à quoi ? Quant à « sœur », il faut supposer que c'est la version féminine de la fraternité des hommes.

Le rire en cascade de la mamie montre son bonheur de se tirer de l'impasse où son embarras l'avait conduite :

– Prenez place au salon, ma sœur, j'appelle Gontrand, il va descendre.

Sur quoi elle décroche un combiné en bakélite, de trois kilos pour le moins, saisit une fiche d'un central téléphonique de la guerre 14-18, l'enclenche avec assurance dans un des nombreux trous de la console, attend, toujours en souriant, lève les sourcils dans une indicible joie :

– Gontrand ?... La dame... Heu... La visite que tu attendais est là... Bien...

Assise dans un bon gros fauteuil du salon, sœur Blandine lui fait signe qu'elle a entendu. Son regard s'attarde sur les gravures accrochées aux murs tapissés de tissu rose, des eaux-fortes originales du XIXe dont les dessins représentent des bateliers sur la Saône. Il y a peu de choses ici, une nature morte peinte à l'huile, là, un très vieux baromètre en cuivre, mais l'ensemble est de bon goût, voire raffiné.

– Mes respects, ma sœur... Je subodore que vous avez eu du mal à me trouver ?

– Adresse surprenante, je le concède... Vous habitez ici ?

– Depuis trente ans. Les propriétaires sont des amis. Mais avant d'entrer dans le vif du sujet, que diriez-vous, ma sœur, d'une tentation de premier ordre ?

– J'en dis que ça me permettrait de tester mon taux de résistance au Malin.

– Je parle d'un café, ma sœur, d'un arabica légèrement corsé de robusta, avec des croissants dorés tout chauds, des brioches fondantes, comme votre couvent ne peut vous en offrir... Qu'en pensez-vous ?

– Hmm... Ça m'en coûtera trois caisses de *Pater*, mais tant pis, le péché me paraît les valoir.

Heureux de pouvoir lui faire plaisir, le journaliste se tourne pour passer la commande à l'hôtelière. Il revient, s'assied, semble un peu gêné :

– Elle nous apporte ça tout de suite... Mathilde fait un café comme personne...

Sœur Blandine s'enfonce dans le creux du fauteuil, elle sent un vent froid passer au-dessus d'eux, celui qui souffle au début d'une conversation entre inconnus embarrassés, car après tout, ils ne se connaissent pas. La position de Gontrand Cheuillade lui paraît moins favorable que la sienne pour ramener un peu de chaleur, le secret dévoilé de son intimité précaire le met en état d'infériorité, elle se doit d'empêcher la glace de se former :

– La façade ne paye pas de mine, mais l'intérieur est coquet. Est-ce indiscret de vous demander pourquoi vous habitez ici depuis tant de temps ?

La question décontracte le journaliste, ses doigts virevoltent :

– Ah ! ma sœur… Vieille France n'a jamais rimé avec finance. La raison vient de ce que mes parents ont vécu comme au temps des rois, en accumulant des dettes avec leur particule pour toute garantie… En fait, Cheuillade est l'anagramme de De Chailleux, noblesse estampillée pur Moyen Âge avec blason certifié, devise déposée, sang bleu exclusif… À leur mort, prématurée, dans un accident d'avion, j'avais vingt-cinq ans. Deux jours après leur décès j'apprenais que j'héritais d'un gigantesque passif, d'une paire de basques avec créanciers collés auxdites, et, surtout, de notre château en ruine…

– Héritage que vous avez refusé, je suppose, d'où votre présence dans cet hôtel : pas d'immobilier, pas de mobilier, poursuites inutiles…

Cheuillade avance une moue amusée :

– J'ai certes fait un choix, ma sœur, mais pas celui-là. Au contraire, j'ai tout accepté. J'ai pris la décision de payer les rapaces et de restaurer l'antique demeure familiale. Vous dire ce que coûte un point d'honneur mal placé me répugne, on parle trop d'argent de nos jours. En revanche, vous comprendrez pourquoi je me suis établi dans cet hôtel : tout ce que je gagne part dans les impôts locaux dont on taxe mon château et, bien entendu, dans sa restauration. Voilà, vous savez tout.

Tout ? Pas vraiment, pour sœur Blandine :

– Et après votre mort, à qui reviendra-t-il, ce domaine ?

– Pas à l'État, je vous rassure, mais au fils d'un cousin, un de Chailleux lui aussi, un garçon bien, que j'ai préparé à cette succession. L'exemple de mes parents m'a servi de leçon, ma suite est proprement balisée.

Gontrand lui paraît net, droit… Mais il y a son métier ! Elle ne peut oublier ce que ses confrères lui ont fait subir dans une autre vie :

– Pas de toit, pas d'épouse, pas d'enfants, et un drôle de job. Pourquoi avez-vous choisi de devenir journaliste ?

– À cause de mon service militaire.

– Ah ? Dans quelle arme avez-vous servi pour qu'elle influence tant votre choix professionnel ?

– Les chasseurs alpins.

– Et les montagnes vous ont inspiré votre premier article ?

– Non, ma sœur. En vingt-sept mois sous les drapeaux, j'ai tout appris des cailloux des Aurès sans jamais voir un seul flocon de neige sur le Dru…

– Ah, je comprends : l'Algérie !

– Oui, ma sœur, la guerre m'a fait voir le monde autrement, les saloperies des hommes, de quelque camp qu'ils fussent, je m'empresse de l'ajouter… J'ai eu envie de témoigner pour, pardonnez-moi ce gros mot, mettre un frein aux conneries que j'entendais à gauche comme à droite, chez les Algériens comme chez les Français… Il y avait des gens bien chez les uns et chez les autres ; au nom de la politique, par ambition, ou par carriérisme, j'en ai vu beaucoup se transformer en tordus finis, en champions de la logomachie, en chantres d'un univers kafkaïen. Devenir journaliste, ça a été pour moi le moyen de les avertir : « Pas avec moi, ça ne marche pas, et je le fais savoir. » Remarquez que j'avais été à bonne école, ma famille m'avait préparé à ce métier.

– Tiens ? Ils faisaient de la politique ?

– Pire : de la collaboration et de la résistance ! Mon grand-père, ancien de Verdun, besognait à Vichy aux ordres du maréchal. Ce à quoi mon père, par esprit d'une contradiction perpétuelle, lui avait répliqué en rejoignant de Gaulle à Londres… Ce qui a permis au second de sauver le premier du déshonneur à la Libération, mais pas de l'empêcher d'affirmer ses convictions jusqu'à sa mort. Les dimanches en famille ne manquaient pas de piquant.

– Je vois ça d'ici.

– Mais leur opposition, je l'avoue, m'a bien souvent servi. Suivant la porte à laquelle je frappe, ou je suis le petit-fils du héros mal compris, ou le fils du valeureux compagnon de la Croix de Lorraine. Ça marche toujours, les gens de notre région n'ont pas encore vidé la querelle.

Les mains de Gontrand s'ouvrent comme pour une offrande :

– Voilà, sœur Blandine, nous sommes à égalité, vous en savez autant sur moi que moi sur vous, à la différence près – et je ne vous questionnerai jamais là-dessus – que j'ignore les raisons de votre vocation.

En quelque sorte, le journaliste vient de lui lancer un message d'union, avec garantie à la clé. Ne lui a-t-il pas raconté ce qu'il tait d'habitude sur lui-même ? Mais la religieuse n'a pas le temps de lui répondre, Mathilde revient, chargée d'un lourd plateau couvert de croissants, de brioches, d'un pot de café fumant et de tous les ustensiles utiles pour engloutir ces bonnes choses :

– Tenez, je vais vous installer sur la grande table près de la cheminée, vous serez à l'aise pour discuter.

– Merci, Mathilde, c'est gentil.

– Et je ferme la porte, personne n'entendra ce que vous dites.

À pas menus, elle les quitte en tirant vers elle les battants du salon.

– Mathilde est la femme de Jean, un copain de régiment. Ils sont un peu la sœur et le frère que je n'ai pas eus.

Sœur Blandine hoche la tête, puis se jette sur le café et les croissants :

– Voyez-vous, Gontrand, c'est la seule chose que je regrette dans ma vie religieuse : ces petits déjeuners franchouillards… Ça, et peut-être un petit coup de saint-joseph ou de juliénas de temps en temps.

– Et la bonne bouffe ?

– Pas vraiment, nous avons heureusement une bonne cuisinière. Bien sûr, la fricassée de cuisses de grenouille ou la poularde en demi-deuil ne font pas partie de ses recettes, mais il n'y a pas à se plaindre.

Elle mord déjà dans son troisième croissant quand lui revient l'objet de sa visite :

– Alors, quoi de neuf ? Qu'avez-vous découvert ?

– J'ai enquêté sur Julien Chomard, avec un *r*, avec un *d*, avec un *t* : rien.

– Comment ça, rien ?

– Il n'existe pas. Pourtant je vous garantis mes sources, elles viennent en droite ligne du service central de la police judiciaire.

– Pas une seule adresse dans leur ordinateur sur ce pèlerin ?

– Nenni, nib, aucune… En revanche…

Il laisse durer le suspens.

– En revanche, dites-vous ?

– Je sais que Julien Chomard, avec un *d*, était le pseudonyme d'un résistant pendant l'Occupation.

Les yeux de sœur Blandine s'écarquillent, la stupeur lui fait oublier d'entamer sa première brioche :

– Comment pouvez-vous savoir ça ?

Le journaliste évite de triompher ; modeste, il explique :

– Le revolver, ma sœur… Un luger de ce type était très employé en 40, et le père d'Alexis Rutebœuf, Edmond, avait un brevet de résistant connu de tous… Par la porte Croix de Lorraine que mon père m'a ouverte, j'ai pu prendre quelques contacts rapides, hier soir, avec des anciens du maquis. L'un d'eux s'est souvenu de Chomard, du moins de son nom, pas de l'homme, hélas. Voilà où j'en suis avec lui.

– Mais ?... Parce qu'il y a un mais, n'est-ce pas ?

Le rire du journaliste précède sa réponse :

– Quelle perspicacité ! Oui, il y a un mais... Mon contact m'a un peu parlé du groupe de maquisards auquel appartenait Chomard. Il ne les a rencontrés que peu, lui-même s'activait du côté Est, loin du Beaujolais, près de Bourgoin. Il s'est souvenu qu'il y avait des femmes dans leurs rangs, dont certaines se sont mariées ensuite avec leurs compagnons d'armes. Peut-être y a-t-il une piste à exploiter de ce côté ?

– Pas peut-être, Gontrand, certain.

À ce stade de leurs révélations, il lui paraît urgent de rapporter la conversation qu'elle a eue avec Gaston, les noms des amis dont il a évoqué le souvenir en détaillant leur photo de groupe :

– En conséquence de quoi, mon cher Gontrand, parmi les trois commerçants de Villefranche, décédés il y a peu, il y a des chances de trouver au moins une veuve qui partageait la vie du maquis avec ces gaillards.

– Et cette brave femme pourrait nous apprendre la véritable identité de Chomard. CQFD...

– Ou mieux encore : imaginons qu'elle ait la même photo, elle pourrait nous livrer le nom du dernier résistant dont Rampon n'a pas voulu me parler... Parce que je suis convaincue qu'il l'a fait exprès, il a effacé ce garçon de son passé, et il s'enfermera dans un mutisme total si j'insiste pour qu'il m'en dise davantage sur son compte. Et au nom de quoi lui demanderais-je cela ?

– Aucune loi ne peut l'obliger à avoir de la mémoire, surtout sans motif... Que peuvent alors des particuliers dans une enquête à la Tintin ?

– Exact… Je vais tenter le coup chez les Ruteboeuf, mais ça m'étonnerait qu'ils sachent les noms de ces maquisards, ils étaient tout petits à cette époque… On verra bien.

Une question consume les lèvres du journaliste :

– Quelque chose me chiffonne, ma sœur : pourquoi, après tout, vous acharnez-vous à découvrir l'identité de cet homme ?

La religieuse serre la mâchoire en balançant la tête, tic familier chez elle pour exprimer une conviction empirique :

– Un petit ange me conseille de fouiller dans ces fourrés d'herbes folles. J'avoue qu'aucun fait tangible ne m'attire vers ces orties, si ce n'est le sentiment que Gaston Rampon, par un non-dit, m'a indiqué le chemin… J'ai toujours fonctionné au pif, à partir d'un banal détail.

Si l'explication de l'ex-policière de choc le laisse perplexe, Gontrand doit reconnaître que sa méthode, autrefois, avait du bon. Il étale devant elle une série de portraits d'un homme plutôt jeune, moyen, au visage anguleux masqué pour un tiers par de larges lunettes de soleil :

– Votre automobiliste d'hier, garé devant chez les Rampon. Puis-je savoir quel est ce quidam que j'ai photographié ?

– Très certainement leur neveu, Sébastien.

– Un Rampon ?

– Possible, nom de famille à vérifier ; est-il le neveu de Gaston par une sœur, ou celui d'Eugénie, je l'ignore…

– Et quel intérêt offre-t-il à notre enquête, ce neveu ?

– Sa volonté de ne pas vouloir se faire voir de nous.

Après réflexion, Gontrand confirme :

– C'est vrai qu'il n'est sorti de sa voiture qu'après que je suis parti… Pas très loin, mais l'important est qu'il l'ait cru. Avec un bon téléobjectif, voilà ce qu'on obtient. Dommage que ses lunettes le cachent.

– Mais pas son nez… Quel promontoire !

Ils se penchent tous deux pour mieux l'examiner quand Mathilde surgit :

– Gontrand, téléphone pour toi...

Avec les excuses habituelles formulées en pareil cas, le journaliste laisse sœur Blandine étudier seule le physique de Sébastien X.

– Par ma foi, j'ai déjà vu cette bouille-là quelque part, mais où ?

L'entrée en trombe de Gontrand interrompt son inspection :

– Ma sœur, il y a du neuf !

– Quoi donc ?

– Jacques Rutebœuf a été assassiné hier soir dans ses vignes, la gendarmerie est sur place.

Elle se signe, grimace, se dit que le petit ange l'avait prévenue qu'il s'agirait d'un massacre. Il ajoute en prime qu'il va continuer.

Déjà, Gontrand Cheuillade s'apprête à courir vers les lieux du crime, elle l'arrête dans son élan :

– Avant de partir, pourriez-vous me remettre votre feuille de soins ? Je suppose que vous vous êtes arrangé pour obtenir un acte médical de complaisance ?

– Heu... Bien sûr... Le voilà...

– Officiellement, vous souffrez de quoi ?

– Le toubib m'a conseillé un zona.

– Mazette ! Un esthète de l'herpès virus. Et les piqûres ?

– Elles m'ont paru de trop. Que je me serve de la Sécu pour empêcher des gens de mourir, soit ! Mais sans trop abuser de sa contribution.

Sœur Blandine plie le papier en se disant que le concours de la noble institution ne suffira pas à endiguer l'épidémie de meurtres.

⁂

Quelle prouesse ! Quelle résistance ! Et dire que des méchants – forcément des envieux – critiquent la technologie automobile française alors que la Titine a dépassé le soixante à l'heure pour emmener sœur Blandine chez Adèle Rutebœuf !

Un véhicule de la gendarmerie est resté en faction devant sa maison, un brigadier y fait les cent pas avec un manque d'engouement caractérisé pour cette mission. L'arrivée de la religieuse lui offre une maigre distraction, il la saisit pourtant pour tromper son ennui :

– Bonjour, ma sœur…

Elle le salue à son tour, attend une suite, mais rien ne vient. Il s'est pourtant fouillé les pédoncules cérébraux pour y dénicher quelque chose à lui demander, mais quoi ? Vide d'idée, il tourne les talons, vaguement stupide, avec sa phrase en suspens. Sa trousse d'infirmière en main, la religieuse le laisse se défouler sur les pissenlits qu'il décapite d'un pied vengeur pour se rendre au chevet de la veuve qu'elle s'apprête à trouver dans un état pitoyable.

Ce n'est rien de le dire, faut-il encore le voir ; Adèle a légèrement viré bredin, le double choc causé par les deux meurtres a quelque peu contribué à faire péter les plombs de son encéphale. Dès qu'elle entre, ses enfants préviennent sœur Blandine de l'état mental de leur mère :

– Elle déparle, ma sœur, lui confie Patrick, d'une voix éteinte.

– Elle cause au papier peint, ajoute son frère, Nicolas, épuisé.

Sa femme, Nicole, une blonde bien en chair, aux formes avantageuses qu'elle aime faire admirer – son corsage échancré, sa minijupe ultra-mini cachent à peine l'essentiel –, minaude :

– Sans vouloir vexer, disons-le gentiment : elle fait peur.

Que de circonlocutions pour annoncer que sa belle-mère est folle, à croire qu'elle craint son mari. La sœur remarque la disparité du couple, l'aspect primate de l'époux, la féminité exacerbée de la femme. Elle la rassure :

– Je m'en occupe, courage…

Avec précaution, voire délicatesse, sœur Blandine ouvre la porte de la chambre dont on a enfin tiré les rideaux.

Drapée dans une robe noire trop chaude pour la saison, Barbara, assignée à la garde de sa belle-mère, se lève à son entrée :

– Ah ! ma sœur, quel malheur, chuchote-t-elle… Je ne sais quoi dire, quoi faire. La mort de Jacques lui a éteint la raison. Elle tient des discours de sénateur aux bêtes dessinées sur les murs.

Les yeux de jade de la jeune femme appellent à l'aide. Quelle belle plante, remarque la religieuse, avec ses longs cheveux, son corps splendide :

– Laissez, je m'en occupe.

Heureuse de pouvoir transmettre le relais, Barbara s'en va sur la pointe des pieds. Sœur Blandine découvre alors Adèle dans son lit, en train de marmonner, d'agiter les bras dans tous les sens, comme si elle conversait avec des personnes debout devant elle.

– Coucou, Adèle, c'est sœur Blandine…

Surprise, la vieille tressaille, met vite un doigt sur les lèvres :

– Chut ! ma sœur… Moins fort, fermez vite derrière vous, il est peut-être là…

– Mais qui ça, Adèle ?

– Le tueur ! Malheureuse inconsciente… Il se bambanne dans le pays, avec son fusil chargé, prêt à tirer… J'ai prévenu mes petits amis, ils doivent se cacher, il va les massacrer, c'est un franc fou.

Sa main lui montre des canards aux ailes déployées, des lièvres heureux de gambader dans la campagne, des biches au repos près d'un ruisseau… Le papier de sa chambre est imprimé d'une foule de volatiles irréfléchis, de mammifères écervelés qu'elle presse de s'enfuir. Ses yeux hagards inspectent les détails de la fresque à répétition, collée bord à bord avec soin, excepté dans un retour, où, faute de pièce, le tapissier a réuni un corps de lapin à une tête de faisan, la hure d'un sanglier à un bec de colvert :

– Pfuit-pfuit ! Partez tous, pauvres malheureux, il va vous exterminer, il a déjà tué Alexis, Jacques, et va savoir qui ?... C'est un serial grilleur, comme on dit en Amérique, il lui en faut des fournées... C'est peut-être bien lui qui a tué les saucisses de Couteillon, je le soupçonne du pire...

Plutôt que d'essayer de la ramener à la raison, effort qu'elle juge inutile, la religieuse entre dans son jeu :

– Mais non, Adèle, il est pas là, il dort, à cette heure-ci, vos gentils amis ne craignent rien.

– Vous croyez, ma sœur ?

– Bien entendu, le diable se repose bien, lui.

– Ah ? Comme le Bon Dieu, le septième jour ?

– Bien sûr.

– Tous à ronfler ? Ça m'a tout l'air d'une belle bande de fatigués, là-haut !

Une ampoule, une seringue, du coton hydrophile, de l'alcool, sœur Blandine aligne en bon ordre son attirail à pique-fesse.

– Pour ça, ma sœur, au premier coup d'œil on voit que vous n'avez rien d'une sandrouille, vous aimez les choses bien rangées.

– Question de tempérament, Adèle... Le Dr Gromentin m'a appelée, on peut commencer le traitement de votre arthrose... Allez, tournez-vous.

– D'accord, mais surveillez mes animaux, je veux pas qu'il leur fasse du mal.

– Soyez tranquille, je veille au grain.

Avec des gestes précis, elle lui désinfecte un bon périmètre de chair avant de lui injecter – doucement, une fois n'est pas coutume – sa dose de cortisone. Pour qu'ils se détendent, la technique consiste à parler aux malades ; là, sœur Blandine en profite pour dévier, peu à peu, la conversation sur le mode interrogatoire :

– Vous n'avez pas peur des piqûres, au moins ?

– Que non ! ma sœur. Depuis mon enfance, j'ai dû attraper toutes les maladies qu'il y a dans le dictionnaire, on m'a dardée comme un oursin.

– Ah ? Et on vous a soignée pour quoi ?

– Déjà, pour une primo. Pour ça, on m'a gavée de P.A.S... Et avant cette série, j'ai eu droit aux vaccins comme on les faisait à l'époque, dans l'épaule, bien profond, avec des aiguilles plus longues que la hallebarde d'un suisse... Dieu ! Ce que ça faisait souffrir ! Les jeunes d'aujourd'hui peuvent pas se faire une idée de la chance qu'ils ont avec les systèmes modernes.

– Mais vous, vous êtes d'une génération solide, de celle qui a connu la guerre.

– Hélas, oui, même si j'étais gamine pendant l'Occupation.

Le sommier craque quand la vieille femme se retourne ; sœur Blandine l'aide à se rhabiller ; sans mouvement brusque, elle la redresse, l'installe sur les oreillers, toujours en parlant :

– J'ai vu votre coin souvenir, dans le salon, avec une photo de maquisards. Votre beau-père, Edmond, était résistant, je crois ?

– Plutôt deux fois qu'une, il a même fait du vin de Boche.

– Du vin de Boche ?

– Oui, pendant l'Occupation, il produisait deux cuvées : la française, une bonne, et la frisée, un vrai jus de pastenade ! Et en plus de leur servir sa grenadine, aux Chleuhs, pan ! il leur bottait les fesses... Des gens qui savaient pas boire, ils avaient rien à faire chez nous.

Les yeux d'Adèle se ferment au passage de la brosse que la religieuse lui passe dans les cheveux, longuement, doucettement, pour l'apaiser :

– Il vous racontait ses histoires de maquis ?

– Jamais, ou très peu. Le 8 mai ou le 3 septembre, pour la fête de la libération de Villefranche, il restait chez lui. Il avait tiré un grand trait sur le passé.

– Il ne voyait jamais Julien Chomard ?

Le cœur de sœur Blandine se met à battre comme un moteur de Yamaha TZR 125, elle attend, elle espère une réaction.

– Julien Chomard ? Ça me dit bien quelque chose, ce nom-là, il en causait, mais je ne l'ai jamais rencontré...

– Il ne fréquentait plus ses camarades de combat ?

– Plus vraiment... Mis à part deux ou trois du côté de Villefranche qui avaient gagné des sous dans le commerce, il causait à personne... Et encore moins à Gaston Rampon, qu'il détestait sans que je sache pourquoi... Alexis était au courant de leur brouille, mais il a toujours fermé son clapet là-dessus...

Du coup, au nom de son mari, elle repart sur son chemin givré :

– Et il a assassiné Alexis, le maudit ! Ça va être au tour de mes petites bêtes, il tire sur tout ce qui bouge, il faut l'empêcher de faire mourir, ce tueur de vies !

– Du calme, Adèle, les gendarmes vont l'arrêter bientôt.

– Pas assez vite, ma sœur, pas assez vite... Vous verrez qu'il va massacrer ma famille, mes lapins, les saucisses de Couteillon et Couteillon lui-même, un si bon charcutier... On a affaire à un rusé, ils le choperont trop tard.

Il n'y a plus rien à espérer d'elle, Adèle replonge dans sa folie sans gilet de sauvetage...

Sans trop croire à leurs effets, sœur Blandine lui prodigue des paroles apaisantes, par réflexe, l'esprit ailleurs...

Elle se dit que son instinct ne l'a pas trompée, il lui faut découvrir les noms de ces trois commerçants pleins de sous.

⁂

Quel coup de maître ! Gustave Bonier n'en revient pas de sa dextérité : un lancé de glaviot de cette précision, à trois mètres, en plein sur la capselle rachitique qu'il visait, ça demande des années d'entraînement !

Une pareille réussite lui paraît de bon augure, il a besoin de signes, il s'accroche à eux, comme ce jet de glaire dans le mille.

– Pas de doute, j'ai pris la bonne décision, se dit-il en tapant sur une poche de son bleu de travail.

Les vignobles ondulés disparaissent de sa vue, il entre dans le village d'un pas quasi martial, avec l'air d'un homme que rien n'arrêtera, prêt à aller jusqu'au bout... Et cette lointaine destination se situe à cinquante mètres, près de chez l'épicier-bar-tabac, contre un mur attenant à l'église.

Son corps immense se dresse, sa mâchoire carrée se verrouille, ses yeux vairons se plissent, ses cheveux blancs flottent dans le vent. Gustave va se frotter à son destin, il n'a qu'à bien se tenir, ce bougre de mauvais gone !

Personne n'a pu l'arrêter dans son élan furieux, pas même sa femme, Amélie, anéantie dans ses pleurs :

– Fais pas ça, Gustave, a-t-elle larmoyé en tordant le torchon qui lui servait de mouchoir, tu vas contre la volonté du père, ça va porter malheur.

– M'en fous ! Deux morts, déjà ! Tu crois pas qu'il a pris du crédit, le malheur ? Tout ça pour cette enveloppe de merde.

– Sois poli, c'est un codicille, écrit de la main d'un mort, c'est sacré, pareil que le Nouveau Testament du curé !

– Et alors ? Je profane pas, espèce de tartouille, je te mets en sécurité.

– En expédiant l'enveloppe du père à un inconnu ?

– Parfaitement, et c'est pas un inconnu, c'est un type de confiance… Je lui explique tout dans le mot que je joins : il l'ouvrira pas, ton enveloppe bleue avec son cachet de cire, juré.

– Et comment il se nomme, ton homme de confiance ?

– Chomard, Julien Chomard…

Entre deux hoquets, Amélie avait redressé la tête :

– Ça me dit quelque chose, ce nom, je l'ai entendu quelque part…

– Forcément, quelque part… Mon paternel l'a connu dans le maquis, dans un autre groupe que le sien : Chomard combattait avec ton père. N'empêche, mon vieux l'appréciait. Il m'a recommandé à lui s'il m'arrivait un pépin, j'ai son adresse. Je crois qu'il vit encore.

– Où ça ?

– Moins tu en sauras, et mieux tu te porteras, Amélie… Et je vais clamer partout qu'on l'a plus, cette foutue enveloppe, je vais le hurler si fort que l'assassin l'entendra et te laissera tranquille… Alexis, Jacques : jamais deux sans trois, est-il écrit dans un livre.

Elle s'était signée pour conjurer le sort :

– Jésus-Marie-Joseph ! C'est vrai, ça… Mais dans quoi ?

– Dans la Bible ou le calendrier des Postes, qu'importe ! On doit s'en débarrasser tout de suite, on l'ouvrira quand on aura mis la main sur le meurtrier, pas avant, compris ?

Elle s'était remise à pleurer, mais Gustave, imperturbable, avait glissé ladite enveloppe bleue avec un mot dans une plus grande enveloppe…

Voilà, il y est… Face à elle…

C'est marrant, la boîte aux lettres est celle qu'il a connue quand il était gamin… Du coup, il hésite : et si les petits cons d'aujourd'hui allaient pisser dedans comme les petits cons d'autrefois ? Il se souvient qu'il était pas le dernier à mettre sa zézette dans la fente, porté par deux copains, pour uriner sur le courrier… Il jette un œil inquiet aux alentours… Curieux, pas un gone, et pourtant, il fait beau ! Il réfléchit : c'est vrai que du temps de sa jeunesse, il n'y avait pas les « Cafards Ninja » à la télé pour le retenir chez lui de bon matin, du reste pas de télé du tout ; les aventures, il les inventait dans la campagne avec ses copains. Rassuré, il jette son enveloppe dans la boîte.

Tiens ! Un autre signe : deux pies s'envolent au-dessus de lui…

Elles vont loin, dépassent la colline nord…

Un instant, elles se posent sur la branche d'un cerisier…

Plus de cerises ! La concurrence a déjà tout becqueté…

Le gésier vide, elles repartent au gré du vent, arrivent en vue d'un autre village où des scintillements les attirent. Des lumières aussi vives, ça ne se refuse pas quand on est une pie, des gourmandises, à coup sûr !

Déception : il n'y a rien à voler, ces éclats les ont bernées, ils pétillent des chromes de voitures étincelantes gardées par des humains tout en bleu. Elles sauraient lire, les pies, elles comprendraient qu'il est écrit « Gendarmerie » sur ces voitures trompeuses…

Ah ! Et puis zut ! En voilà une autre ! Elles ne savent pas non plus qu'il s'agit d'une 4 L, un tas de ferraille avec des roues, conduite par une bonne sœur. Écœurées, elles s'envolent à tire-d'aile, d'autant que cette sacrée femelle va les écraser… Non, mais tu as vu comme elle conduit son engin ?

– Encore vous ?

La dentelle, à l'évidence, ne fait pas partie des tissus de prédilection du lieutenant Koëstler :

– On ne voit que vous sur les lieux de crimes, ma sœur, je vais finir par avoir des soupçons.

– Charmant accueil. Mais peu importe ; sœur de la Charité, je vais être charitable : j'avoue tout, lieutenant, y compris l'assassinat d'Henri IV ; vous pouvez rentrer au bureau, taper votre rapport avec vos petits doigts jolis.

Le démarrage cacochyme d'une guimbarde au moteur grippé lui permet de faire semblant de regarder ailleurs. Au fond, se demande-t-il dans sa tête de beau ténébreux galonné, pour quelle raison est-il désagréable avec cette bonne sœur ? La veille, ne se sont-ils pas quittés réconciliés, en bons termes ? Alors quoi ? Rien, sinon que Koëstler est plus flic que militaire, et son instinct le chatouille, cette religieuse n'est pas d'un modèle courant, quelque chose cloche en elle… Mais bon, en attendant de dissiper ce curieux malaise, il se doit de faire montre de plus de civilité :

– Pardonnez-moi, ma sœur, j'ai les nerfs en pelote. Acceptez mes excuses pour cette réception glaciale.

Sa mine de matou gelé avide de caresses convainc la religieuse de mettre bas les armes :

– Ce n'est rien, lieutenant, je vous comprends… Les premières heures d'enquête sur un meurtre sont toujours capitales. Votre attention se monopolise pour découvrir le moindre détail, la suspicion vous retranche du monde. Pas facile, cet instant.

– Vous en parlez comme si vous exerciez ce métier.

– Je me mets à votre place.

– Je ne me mets pas à la vôtre. (Sa repartie le surprend, il hésite, finit par en rire :) Ceci dit avec tout le respect que je vous dois.

– Quoique, lieutenant, je vous verrais bien en robe de bure ; uniforme pour uniforme, vous feriez un moine tout à fait convenable.

– Trop tard, ma sœur, j'ai trouvé ma vocation.

Son adjoint, un sergent-chef, l'interpelle à point pour briser là :

– Mon lieutenant, on a retrouvé une douille dans la vigne.

– Excellent. Prenez garde à ne pas piétiner le périmètre.

– Pas de danger, mon lieutenant, on l'a bouclé. Si l'assassin a laissé des traces de pas, on les relèvera.

Koëstler paraît gêné de poursuivre devant son interlocutrice :

– Et toujours pas d'enveloppe bleue cachetée à la cire ?

– Non, mon lieutenant. Les hommes continuent à la chercher ; avec le vent, elle s'est peut-être envolée plus loin…

On ne triomphe pas quand on a raison face à la mort, aussi c'est sur un ton neutre que sœur Blandine s'immisce dans la conversation :

– Jacques aussi ! Dois-je comprendre qu'on lui a volé la fameuse enveloppe ?

– Oui… Il la gardait sur lui, toute sa famille était au courant. On ne l'a pas retrouvée sur sa dépouille.

Bien entendu, il évite de la remercier pour ordonner à son adjoint :

– Inspectez également les pieds de vigne, on ne sait jamais : l'assassin s'est peut-être accroché à l'un d'eux, un bout de lainage ferait bien notre affaire.

– De la laine, en cette saison ? s'exclame sœur Blandine, je vous souhaite bonne chance pour en trouver.

Que cette bonne sœur a le chic pour l'énerver !

– Je dis lainage à titre d'exemple.

– Pardon, lieutenant, je me mêle de tout sans en être priée… (Ce qui ne l'empêche pas de poursuivre :) Comment a-t-il été tué, ce pauvre Jacques Rutebœuf ?

– Vers vingt-trois heures, dans sa vigne, d'une seule balle de fusil.

– Apparemment un vieux modèle, précise le sergent-chef.

– En pleine nuit, dans le noir, à distance ?

– Tout à fait, à plus de soixante mètres. J'ai honte de le préciser, déplore le lieutenant, mais on a un sacré bon tireur face à nous.

– Mais un étourdi de première, qui laisse traîner une douille.

Décidément, elle s'entête, que signifie sa remarque ? Un tantinet rigolard, Koëstler le lui demande :

– Et après ? Il a tout simplement négligé de la ramasser.

– Ou ne l'a pas retrouvée. Votre bonhomme voit peut-être bien de loin, mais pas de près. À mon avis il porte des lunettes, et il les a oubliées ; sa presbytie l'aura empêché de récupérer sa douille. Avec un peu de chance, il aura laissé une empreinte, mais vous savez comme moi que c'est inexploitable… Il faudra autre chose pour la faire parler.

– Vous ne pensez quand même pas au test d'ADN ? relance-t-il, amusé.

– Pas vraiment, non. Bien que l'acide désoxyribonucléique soit une protéine à la masse moléculaire hypersensible, il ne résiste pas au feu. (Là, la langue du gendarme en choit sur sa cravate.) En revanche, le modèle du fusil vous mettra certainement sur la piste de son propriétaire… Et de vous à moi, il y a fort à parier pour qu'il ait servi pendant la Seconde Guerre mondiale.

Ce discours scientifico-policier achève de le surprendre. D'une part, cette bonne sœur a l'air d'en connaître un rayon, d'autre part, c'est la deuxième fois qu'elle formule des hypothèses somme toute assez logiques.

C'est vers la seconde partie du constat que Koëstler dirige son tir :

– Comment pouvez-vous supposer que l'arme ait servi en 40 ?

– Enfin, lieutenant ! Ne vous ai-je pas mis sur la voie, hier ? N'avez-vous pas appris que maître Blanchon a remis un codicille d'Edmond Ruteboeuf aux siens, dans lequel il parle d'une histoire de Résistance ?

– Si, mais encore ?

– Ça ne vous surprend pas, la suite ? Comme par hasard, dans la foulée, quelqu'un se met à tirer sur tous les Rutebœuf porteurs d'une de ces sacrées enveloppes bleues... Il y a de quoi se poser des questions sur la cause à effet ; pour moi, on a sorti de leurs râteliers les vieux tromblons du maquis.

Du bon sens mâtiné de suppositions, voilà ce qu'elle lui amène, se rassure l'officier de gendarmerie, pas grand-chose de précis, au fond :

– L'avenir nous dira si vous avez raison, ma sœur... (Prêt à la saluer, il se ravise :) Vous occupez-vous aussi de soigner Henriette Rutebœuf ?

– Non, lieutenant, on ne signale pas d'épidémie d'arthrose dans cette famille. Néanmoins, il me paraît évident que vous désirez savoir ce que je fabrique ici, alors autant vous l'apprendre : j'ai revu Adèle, ce matin, son état s'aggrave, je dois en parler avec Patrick, son fils aîné...

– Je ne vous en demandais pas tant, ma sœur... Bon, eh bien, bonne journée, le devoir m'appelle.

– C'est ça, lieutenant, coffrez-nous vite le meurtrier.

D'une rotation des talons joliment calculée, Koëstler tourne d'un coup le dos à la servante de Dieu, flanqué de son adjoint, puis gagne les vignobles d'un pas décidé. Au passage, il repousse avec politesse le groupe empressé de journalistes à l'affût de ses faits et gestes. Parmi eux, sœur Blandine remarque Gontrand Cheuillade, fort en retrait de ses collègues. Avec nonchalance, il s'approche d'elle, le nez en l'air.

– Alors quoi, Gontrand, vous ne participez pas à l'assaut, avec la meute ?

– Aucun intérêt... Je peux vous rapporter les propos de Koëstler sans les avoir entendus : « Mesdames, messieurs, l'enquête poursuit son cours, nous vous tiendrons informés dès que nous en saurons davantage. » Manuel de communication des services judiciaires, chapitre quatre, paragraphe deux. Mes collègues sont jeunes, ils ont besoin de se dépenser, je les laisse jeter leur gourme… Moi, j'observe.

D'un sourire, sœur Blandine salue la sagesse du journaliste :

– Si ce manuel existait, il conseillerait effectivement cette réponse. Au stade où il en est, Koëstler ne peut que se taire… Ceci étant, vous observez… Vous observez quoi ?

– La route, ma sœur, la route… Elle m'en a beaucoup appris sur l'assassin. Regardez-la bien…

Circonspecte, la religieuse canalise son attention sur le chemin vicinal fraîchement goudronné :

– Dans l'immédiat, je ne vois pas… Mais je découvre à peine les lieux alors que vous avez de l'avance. Auriez-vous la bonté de me fournir une indication ?

– Avec joie, ma sœur… Concentrez-vous, dites-moi où mène cette route ?

La tête de sœur Blandine effectue un mouvement de balancier :

– Elle vient de là-haut, d'une route départementale, avec une première maison au coin… Elle passe devant celle des Ruteboeuf… Elle se finit en cul-de-sac face à une autre… Au total, elle dessert trois habitations, pas davantage…

– Parfait. Et où a eu lieu le crime ?

– Je l'ignore. J'ai cru comprendre que l'on a retrouvé le corps de Jacques Ruteboeuf dans ces vignes, là-bas, sur les coteaux…

– Exactement, bien au-delà de la troisième maison.

Pendant un instant, Gontrand laisse s'installer le suspense avant de reprendre :

– Et savez-vous ce qu'il y a derrière ces coteaux ?

– Pas du tout, je connais peu cet endroit.

– Des vignes, ma sœur, des étendues de vignes… Pas de route à moins de deux kilomètres, juste des chemins caillouteux pour permettre le passage des engins agricoles... Vous comprenez, maintenant ?

Le splendide Q.I. de la religieuse se voit mis à contribution, elle réfléchit intensément, regarde la route à plusieurs reprises, les vignobles...

– Ça y est, j'y suis ! s'exclame-t-elle... L'assassin était à pied.

– Ou à vélo, mais il aurait pris le risque de se faire remarquer.

– Oui... Il ne pouvait garer sa voiture ici sans qu'on l'entende, pas plus que sur la départementale où on l'aurait forcément aperçu... Mais dans ce cas, ça signifie...

– Qu'il connaît parfaitement le pays, ma sœur, le moindre grain de gamay.

– Donc, qu'il n'habite probablement pas loin... En toute relativité... (Et cette hypothèse l'entraîne dans un calcul mental :) Par les vignes, la propriété des Rampon se situe à moins de trois kilomètres d'ici... Soit à moins d'une petite heure de marche... Mais non, ça ne colle pas...

– Pourquoi, ma sœur ?

– Je sors de chez eux, le traitement prescrit n'a fait aucun effet sur Gaston... À mon avis, il ne souffre pas d'une sciatique mais d'une hernie discale, il lui est impossible de se déplacer... Je ne l'imagine pas faire cent mètres dans le vignoble sans qu'on vienne l'y chercher avec un brancard. Qui plus est, avec toutes les pilules que le médecin lui donne pour dormir, il s'est encore effondré de bonne heure, hier soir, devant sa télé.

– Et s'il feignait la maladie ?

– Impossible, Gontrand, il ne le peut pas. D'autant que j'ai vu ses récentes radios, très mauvaises, soit dit au passage, qui prouvent que le mal le tient bien... Non, même s'il se réjouit, hélas, de la disparition d'un second Rutebœuf, il n'est pour rien dans ce traquenard... J'en suis totalement convaincue... Et puis il y a ces enveloppes bleues, il ne connaissait pas leur existence quand ses vertèbres lui ont joué un tour, c'eût été de la préméditation divinatoire.

– Est-ce à dire que celle de Jacques a aussi disparu ?

– Vous ne le saviez pas ?

– Idem le manuel, chapitre huit, paragraphe un : cachez tout aux journalistes, une enveloppe disparaît sur un cadavre et la presse accuse aussitôt le ministre des Postes.

Depuis quelques instants, les confrères de Gontrand portent leurs regards dans leur direction :

– Voyez-les, ma sœur, ces macaques ; je ne conseille pas au représentant de Xerox de les démarcher, ils copient tout seuls. On va se quitter, sinon ils vont vous harceler.

– Entendu. Mais avant, j'insiste sur un point : trouvez les noms de trois résistants devenus commerçants à Villefranche après la guerre. D'après ce que j'ai retenu d'eux, ils faisaient équipe avec Rampon, Rutebœuf et Chomard. On raconte qu'ils sont morts riches.

– Ça limitera les recherches... De nos jours, les commerçants... Les pauvres...

Jusque-là, ils conversaient doucement. Sans prévenir, Gontrand hausse le ton de manière à ce que les autres journalistes l'entendent :

– Eh bien, c'est parfait, ma sœur ! Dimanche, à la messe de onze heures !

Une poignée de mains scelle cet accord improvisé ; sœur Blandine part vers la maison de Jacques Rutebœuf, Gontrand rejoint ses confrères. L'un d'eux, un photographe, rondouillard, crépu, boutonneux, plein de morgue, s'approche avant qu'ils ne se séparent totalement, en exhibant un tee-shirt sur lequel est imprimée la mention pittoresque et de bon goût : *Professeur d'éducation sexuelle* :

– Salut ! Alors, Gontrand, on se convertit ?

Un rictus de catégorie C comme Con dévoile ses dents jaunes. Les yeux de sœur Blandine détaillent l'homme avec ostentation ; plus rapide que Cheuillade, sa réplique explose dans les oreilles du graisseux :

– C'est vous le professeur ?... Ben, ça ne donne pas envie de quitter les ordres, mais plutôt d'y rentrer.

Derrière lui, le groupe de journalistes éclate de rire ; il a perdu, il ne peut rien répondre, hormis des vulgarités qu'il ravale.

– Que veux-tu, renchérit Gontrand, pendant que la religieuse s'éclipse, à force de fréquenter le Diable au Nikon, Dieu se devait de m'envoyer de l'aide.

La suite du dialogue ne parvient pas jusqu'à la sœur, elle pousse la porte entrouverte, pénètre dans la maison, assiste à un spectacle de désolation collective. Peu de Rutebœuf manquent à l'appel, ils se sont réunis dans la douleur, à éponger les pleurs des plus fragiles, à couvrir les meubles de Kleenex trempés. Patrick Rutebœuf l'aperçoit, elle ne connaît que lui dans ce groupe, il s'approche :

– Vous, ma sœur, que faites-vous là ? Heu, c'est pas un reproche, j'en suis content, ne le prenez pas mal, mais je ne vous attendais pas.

– D'autres commenceraient par dire que le moment est mal choisi, mais la double démarche que je viens effectuer près de vous ne peut attendre.

– De quoi s'agit-il ? De ma mère ?

– Oui, en premier lieu... Il faut qu'elle voie d'urgence un spécialiste des nerfs.

– Si ça signifie la mettre à l'hôpital, chez les zinzins, pas question.

La main de sœur Blandine se pose sur son épaule :

– C'est bien mon avis, elle en mourrait. Je ne vous conseille rien d'autre que de l'emmener en consultation chez un neurologue. Quant à la suite, elle doit quitter sa maison pendant quelque temps, trop de souvenirs l'y accablent, elle doit voir un autre paysage que celui de son papier peint.

– Ça, d'accord, on a le sens de la famille, le respect des vieux, chez les Rutebœuf. C'est pas à l'hosto qu'ils nous quittent, c'est dans leur lit… Excepté pour ces deux dernières fois…

Le chagrin ravage les traits de Patrick, il respire pour proposer :

– Chez moi, vous croyez que ça irait ?

– Ce serait parfait, j'en suis convaincue, si votre femme l'accepte.

– Barbara ? C'est une chouette fille, elle aime ma mère comme sa mère, ça ne posera pas de problème.

Pour le peu qu'en ait vu sœur Blandine, elle déduit que la belle Barbara n'aura pas son mot à dire, les Rutebœuf imposent le diktat des mâles. Remarque valable pour Nicole… Pas facile d'être une femme dans cet univers.

Justement, en voilà une qui s'avance, brune, de taille moyenne, à peu près du même âge que la visiteuse, certainement mignonne quand elle n'a pas ses yeux verts embués. Patrick la présente :

– Ma cousine, Benoîte.

– Vous êtes la fille de Jacques ?

– Oui, ma sœur, l'un de ses trois enfants.

Avec des paroles sans recherche de style ou au fond religieux, sœur Blandine lui transmet toute la sympathie que son cœur est capable de produire, autant dire beaucoup.

– Merci, ma sœur, vous êtes gentille… Mon pauvre papa… Mais quand cela va-t-il s'arrêter ?

Sans hésitation, la religieuse répond avec conviction :

– Le jour où vous ouvrirez l'une de ces enveloppes, bleues ou blanches, qu'importe. On comprendra peut-être les motivations de l'assassin.

– On ne le peut, ma sœur, le grand-père a fixé des règles, on doit les respecter.

– Jusqu'à ce que vous soyez tous morts ? Pffl ! Pensez à vos enfants.

La remarque atteint Benoîte de plein fouet :

– Nos enfants ? Vous croyez que ce misérable oserait les toucher ?

– Et pourquoi pas, fou comme il est ? De toute évidence, la transmission de ces enveloppes lui désigne ses victimes, c'est-à-dire leurs derniers détenteurs. Après vous, s'il vous tue, à qui reviendront-elles ? À vos gosses, non ?

L'argument semble porter. Elle pousse son avantage :

– Pourquoi votre père est-il mort ? Pour cette fichue enveloppe bleue... Je peux me tromper, mais je le crois... Elle dérange le meurtrier... Je parie qu'il sait ce qu'Edmond a écrit, il ne veut pas que vous lisiez sa prose... J'ai une question, d'ailleurs, à ce sujet : pourquoi votre père se promenait-il dans ses vignes à une heure aussi tardive ?

– Il sortait tous les soirs pour fumer sa pipe, sanglote Benoîte.

– Alors qu'on m'explique comment l'assassin connaissait cette habitude, comment il savait qu'il avait l'enveloppe sur lui ?... Qui était au courant parmi vous ?

Pas facile de répondre à ça pour les Ruteboeuf, ça implique tous les membres de la famille. Benoîte se lance :

– Tous, on le savait tous. Il croyait pas trop à cette histoire d'enveloppe, mais il se méfiait, il avait décidé de la garder sur lui.

– Et quand vous dites tous, ça concerne lesquels d'entre vous ?

– Les trois familles directes, s'oblige à répondre Patrick, enfants, petits-enfants, conjointes, conjoints, les Ruteboeuf, les Bonier, près de soixante-dix personnes si on compte les gamins.

Les cousins s'interrogent du regard avant que Benoîte ne traduise leurs pensées à tous deux :

– Vous voulez quand même pas insinuer que ce serait l'un de nous ?

– Je n'insinue rien du tout, je ne fais que précipiter ce qui, immanquablement, va vous venir à l'esprit, et il sera trop tard.

Le doute les envahit, ça se voit. De toute manière, ils ne prendront pas de décision tout de suite, il leur faut encore du temps, les bousculer ne ferait que les braquer. Aussi, sœur Blandine met fin à la conversation :

– Pensez-y… N'oubliez pas que je ne suis pas gendarme, je peux tout entendre sans avoir à le rapporter au juge. C'est sans doute une occasion pour vous de comprendre la situation sans déclencher un scandale avec des révélations immondes. Vous connaissez l'adresse de notre couvent… Réfléchissez, je mets ma médiation à votre service.

Le mieux maintenant est de les laisser, ce qu'elle décide de faire.

– Ma sœur, la retient Patrick, sachez que j'apprécie votre coup de main.

– Moi également, ajoute Benoîte, vous m'aidez à ouvrir un peu les yeux, j'en suis pas capable toute seule en ce moment.

– Ce n'est rien, voyons… Ah ! J'oubliais : connaissez-vous le nom du réseau ou du groupe de résistants de votre grand-père ?

Tous deux hochent la tête pareillement, Patrick répond :

– C'est bien connu, il s'appelait : Grain noir…

– Un clin d'œil au Beaujolais, une manière de réunir toutes les sensibilités, d'oublier les querelles entre maquisards, souligne Benoîte.

– Même avec Gaston Rampon ?

Un sourire de faible intensité apparaît sur les lèvres de Patrick :

– Autre paire de manches, vieille histoire… Enfin, ils ont combattu ensemble.

– Vieille histoire de quoi ?

– De famille, ma sœur, du début du siècle dernier, ça date.

Au ton qu'il emploie pour en parler, sœur Blandine perçoit qu'elle ne peut guère aller plus loin. Cette fois-ci, elle s'en va pour de bon.

À deux pas de la Titine, elle croise Gontrand, toujours occupé à scruter le ciel. Les journalistes les épient, elle marmonne :

– Le réseau des résistants s'appelait : Grain noir.

– Grain noir, compris.

Elle s'installe, met le contact. Dans les coteaux, elle aperçoit Koëstler dont les gestes indiquent qu'il dirige une équipe de spécialistes venus en renfort. Il fait du bon travail, il ne manque pas de méthode, il trouvera sûrement, mais tardivement, se dit-elle ; dommage, il néglige la piste première : l'être humain.

***

Les mains jointes, les yeux fermés, elle prie dans la petite chapelle du couvent, une ancienne grange transformée en lieu de culte :

– Aidez-les à trouver le chemin, mon Dieu, donnez-leur la force de prendre les bonnes décisions dans la tourmente qui agite leurs esprits. Et pour moi, je ne demande pas grand-chose : montrez-moi un petit détail que personne ne voit pour découvrir l'assassin, je sais que vous ne vous occupez pas des affaires des hommes, mais pour une fois, s'il vous plaît, faites une exception, il y va de la vie d'innocents… Je vous remercie par avance. (Sur le point de faire le signe de la croix, elle se ravise :) Ah ! si. Et pour sœur Guillemette, vous est-il possible de la rendre un peu moins idiote ? Vu son cas, je suppose qu'il n'y aura pas de miracle. Néanmoins, si vous coloriez de manière un peu plus grise sa matière du même nom, je m'engagerais à ne plus vous dire autant de bêtises pendant mes prières du soir. Amen.

À peine levée de son prie-Dieu, sœur Blandine aperçoit la mère supérieure, debout près de l'entrée, se balancer d'un pied sur l'autre, comme prise par une envie naturelle. Mais la Nature n'a rien à voir avec ce trépignement insolite, elle l'attend :

– Ma mère ?

– J'ignore ce que vous avez demandé au Très-Haut, il est cependant possible qu'Il ait exaucé vos vœux.

Déjà ? Pourtant, il ne lui paraît pas envisageable que sœur Guillemette ait été visitée aussi vite par l'ange de l'intelligence, il a du pain sur la planche avant d'obtenir un résultat… Quant à son enquête, elle se demande comment le Ciel a pu accéder à ses prières :

– Comment cela, ma mère ?

– Deux personnes vous attendent dans mon bureau, elles disent que c'est urgent… Il s'agit de Mme Benoîte Beaujon et de M. Patrick Rutebœuf.

La surprise s'imprime en lettres grasses sur son visage, on la lit sans lunettes :

– Alors quoi ? Qu'attendez-vous ? Ne restez pas plantée là, allez-y !

Sa glotte vibre plus ardemment que celle d'un adjudant de carrière, ses poumons se gonflent pour amplifier le volume habituel de ses commandements.

– J'y vais, ma mère…

Sous la pression de l'ordre, excitée, elle pousse la porte, réfléchit, se ravise, revient vers la supérieure :

– Puis-je vous demander un service, ma mère ?

– Encore un ? Que voulez-vous de plus ?

– Que vous m'accompagniez. Je souhaite que vous assistiez à l'entretien.

– Quoi ? Mais, mais… À quoi vous serais-je utile, grand Dieu ?

– Par votre expérience, ma mère, à servir ma théorie de l'affluent.

– Et cela consiste en quoi, ce machin ?

– À écouter... Quand j'étais dans la police, je me suis vite aperçue que mener une enquête, c'était un peu comme naviguer sur un fleuve : on est accaparé par la force de son courant sans prendre garde à celle de ses affluents. Or, sur les petits cours d'eau flotte parfois un fait important, mais entraîné par la turbulence du plus grand, on le néglige... J'avais pris l'habitude de demander à un collègue d'assister aux auditions avec une mission simple : entendre ce que je n'entendais pas, voir ce que je ne voyais pas... C'est en quelque sorte ce que je vous prie de bien vouloir faire.

La requête convient à mère Adrienne, elle adore les paraboles :

– Bon... D'accord, je vous suis.

En quelques enjambées, elles traversent la cour, entrent dans le bureau où les cousins patientent. Sœur Blandine s'empresse de calmer la nervosité que leurs gestes désordonnés ne peuvent dissimuler :

– Restez assis, je vous en prie, détendez-vous...

– Bonsoir, ma sœur, lui répond Patrick, quelque peu intrigué par la présence de mère Adrienne.

– Bonsoir à tous deux... Vous connaissez déjà notre supérieure, je crois, je ne vous la présente plus.

– Non, non, inutile, balbutie Benoîte, nous l'avons rencontrée tout à l'heure. Mais, sans vouloir vous vexer, c'est vous, ma sœur, que nous venons voir.

– Je comprends bien... Aussi je m'empresse de vous informer que mère Adrienne ne s'impose pas, c'est moi qui l'aie priée de se joindre à nous, quoi que l'on se dise ici. Je vous assure que je suis une tombe, et qu'à nous deux nous sommes un cimetière. Exprimez-vous en toute confiance, vous avez notre parole que rien de ce que vous nous confierez ne sortira de ce bureau.

Le préambule a l'air de leur convenir, ils se détendent. D'un signe de main Benoîte invite son cousin à les représenter, prière à laquelle il se soumet en sortant de son portefeuille deux enveloppes blanches cachetées, celles qu'ils ont reçues chez le notaire :

– En un mot comme en cent, ma sœur, on s'est décidés. C'est vrai que ça renifle bizarre cette histoire, on comprend pas comment le meurtrier a pu savoir tant de choses sur mon oncle.

– Personne dans la famille n'est au courant de notre présence ici, ma sœur, j'avoue que maintenant on se méfie de tout le monde.

– On veut comprendre, sans que les gendarmes s'en mêlent.

– Et comme pour ce faire on doit passer par-dessus les volontés du grand-père, il nous a paru bon que vous nous serviez de témoin... Après tout, deux, ce n'est pas plus mal.

Sœur Blandine finit de les conforter dans leur décision :

– Autant vous l'avouer, dans ses grandes lignes, mère Adrienne est au courant de votre affaire.

– Ah ? fait Patrick, privé d'originalité dans ses étonnements... Bon... Comment voulez-vous qu'on procède ?

Bien décidée à jouer son rôle, mère Adrienne prend une enveloppe :

– D'une manière très simple, mon fils : nous les ouvrons ensemble, je fais la lecture à haute voix de la mienne pendant que vous vérifiez la concordance du texte de la vôtre... Cette méthode vous convient-elle ?

À l'unanimité, ils l'acceptent, brisent le cachet de cire, découvrent enfin le message du vieil Edmond :

« Mes chers enfants, connus et inconnus, bonjour. J'ai bien peur que cette lettre copiée en vingt exemplaires identiques ne vous fasse bouillir les sangs. En effet, vous n'allez pas vraiment tout savoir de quoi il en retourne, seuls les trois destinataires des enveloppes bleues pourront vous délivrer mon message complet, à condition qu'ils se réunissent : ils en ont chacun un bocon, inexploitable sans les deux autres. L'objet de la lettre que vous tenez en ce moment entre vos mains est de vous mettre tous au courant de ce procédé que j'ai imaginé pour que personne ne soit lésé. Voilà pourquoi j'agis ainsi : je sais que je vais laisser trois enfants derrière moi, Alexis, Jacques et Amélie. Chacun d'eux fondera une famille. Je souhaite que les futurs membres de ces trois familles soient des héritiers à parts égales de ce que je leur laisse. Avec mon système d'enveloppes, tout le monde est ainsi au courant, je ne veux pas d'embrouilles entre mes gones. Ce point étant établi, voilà le reste... Pendant la guerre, dans le maquis, en me repliant après les combats meurtriers de Châtillon-d'Azergues, j'ai fait une découverte étonnante. Il m'a fallu attendre la Libération pour en profiter, mais en fin de compte, je n'en ai rien fait. Elle est en lieu sûr, cette découverte, les enveloppes bleues fournissent tous les renseignements à son sujet : quoi ? où ? comment ? Vous verrez bien assez tôt de quoi il en retourne, mais sachez que votre avenir est assuré. Maintenant, j'explique les raisons pour lesquelles j'ai pas tenu à en profiter en gardant le secret pour vous seuls : d'abord, parce que je me sens tout moindre depuis que j'ai eu la jaunisse à la fin de la guerre, ensuite, à cause des Rampon. On a sur le dos une vilaine histoire avec eux, elle date de Louis, mon père, mort en 1924. Mais peu importe les circonstances, il est important qu'il n'y en ait plus un de vivant le 14 Juillet 2000 quand vous lirez ce mot. J'ai fait mon calcul, nous sommes en 1958, vous ne risquez pas d'en trouver un seul sur terre dans quarante-deux ans, excepté le Gaston. Mais s'il est toujours de ce monde, ça ne compte pas (sa femme encore moins), il peut rien exiger. Je termine en vous jurant que tout ceci a honnêtement été mené, Dieu pourra m'en causer, je n'ai commis aucun péché. J'ai même dédommagé des amis qui m'ont prêté leur concours et garanti leur discrétion dans cette affaire. La situation est nette. Je vous embrasse tous. À bientôt, le plus tard possible. Edmond Ruteboœuf. Lettre écrite le 12 juin 1950, revue le 25 juin 1958. »

Un silence suit, ils se remettent de la lecture en soufflant leur soulagement. Depuis deux jours, ils échafaudaient toutes sortes de suppositions sur le contenu de ces fichues enveloppes, ils imaginaient mille possibilités, avec, toutefois, à la clé, un bon morceau de logique : le secret laissé par le vieux Rutebœuf, en dépit de l'extravagante protection dont il l'a entouré, ne pouvait concerner qu'une histoire banale, un dernier adieu en forme de clin d'œil… Mais non, le texte du disparu leur apprend la recette d'un curieux cocktail composé d'une « découverte étonnante », d'une vendetta *made in* Beaujolais, de complicités silencieuses et monnayées, l'ensemble, les rassure-t-il, consommé jadis dans la probité.

Par principe, mère Adrienne et Patrick Rutebœuf échangent leurs lettres pour vérifier qu'elles sont bien noircies de la même encre. Un ange passe, il est chez lui dans ce couvent, mais sa manne silencieuse ne fait l'affaire de personne, il faut causer, subodorer, analyser, il est urgent d'ouvrir la bouche ; la première à retrouver l'usage de la parole – somme toute l'élément le plus pratique pour animer une conversation – est sœur Blandine :

– Après ce que nous venons d'entendre, il me paraît utile de commencer par une banalité : je pense que nous sommes tous sidérés.

– Consternés, oui ! confirme Patrick. Je m'attendais à ce que le grand-père nous révèle un endroit où il aurait caché ses économies, des emprunts russes ou je ne sais quoi de valeur, mais ça !…

– Ou même qu'il se libère d'un poids qu'il avait sur le cœur, complète sa cousine, une révélation sur les actions de la Résistance, par exemple.

– Et là, il évoque une « découverte », poursuit sœur Blandine. Qu'a-t-il pu découvrir de si extraordinaire qu'il ait voulu taire pendant cinquante ans ?

Un toussotement lui rappelle la présence de mère Adrienne :

– À mon avis, ma sœur, vous naviguez en plein milieu de votre fleuve. (Il semble qu'elle ait pris son rôle de surveillante des affluents avec sérieux, son gros doigt souligne une phrase de la lettre :) Vous négligez par trop le passage sur les Rampon, il insiste sur le fait qu'en 2000 il n'y aura plus un seul représentant de cette famille, excepté, peut-être, le vieux Gaston et sa femme. Ça cache quoi à votre avis ?

Pour peu, sœur Blandine lui sauterait au cou :

– Exact, ma mère ! Il a bien dit « excepté »... Ça signifie qu'il y avait d'autres membres vivants de la famille Rampon quand il a écrit ces lignes.

– Impossible, intervient Patrick, Eugénie et Gaston étaient déjà les derniers du nom en 1950. Il n'existe plus d'autres Rampon depuis des décennies.

– Pas tout à fait, lui assène sœur Blandine... En sortant de chez eux, avant-hier, j'ai rencontré Sébastien, leur neveu... Du moins je l'ai aperçu de loin.

– Un neveu ? s'exclame Benoîte. Mais d'où le sortent-ils ? Gaston était fils unique, Eugénie, elle, n'avait qu'une sœur, morte vieille fille, sans enfant.

– Incroyable mais vrai, ce neveu est fait de chair et d'os.

– Et il s'appelle Rampon ?

– Ça, monsieur Ruteбœuf, je ne peux répondre... Mais si je peux compléter les remarques de mère Adrienne, je ne vous cache pas mon intérêt pour la fin de la lettre de votre grand-père, là où il reconnaît avoir eu recours à l'aide de quelques amis discrets et rémunérés pour un coup de main qu'ils lui ont donné...

À ces mots, la supérieure soupire de soulagement :

– Ah ! Quand même ! Je me demandais si vous alliez vous en apercevoir, je commençais à douter de vos qualités de flic.

Les cousins blêmissent, se regardent, apeurés ; Benoîte reprend :

– Flic ? Je ne comprends pas… Vous n'êtes pas religieuse ?

– Mais si, en bonne et due forme depuis des années, ne vous paniquez pas…

Bien qu'il lui en coûte, mère Adrienne les calme par une confidence :

– Autant que vous sachiez que sœur Blandine a servi dans la police avant d'appartenir à Dieu. Je juge utile de vous l'apprendre pour vous mettre en confiance sur ses compétences. Mais, en retour, je compte sur votre discrétion, inutile que son passé soit connu de tous.

En femme habituée à subir la mâle autorité des Ruteboeuf, Benoîte en tombe à la renverse :

– Vous avez été « policière » ?

Parcours que son cousin tente de réduire à une portion congrue :

– Certainement fliquette en uniforme, à mettre des PV sur les pare-brise.

– Pas du tout, j'étais commissaire à la Brigade criminelle.

Clouer le bec à ce phallocrate, dont la mâchoire du coup choit sur le parquet, la comble d'aise, sans le moindre soupçon de charité :

– Maintenant, il convient de retrouver les adresses de trois anciens commerçants de Villefranche… Vous allez peut-être me les donner ?

Et elle développe son idée, avec talent, avec brio… Mais, hélas, ils ne savent rien…

Ce serait bien que Patrick Ruteboeuf referme la bouche, il va finir par baver sur le tapis…

DU MAGNUM AU TONNEAU

Des draps en flanelle, manquait plus que ça ! Mais qu'a-t-elle dans la tête, Amélie, pour confondre l'hiver avec le chautemps ? Il règne pourtant une de ces chaleurs dehors, que dire alors de celle qu'il subit dans la chambre ? Un vrai sauna de Parisien, impossible de dormir, même d'un œil.

Il grogne, Gustave, il maugrée, il tourne, se retourne dans son lit, pousse de rage la literie jusqu'au pied du lit… Tiens ! Elle a même enfilé sa grosse chemise de nuit en coton pour se coucher, il ne s'en était pas aperçu. Mais c'est vrai qu'il ne fait plus attention à elle ; à l'extinction des lumières, il ronfle. Le temps a tué ce qu'il appelle la passion, un mot entendu dans *Les Feux de l'amour*, qu'il a repris pour qualifier ses fourmillements glandulaires disparus.

Incapable de trouver le sommeil, il s'assied lourdement sans pour autant la réveiller. De toute manière, avec tous les machins anti-fou qu'elle a avalé, elle ne craint rien, le docteur lui en a collé une bonne ration, elle dort profondément. Après tout, il ne peut pas lui en vouloir, deux frères assassinés coup sur coup, il conçoit qu'elle a de la motivation à virer foutraque. Peu à peu, il se calme, pense tout haut :

– Faudrait que je lui change les idées… Tiens ! Je vais l'emmener à Carrefour, ça la distraira.

Content d'avoir trouvé cette poussière de magie dont il va saupoudrer son couple, Gustave s'apprête à s'allonger, l'épiderme toujours en sueur, mais le cœur léger… Décidément, il en a des idées en ce moment, et celle d'avoir expédié l'enveloppe bleue à Chomard n'est pas la moindre, un vrai trait de génie salué par la famille éberluée… Il faut avouer qu'il ne les a pas habitués à admirer son intelligence, il sait même que d'aucuns prétendent qu'il en est dépourvu, qu'il n'a pas inventé l'œuf dur… Tous des jaloux : il a plus de vignes que tous les Rutebœuf réunis, il leur pisse à la raie comme il a l'habitude de leur envoyer sans ambages, ce à quoi ils s'empressent de le traiter de vulgaire et, surtout, de prétentieux !… La prétention, il n'y a pas pire défaut par ici ; dire à quelqu'un qu'il est prétentieux, c'est lui reprocher de ne pas causer vrai, comme un snob, de ceux qu'on voit à la télé à minuit, de ne pas se prendre pour un quart de boudin blanc, à s'habiller autrement que tout le monde, ou, plus grave encore, de ne pas aimer le foot et d'oser le faire savoir…

– Je les emmerde, susurre-t-il avec délice.

Après tout, tant pis pour les convenances ; il se dévêt pour ne garder que son caleçon ; ses longues jambes poilues partent à la conquête d'un espace maximum, quitte à bousculer Amélie.

– Cesse de râler, pousse-toi.

Bizarre… Il se rend compte que sa femme n'a rien à voir dans les gémissements qu'il lui reproche. Ça geint encore. Des vilains pleurs. Ils viennent de la cour, de l'autre côté de la maison.

D'un saut, le cœur en bouillie, il se retrouve pieds nus sur le tapis acheté à un Arabe, après un marchandage épique, se glisse entre les meubles sans allumer une seule lampe, franchit le salon jusqu'à l'entrée où il enfile ses bottes de travail. Pour ça, son accoutrement vaut le coup d'œil, on dirait un pêcheur de crevettes nécessiteux à marée basse, à la différence près qu'il n'emporte pas un filet pour sortir, mais un fusil à deux coups, chargé pour le gros gibier, avec du plomb en conséquence.

Malgré ses précautions pour marcher doucement, ses semelles en caoutchouc ne peuvent feutrer leurs couinements. Leurs crip-crip spongieux signalent de manière dangereuse sa présence à des lieues à la ronde ; il se passerait volontiers de leur chantonnement, mais que peut-il faire maintenant ? Reculer ? Trop tard, il arrive en bas des marches.

Et voilà que ça recommence, une nouvelle plainte, brève cette fois. Elle vient de l'entrée, vers la niche du chien. Il tend l'oreille, relève le nez... Ce ne sont plus ces gémissements qui l'inquiètent, mais plutôt un babil insolite, une espèce de glouglou de bouteille, de même qu'une affreuse odeur de vinasse.

– Bordel de merde ! s'écrie-t-il en quittant les escaliers... Du vin... Du vin !

Les tomettes de la cour en dégoulinent, le bac à fleurs dégabe de jus rouge, un long filet de beaujolais serpente jusque sur la route. Les yeux écarquillés pis que des coquilles Saint-Jacques ouvertes, Gustave ne sait plus par quel juron aborder la catastrophe. D'autres cris de douleur lui indiquent sa priorité :

– Putain de nom de Dieu ! se décide-t-il enfin à crier, dans un classicisme imposé par l'urgence... Cep ! Mon vieux Cep, mais qu'est-ce qu'on t'a fait ?

La gueule en sang, la boîte crânienne quasi défoncée, le chien de Gustave gît dans sa niche en pleurant.

– Mais faut être qui pour frapper une bête sans défense ?

Sur la porte, il y a bien une plaque marquée « Chien méchant », mais elle est plus là pour se protéger des assureurs que des voyous ; le pauvre cabot, dont personne n'a jamais pu préciser les origines, n'a jamais croqué autre chose que des mouches.

– Où il est ce salaud ? Je vais lui régler son compte...

Le déversement du vin lui indique qu'il doit se cacher dans le caveau... Changement de masque... Une rage d'homme révolté le prend aux tripes ; Gustave se redresse, cale la crosse de son fusil sous son aisselle, en relève le chien, prêt à tirer ou, à vrai dire, décidé à crever la paillasse au premier qui bougera, sans le moindre grain de pitié. Il s'avance dans la mare vineuse dont le flot grossit, les dents serrées, le doigt prêt à appuyer sur la détente, le pas lourd : il se fiche à présent du bruit que font ses bottes, tant mieux si l'autre l'entend, il faut qu'il ait peur avant d'en recevoir plein la gueule.

– Foutre de merde…

Là, il ne l'a pas crié, il a laissé glisser le juron entre ses lèvres. Devant lui c'est un spectacle de désolation, un saccage jamais vu de mémoire de vigneron… Le vin se déverse des cuves éventrées, et pourtant elles sont solides… Il ne comprend pas comment l'autre est parvenu à briser les robinets sans qu'il l'entende… Cette masse, là, dans un coin, elle ne lui appartient pas, l'autre a dû l'amener pour tout bousiller… Mais pourquoi ? Pourquoi un tel acharnement ?

– Je vais lui faire la peau…

Cette phrase aussi a été murmurée, assez fort cependant pour trouver une réponse. Elle lui parvient sous la forme d'un déclic, un bruit que l'on ne peut confondre avec celui d'un bouchon de bouteille… L'autre est là, derrière lui, l'arme au poing, à un mètre, prêt à lui tirer dans le dos… Un souvenir auditif, venu droit de son service militaire, lui fait tout de suite reconnaître l'enclenchement d'une balle de pistolet, un vieux modèle, à coup sûr… De chasseur, il devient chassé, situation propre à le faire réfléchir :

– Qu'est-ce que vous voulez ?

Aucun son ne sort de la bouche de son agresseur… Parler, il faut lui parler, gagner sa confiance :

– Si c'est pour l'enveloppe, vous arrivez trop tard, on ne l'a plus, on veut même pas savoir ce qu'elle contient.

Toujours pas un mot ; dans son dos, l'autre ne bouge pas.

– Pourquoi cette violence, qu'est-ce qu'on vous a fait ?...

Silence absolu. Son fusil lui brûle les doigts, il faut qu'il le retourne contre cette espèce de fou, sinon il va le descendre, froidement, comme ses deux beaux-frères. Reste à savoir comment s'y prendre... Par une ruse, un mouvement qui le surprendra... Voilà, il va l'avoir par surprise :

– Mais parlez, bon sang, dites quelque chose... Ça, par exemple ! ! !

Il hurle comme jamais, il ne se savait pas capable de sortir un tel souffle de sa cage thoracique... Il opère brusquement une volte-face, lève son fusil... Mais pas assez vite, l'autre lui tire une première balle dans le ventre... Il s'affaisse...

Et il le voit enfin :

– Toi ?... C'est toi ?

Ses mains lâchent le fusil, ses yeux se plissent sous la douleur, sa bouche s'ouvre autant pour chercher de l'air que pour marquer sa stupeur :

– Toi ?...

L'autre ne dit rien ; sa main armée se lève, se dirige vers le crâne de Gustave, l'index appuie sur la détente.

La dernière image que l'assassin a de sa victime est des plus pitoyables : un corps habillé de façon ridicule, plongé sur le ventre dans un océan de vin rouge.

En partant, il entend la voix d'Amélie que les coups de feu ont réveillée :

– Gustave ! Où es-tu ?... Gustave !... Ferme les volets, j'entends l'orage !

Le chien, lui, a fini de geindre.

⁂

Depuis plusieurs mois, l'avenue Berthelot a acquis une spécialité inégalable, celle du bouchon lyonnais. La recette est simple : vous prenez une artère de bonne longueur, de largeur confortable, vous la confiez à un fonctionnaire champion des procédures, vous le laissez y construire un tram avec une bonne dose de logique administrative pour gérer les travaux, et vous obtenez ainsi un embouteillage permanent en plein centre-ville.

Ah ! ce tram… Pour voir le jour, il aura fait couler autant de sueur que d'encre et de salive. Il n'empêche ; pour l'instant, ce quartier de la rive gauche de Lyon est devenu impraticable. On a plus de chance de trouver la fabuleuse combinaison du Loto qu'une place pour s'y garer en trente secondes.

– Quand je pense que cet ineffable bazar a pour but de doter la ville d'un moyen de transport aussi moderne que les carrosses, j'ose à peine penser à ce que seraient les rues si on décidait de rétablir les chaises à porteurs.

Voilà un bon quart d'heure que Gontrand Cheuillade tourne en rond au volant de sa voiture. Quel que soit l'endroit où il dirige son regard, il ne voit que des automobilistes exaspérés, des piétons apeurés, des agents énervés. On s'invective, on se fait des mimiques pas jolies d'un véhicule à l'autre. Signe des temps, suivant leur quartier d'origine, les conducteurs impolis font référence à la mère ou à la sœur de l'autre. L'injure vole bas, NTM versus Queneau. Bref, le langage pue le gas-oil.

Ça y est ! Une Safrane se sauve de la rue de Marseille… N'est-ce pas le comble, pour un Lyonnais, que d'y trouver refuge ? Marseille, la concurrente, prétendante au titre de deuxième ville de France, alors que tout le monde sait que c'est Lyon !

Peu lui chaut, à Gontrand, il se range dans l'espace vacant après un créneau salué par un concert d'avertisseurs, sort, se plie dans une révérence méprisante avant d'abandonner la cohorte des stressés à leur triste sort.

Il lui faut peu de temps pour atteindre le 14 de l'avenue Berthelot, un bâtiment de la fin du XIXe siècle reconverti en

Centre d'histoire de la Résistance et de la Déportation… après avoir servi de siège à la Gestapo. Un appel de Victoire, la veille au soir, l'a mis sur cette piste, il doit y rencontrer un dénommé Villeneuve, un ancien résistant. À l'occasion, ce dernier anime des conférences guidées dans les caves du musée, là même où les nazis enfermaient leurs prisonniers ; et c'est le cas aujourd'hui.

Villeneuve… Un patronyme venaissin, certainement un juif du pape.

Qu'ils soient juifs, chrétiens, musulmans ou adorateurs du nombril, pour Gontrand tout pratiquant d'une religion porte un joug, des fers aux pieds, un cadenas au mental. À ses yeux, le fait que Villeneuve soit israélite ne le distingue pas du lot si ce n'est qu'il appartient à une communauté davantage désignée que d'autres par la folie des hommes. Dans sa singulière tolérance, il considère que chacun naît dans l'égalité avec son voisin, mais que les églises s'empressent d'établir des différences. La haine de son grand-père pour les fils de David, l'intégrisme catholique de son père, le fanatisme musulman qu'il a connu en Algérie, et même le paroxysme religieux de certains de ses amis juifs l'ont dégoûté à jamais de tout ce qui pouvait ressembler à un dieu.

– Pas la moindre touche de couleur pour figurer l'espoir… Je parie que le mur des Lamentations est un poil plus pimpant.

Le gris domine la façade du musée, dans une tristesse qu'il a du mal à supporter. C'est vrai que son sujet ne se prête pas à la gaieté, pourtant Gontrand aimerait qu'on y ajoute un symbole optimiste pour figurer l'espoir que ces horreurs ne recommenceront jamais…

Un truc simple, le piaf de service avec son rameau d'olivier dans le bec, par exemple.

Sur ces considérations, il pénètre dans les lieux où règne un silence pesant. Quelques visiteurs attendent en chuchotant, impressionnés par le décor, respectueux du sommeil des victimes dont on sent les âmes scellées à ces murs. Une dame âgée, aux cheveux blanc-bleu, l'accueille avec solennité. Carte de presse en main, il se présente :

– Gontrand Cheuillade, du *Progrès*. M. Daniel Villeneuve m'a donné rendez-vous, ici, à neuf heures.

– Daniel ? Mais bien entendu, patientez, il ne va pas tarder.

En effet, à peine s'est-il assis que son hôtesse lui montre un vieux monsieur, à la petitesse accentuée par un dos courbé, doté d'une tignasse blanche abondante, avec des mèches en cascade sur un visage épais, au centre duquel pointe un nez bourbonien. Les lèvres grasses du bonhomme exhibent un perpétuel sourire en harmonie avec un regard rempli de malice… Gontrand se lève pour aller à sa rencontre :

– Monsieur Villeneuve ? Je suis Gontrand Cheuillade… Je vous ai eu au téléphone, hier soir.

Pas facile de déstabiliser le journaliste. Pourtant, les yeux de Villeneuve l'impressionnent, comme s'ils étaient dotés du pouvoir surnaturel d'avoir tout vu, tout compris de ce monde :

– Oui, en effet… Enchanté de vous connaître, monsieur Cheuillade, j'aime beaucoup la liberté de ton de vos articles.

– Vous me flattez.

– Je n'en vois pas la nécessité, c'est sincère… Alors, comme ça, la presse devient l'auxiliaire de la police ?… Je ne connaîtrais pas la commissaire Amalfi, et encore moins votre réputation, je serais en droit de me poser des questions sur l'avenir de notre démocratie…

– Soyez assuré que le quatrième pouvoir n'a pas conclu d'alliance occulte avec les forces de l'ordre… Ce n'est pas demain que l'on délivrera des permis de chasse aux sorcières.

Le rire bref de Villeneuve, un rire rapide, aigu, met fin au discours de Cheuillade :

– Mais après-demain, monsieur ? Cet endroit nous rappelle que tout est possible, surtout le pire.

– Le passé, hélas, nous a enseigné que le pire engendrait le meilleur. La presse aussi a dû conquérir sa liberté dans le sang, elle n'a pas l'intention de la brader.

La remarque satisfait l'ancien résistant, sa main presse celle de Gontrand pour lui faire comprendre qu'ils parlent la même langue :

– Bien, bien... Suivez-moi, nous serons mieux ailleurs pour discuter.

Ce n'est pas la première fois que le journaliste visite le Centre, mais il y est pris toujours du même malaise. Des déportés parqués comme on n'ose pas enfermer du bétail, des têtes d'enfants hagards conduits à l'abattoir, les photos le long des murs lui montrent le plus haut degré de la barbarie humaine, à l'éradication promise, mais toujours active à moins de mille kilomètres de Lyon.

– Voilà, monsieur Cheuillade, installons-nous là.

Un salon bourgeois pendant l'Occupation, voilà l'endroit choisi par Villeneuve pour poursuivre leur conversation. En deux mots, il explique l'objectif de la reconstitution qui les entoure :

– Cette pièce sert à montrer l'importance qu'avait la propagande à l'époque ; on dit la « communication » aujourd'hui. Le poste de TSF posé sur ce meuble capte la BBC en permanence... Vous apprécierez, je l'espère, ce choix du lieu pour vous recevoir.

– J'avais remarqué le symbole.

Sans hésiter, il s'installe dans un fauteuil, imité par Gontrand :

– Allons au fait, monsieur Cheuillade, comment puis-je vous être utile ?

Les doigts du journaliste pianotent sur son menton :

– À la vérité, plusieurs possibilités s'offrent à moi pour vous présenter ma requête. Il me semble qu'avec vous la plus directe est la meilleure.

– La preuve en est, cher monsieur, que votre introduction me paraît déjà de trop.

– Alors, soit : je cherche un homme, un résistant, apparemment encore en vie, dont le nom est Julien Chomard. Savez-vous où je peux le joindre ?

Les sourcils épais de Villeneuve se soulèvent de surprise :

– Tiens donc ? La commissaire Amalfi ne peut vous renseigner ?

– Pas vraiment.

– Ah ! Depuis qu'ils sont informatisés, les flics ne savent même plus retrouver l'adresse du président de la République… Et qu'a-t-il fait, votre Chomard ?

Une voix bien connue de son instinct murmure à Gontrand que Villeneuve le teste. À mille contre un qu'il possède la réponse :

– Rien… La police n'a pas la moindre raison de s'intéresser à lui, les journaux non plus, mais il me le faut.

– Et pourquoi vous adressez-vous à moi, qu'ai-je à voir avec ce Chomard ?

– C'est un pseudonyme, un nom de résistant…

Les énormes narines de Villeneuve frémissent, il se les gratte en réfléchissant :

– Résistant, résistant… Ça manque de précision… Moi, j'étais dans le Vercors dès 43… Ce qui pouvait se passer ailleurs me volait au-dessus de la tête, on avait déjà fort à faire avec la milice locale, je ne pouvais connaître les noms de tous mes compagnons dans les autres maquis.

Les bras du journaliste s'écartent pour marquer une évidence :

– Monsieur Villeneuve, c'est vous qui venez de dire que Chomard se trouvait « ailleurs »… Je ne vous ai pas précisé l'endroit où il combattait.

Piqué au vif, le vieil homme hésite entre poursuivre dans la logomachie et offrir un début d'éclairage. Son rire fuse decrescendo, il choisit la deuxième solution :

– Excellente écoute, digne d'un professionnel, vous êtes redoutable... Bon, admettons que j'aie pu le fréquenter, ce Julien Chomard, que lui voulez-vous ?

– Je ne désire que l'aider à rester en vie : quelqu'un va certainement chercher à le tuer.

– Le tuer ? Comme vous y allez ! Comment se fait-il que la police ne fasse rien pour le protéger ? Pourquoi vous en occupez-vous, vous, un journaliste ? Elle attend quoi, Amalfi ?

Mélange de méfiance et d'ironie, le ton du vieil homme renforce son attitude narquoise. Sans se démonter, Gontrand fait face :

– Ce n'est pas aussi simple, monsieur Villeneuve. Qui plus est, cette affaire dépend de la gendarmerie... Or, si Victoire m'accorde quelques bontés dont j'use avec douceur, par tempérament je n'oserais abuser de celles d'un lieutenant Koëstler, aussi beau soit-il, pour m'immiscer dans son enquête.

– Je vois...

Le rire caractéristique de l'ancien maquisard remplit à nouveau la pièce :

– Peut-être que si vous me racontiez tout, la mémoire me reviendrait... J'ai rencontré tant de gens dans ma vie que j'en arrive à les confondre.

– D'accord, je vais vous résumer la situation.

De la manière la plus concise, la plus brève qui soit, Gontrand narre alors l'histoire des Rutebœuf, l'assassinat des deux frères – il ne sait pas encore pour Gustave –, le pataquès des enveloppes blanches et bleues, sa collaboration avec sœur Blandine... Sursaut outré de Villeneuve :

– Une bonne sœur ! Et pourquoi pas les Petits Chanteurs à la Croix de Bois ?

– Elle a été un flic extraordinaire, elle a plus que de beaux restes.

– Physiques ou mentaux ?

Gontrand déteste la gaudriole, même motivée par un anticléricalisme primaire :

– Voyons, monsieur Villeneuve... Mon athéisme est proverbial, je n'ai aucune considération, bonne ou mauvaise, pour l'Église, mais je respecte les religieuses... Et en particulier celle-là.

– Voilà un autre point que nous partageons : je ne crois pas non plus en Dieu, depuis longtemps, d'ailleurs... Mais revenons à votre sœur Blandine... À supposer que je sache où trouver Chomard, quel intérêt aurait-il à s'adresser à elle plutôt qu'aux gendarmes ?

– La discrétion... S'il habite toujours la région, ce serait bien le diable qu'il n'ait pas entendu parler des deux meurtres... Et comme je suppose qu'il est au courant, j'en déduis qu'il garde le silence pour des raisons que j'ignore... Sœur Blandine est la personne idéale pour ce monsieur, il ne risque pas qu'elle aille dévoiler son identité.

Mais Villeneuve ne se laisse pas convaincre facilement :

– Il veut peut-être qu'on lui fiche la paix... Et puis j'y songe : sur quoi vous basez-vous pour croire que l'assassin risque de s'en prendre à lui ?

Voilà Gontrand arrivé à la partie la plus difficile de sa plaidoirie :

– Tout tourne autour du maquis... Le contenu du codicille d'Edmond Rutebœuf rejette toute ambiguïté sur ce point, il l'explique nettement dans le message qu'a lu le notaire... Tous prédicats réunis, l'analyse de sœur Blandine aboutit à une synthèse tragique : le coupable va vouloir effacer les pistes qui mènent à lui ; elle est viscéralement convaincue qu'il va tout mettre en branle pour éliminer les témoins de l'époque.

– M'ouais… Les bonnes sœurs sont toujours un peu visionnaires, comme à Lisieux.

– Vous imaginez sainte Thérèse en flic ? Moi, non… En revanche, j'ai pu juger sœur Blandine sur le terrain… Je crois qu'elle a raison.

Hésitant, mais moins hostile, Villeneuve poursuit, toujours à la recherche de garanties :

– Bon, va pour le savoir-faire de votre sœurette… En revanche, ce que je ne m'explique pas, c'est la raison pour laquelle Victoire vous a dirigé vers moi.

Tiens ! Gontrand remarque avec amusement que le vieil homme appelle maintenant « la commissaire » Amalfi par son prénom :

– Allez savoir… Nous avons dû admettre qu'il était quasiment impossible de retrouver un résistant à partir de son pseudonyme… En réfléchissant, je lui ai fait valoir que si Chomard était juif, communiste ou franc-maçon, j'aurais peut-être une chance de le dénicher grâce à ses anciens amis, de la même synagogue, cellule ou obédience. Il y en avait beaucoup, en ces temps troublés, dans le maquis, et pour cause… Victoire m'a écouté, puis l'idée lui est venue de me donner vos coordonnées… Voilà, c'est tout…

– Et elle vous a ainsi envoyé vers moi, vieux juif athée, mais juif malgré tout ?

– Exactement… Je suis conscient que la piste est mince, mais je n'en ai pas d'autre.

Tous les membres de Villeneuve se figent, Gontrand comprend que son interlocuteur prend sa décision, mieux vaut se taire, ne rien ajouter…

– Tout ça pour un bon article ?

– Pas forcément en citant le nom de Chomard… Vous m'avez fait remarquer ma liberté de ton, tout à l'heure ; il est exact que j'y attache de l'importance… Autant que vous sachiez qu'elle commence par respecter celle de ceux que l'on peut éviter de nommer dans un journal. Mais avant tout, je vois dans cette affaire une vie à sauver, ça vaut plus qu'un beau titre sur trois colonnes.

Un dernier long, long, long silence… Le vieil homme sourit bizarrement :

– Un juif, un communiste ou un franc-maçon…

– Personne n'est parfait…

– Dans ce cas, je suis – ou j'étais – deux fois imparfait.

– Ah ?… Mais encore ?

– Outre le fait que je connaisse bien le cercle de plus en plus restreint des résistants, savez-vous pourquoi Victoire vous a guidé vers moi ?

– Joker ! Je l'ignore.

– Parce que, tout comme son père, qui militait en Corse, j'ai longtemps appartenu au Parti communiste ; ça crée des liens.

– Son père ?

Il lui en faut peu pour éviter de mourir de rire en pensant au radicalisme de Victoire, à son goût du luxe, à sa passion pour les tables bien notées dans le *Guide Michelin*.

– À un haut niveau, qui plus est. Comme moi, Dominique Amalfi a quitté le PC, sans pour autant couper ses convictions de son cœur… Enfin, il faut savoir tirer un trait, n'est-ce pas ?… Je m'empresse d'ajouter que ce que je vous raconte est de notoriété publique, sinon…

– Vous vous tairiez, je m'en doute…

Mais cette confidence sent le préambule à une autre plus importante :

– Si vous me confiez avoir été communiste, je suppute que ce n'est pas gratuitement ?

Villeneuve se niche dans son fauteuil ; il soupire :

– Non… Je connais bien Julien Chomard, je sais qui il est, où il habite… C'est un marxiste pur et dur. Nous avons combattu ensemble, côte à côte, mais pas en quarante…

Par principe, Gontrand lui montre son carnet, son stylo ; Villeneuve l'autorise à prendre des notes.

Parce qu'il est un homme qui ne croit en rien, il lui fait confiance…

Mais…

⁂

Près de Jarnioux, à la même heure, le dernier acte d'un drame se joue.

Tel un gros bébé amené chez le photographe pour se faire tirer le portrait, allongé sur le ventre, les fesses à l'air, une bulle de salive collée aux lèvres, Gaston Rampon s'apprête à recevoir son ultime piqûre :

– Allez, ma sœur, vite, qu'on en finisse.

– Dites donc, Gaston, c'est pas une euthanasie, juste une injection d'anti-inflammatoire.

– Ah ! Parce que ce damné liquide est censé éteindre quelque chose ? Moi, je constate qu'il me met le feu au derche. Ça n'en finit pas de me brûler l'intérieur.

De son éternel poste d'observation, la cuisine, Eugénie rouspète :

– Ben voilà, c'est reparti pour les gros mots.

– Qu'est-ce qu'elle gongonne, l'autre, là-bas ?

– L'autre, elle te dit que tu deviens plus grossier qu'un vieux verrat… T'es tout gringe à peine qu'on te touche, mon pauvre bonhomme, tu grognes des vilaineries sans même plus t'en apercevoir.

Avant que le ton monte, que le verbe claque, dans un scénario bien huilé, sœur Blandine met un frein à la dispute :

– Moi aussi je vais vous en servir de la vulgarité : votre traitement, mon cher Gaston, il ne vous vaut rien, c'est du gros caca-boudin en tube.

Bien que la nouvelle ne lui donne pas envie de plaisanter, le vigneron pouffe de rire :

– Vous appelez ça de la vulgarité, ma sœur ?

– Disons qu'il s'agit plutôt d'un constat, hélas pour vous… Comment vous sentez-vous, aujourd'hui ?

– Pas mieux qu'il y a huit jours. J'ai du mal à tenir sur mes fumerons, mon dos part en briques, je souffre dès que je me lève… Une horreur.

– Si je ne l'aide pas le matin, il peut pas quitter ses draps.

Le sourire de la religieuse reflète ce qu'elle imagine du tableau : la grignette Eugénie tirant le massif Gaston de son lit ; la scène doit valoir le coup d'œil. Mais la souffrance de Rampon n'a rien d'amusant. Elle se ressaisit, prend une grande enveloppe kraft posée sur un guéridon, en extrait des radiographies, les expose à la fenêtre :

– Un scanner nous en dirait davantage… L4, L5, d'accord, mais on ne peut voir s'il y a une hernie cachée dans ce puzzle, et je suis sûre que vous en avez une.

Fataliste, Gaston accueille la nouvelle avec résignation :

– À force de se pencher sur le raisin, à monter, à descendre les vignobles, il faut bien que la machine se déglingue… Je suis bon pour la casse…

– Oh ! Gaston, j'ai parlé d'une hernie, pas de la petite chaise à roulettes. Ça se soigne très bien, il n'est même pas besoin de vous opérer si c'est bien pris… Et dans le pire des cas, vous gambaderez un mois après l'opération.

– Ah ? Pourtant on vous charcute la colonne vertébrale… On attrape la paralysie pour moins que ça.

– Mais c'est quoi ces idées ?… Bon, d'accord, j'ai compris, je vais joindre moi-même votre médecin pour qu'il fasse le nécessaire, il vous remettra sur pied en moins de deux. C'est qui, déjà ?

– Le docteur Gromentin.

Pour un peu, sœur Blandine se donnerait des gifles… Gromentin, le médecin de famille des Rutebœuf… Pourquoi n'a-t-elle pas fait le rapprochement ?… Gromentin… Intéressant, très intéressant :

– Question bête : vous savez qu'il soigne aussi vos amis les Ruteboeuf ?

La moue d'Eugénie lui montre à quel degré elle s'en fiche :

– Avant le docteur Gromentin, il y avait déjà un docteur Gromentin, son père.

– Un bon, ajoute Gaston. Il en a sauvé, des hommes, dans le maquis, il a pas eu le temps de s'endormir sur son bistouri.

– C'est donc un peu normal que les familles de résistants continuent d'aller chez le fils, d'autant qu'il n'est pas mauvais toubib... Et puis un docteur, c'est comme un curé, on va pas voir qui il confesse, le Bon Dieu appartient à tout le monde.

La franc-comtoise martèle les quelques secondes utiles à sœur Blandine pour examiner mentalement la situation. Si Gromentin a conservé la clientèle de son père, il connaît forcément tous les maquisards présents sur la fameuse photo, Julien Chomard, les veuves hypothétiques des trois commerçants décédés à Villefranche, et non des moindres : l'inconnu dont Rampon ne veut pas parler... Mais il a peut-être aussi plus à dire, car qui d'autre que lui fréquente ce club fermé ? Personne, apparemment.

– Pouvez-vous me donner son numéro ? Je vais l'appeler tout de suite.

Mais le téléphone sonne avant qu'Eugénie ait le temps de consulter son carnet d'adresses. Comme beaucoup de personnes âgées, la sonnerie la met dans un état de panique insensé, elle se précipite à petits pas rapides vers le combiné en lui lançant des « voilà-voilà », persuadée qu'on l'entend à l'autre bout du fil. Elle décroche :

– Allô, oui... C'est bien ici... Elle est toujours là... Je vous la passe... Pour vous, ma sœur...

Intriguée, sœur Blandine prend la suite, les yeux inquiets des Rampon fixés sur elle :

– Bonjour, je vous écoute... Oui, j'allais partir... Quelle nouvelle ?... Quoi ?

Son visage blêmit d'un coup, les Rampon s'interrogent du regard pour savoir si l'autre a une idée de ce qui se passe.

– C'est terrible, ma mère, hallucinant... Patrick Rutebœuf ?... Vous savez où ils habitent ?... J'aimerais y aller tout de suite... Merci, ma mère, à ce soir.

Elle respire largement, repose le combiné sur son socle.

– Vous avez des ennuis, ma sœur ? hasarde Eugénie.

– Non... mère Adrienne a reçu un appel de Patrick Rutebœuf... L'assassin a commis un nouveau crime.

À cette nouvelle, Gaston s'assied en oubliant de se reculotter :

– Ne dites pas que c'est Amélie Bonier ?

– Non... Son mari, Gustave. Il a été abattu cette nuit, comme les deux autres.

– Gustave ? Mais pourquoi ?

– Je ne sais pas, Gaston. J'espère qu'on va le découvrir.

À son tour, Eugénie s'effondre sur un siège ; ses mains tremblent.

En deux coulées gros, sœur Blandine range son attirail d'infirmière, boucle sa serviette au cuir usé, salue les Rampon :

– Ne vous inquiétez pas, je m'occupe du Dr Gromentin dans la journée.

Elle se dirige vers la porte. Au passage, elle remarque que la photo des maquisards a disparu du mur.

⁂

Agacé, tendu, coléreux, explosif... Pour décrire l'état de nervosité du lieutenant Koëstler, il convient de mettre l'ensemble des synonymes du genre dans un shaker, de remuer le tout, et de consommer le néologisme avec prudence, puisqu'il ne peut y avoir d'autres cas de mauvaise humeur aussi terrible que la sienne.

Et quand il voit la Titine se garer près de la maison des Bonier, son comportement vire à la définition inconnue, tant des taupins, incapables de déterminer la puissance de son irritation pour en calculer le produit, que des khâgneux, consternés par la pauvreté d'une sémantique incapable de décrire avec justesse son énorme courroux. Un seul mot résume son état d'esprit quand il voit sœur Blandine sortir de la 4 L, celui qu'il prononce :

– Vous ?

Une fois encore, la richesse de notre langue montre que pour décrire une situation, il n'est nul besoin d'user de superlatifs avec des adjectifs superfétatoires – déjà, à lui seul, ce dernier en vaut dix –, qu'un seul pronom peut résumer la tension dramatique qu'elle contient.

– Moi, oui. Bonjour, lieutenant.

– Mais c'est pas vrai, vous les reniflez à distance.

– Qui ça ?

– Les cadavres... Dès qu'il y en a un nouveau, pouf, patatras, vous accourez sur les lieux avec votre tacot poussif et votre sac usé.

– Vous parlez de ma Titine et de mon cartable adoré, je présume ?

– Quel que soit le nom de vos accessoires, on ne voit plus que vous sur le boulevard du crime... Bien entendu, je pense qu'il est inutile de vous apprendre le nom de la victime ?

– Inutile, en effet... En revanche, je ne sais pas si on lui a volé son enveloppe.

– Ah ! Vous y tenez à ces maudites enveloppes... Eh bien, moi non plus, je ne sais pas.

La mine déconfite de la religieuse doit en dire long sur le jugement calamiteux qu'elle porte sur sa réponse, elle achève d'exaspérer le lieutenant :

– Bleues, blanches, rouges ! Vous m'énervez, avec vos enveloppes !

– Pourtant, je vous en ai parlé, hier, c'est capital, essentiel, vous l'avez reconnu.

– Mes hommes sont des gendarmes, pas des postiers ! Ils trieront le courrier plus tard... Pour l'instant, ils fouillent le terrain, relèvent des empreintes... (Soudain, il s'arrête, regarde sœur Blandine, hébété :) Mais pourquoi je vous raconte tout ça, moi ?... Je deviens marteau... (Puis enchaîne sèchement :) Excusez-moi, j'ai du travail. Bonne journée.

Et fort de son numéro de talons bien au point, il la plante sur place.

– À vous aussi, lieutenant, lui lance-t-elle dans le dos. Que Dieu vous assiste, parti comme vous l'êtes, Il ne sera pas de trop, vous aurez besoin de renforts.

Consternant, pense-t-elle, à quoi a servi tout ce qu'elle lui a appris la veille ? Pour quelle raison a-t-il négligé la piste des enveloppes ?

Comme il se doit, le cirque habituel fait sa parade autour de la maison des Bonier. Les gendarmes quadrillent le terrain que même un escargot ne peut quitter sans se faire contrôler les cornes, les gyrophares tournoient avec de jolis reflets bleus, les journalistes se garent de préférence là où ça gêne le monde, certains courent après des voisins inquiets pour leur poser des questions saugrenues auxquelles ils répondent avec maladresse, les photographes mitraillent tout ce qui entre ou sort du lieu du drame... La grande kermesse du crime est ouverte.

Pas de Gontrand dans cette foule ; sœur Blandine a beau le chercher, il manque à l'appel. Elle se tord le cou pour tenter de l'apercevoir quand quelqu'un lui tape sur l'épaule :

– Excusez-moi, ma sœur.

Elle se retourne aussi vite qu'une chatte prête à griffer :

– Patrick ! (Ses traits s'adoucissent, elle lui prend le bras :) Comment ça va chez vous ?

Les poches sous les yeux de Patrick répondent à la question, avec leurs vilains cernes noirs, le rouge des pleurs essuyés depuis trois jours. C'est à se demander comment il tient le choc :

– À franchement parler, je ne peux pas dire qu'on s'habitue… On voit la chose un peu comme la grande tempête du mois de décembre, on se résigne.

– Et vos parents ?

– Bof !… Maintenant, ma mère cause aux peluches de mes gosses, elle les cache dans son lit, ma tante Henriette refuse de sortir des toilettes, ma tante Amélie compte les morceaux de sucre… Et moi, je marche au beaujolais pour me maintenir à la surface… Tout va bien.

– Je vais voir Amélie. Racontez-moi en chemin comment Gustave a été tué.

Bras dessus, bras dessous, ils traversent la petite route proche du caveau des Bonier. Autour d'eux, le paysage est identique à celui des villages des Rampon, des Rutebœuf. Les maisons en pierres dorées se serrent contre l'église dont la haute flèche monte la garde sur des coteaux vallonnés. Sur le sol granitique, le vignoble en gobelet, en guyot, en cordon s'étale à perte de vue, telle une immense vague verte, parfois arrêtée par un bois de résineux plantés comme une île au milieu de l'océan… La sérénité…

L'élocution de Patrick est devenue lourde, ses phrases ont de la peine à sortir, il n'a plus rien du mâle conquérant, sûr de lui :

– Une balle dans le ventre, une balle en plein front… Voilà… On l'a retrouvé dans une mare de beaujolais, le meurtrier a brisé ses cuves, le pinard s'est répandu partout où il pouvait dégouliner… Il était pas bien futé, Gustave, mais il méritait pas de finir en marinade.

Une horrible odeur de vin flotte dans l'air, les pompiers tentent de la faire disparaître en arrosant la cour à grands jets. C'est si infect que ça donnerait presque envie de se convertir à la limonade.

Quand Patrick pousse la porte de la maison, il a raconté tout ce qu'il savait, avec presque plus de tristesse dans la voix pour décrire la mort du chien que celle de son oncle. Pourtant anodin, ce détail frappe l'esprit de sœur Blandine :

– Ce chien, était-il aussi méchant que l'indique la pancarte sur le portail ?

– Cep ? Fichtre non… Il savait même plus aboyer ; dès qu'il voyait quelqu'un, il se mettait sur le dos pour qu'il lui caresse le ventre. Un paillasson.

– Et il faisait ses grâces avec tout le monde ?

– Avec n'importe qui… C'était une grosse touffe de poils privée de dents.

– Ça signifie donc que l'assassin ne le savait pas… Forcément un étranger à votre famille… Ceci dit pour vous rassurer, l'assassin n'est pas des vôtres.

L'intérieur des Bonier ressemble à tous ceux qu'elle visite depuis des lustres, avec ses meubles campagnards, ses rideaux blancs froncés, ses canevas champêtres accrochés autant qu'on peut en mettre aux murs, la même franc-comtoise et le parfum de cire d'abeille en prime. Hormis Patrick, il n'y a que des femmes dans la pièce. Assises en cercle autour d'une table où Amélie a pris place, les filles, les nièces et une assemblée d'épouses empilent des mouchoirs souillés sur leurs genoux. La veuve de Gustave, elle, n'a visiblement plus une seule goutte lacrymale à leur confier, ses yeux sont vides, fixés sur une pyramide de morceaux de sucre qu'elle passe son temps à construire et à démonter. En prenant soin à la douceur de ses gestes, sœur Blandine la serre contre elle :

– On ne se connaît pas bien, Amélie, je suis pourtant proche de vous.

Patrick insiste à mi-voix :

– Tu te souviens de sœur Blandine, ma tante ? Tu l'as vue chez Henriette.

Les doigts de la veuve interrompent leur pharaonique entreprise :

– Oui… Je vous ai déjà aperçue.

Puis, sans plus causer, elle se replonge dans sa construction égyptienne. Son obsession sucrière ne fait pas l'affaire de sœur Blandine, elle est aussi venue pour lui parler de son enveloppe bleue. Bien sûr, Patrick lui a appris qu'elle ne l'avait plus, que Gustave l'avait expédiée à quelqu'un dont il a refusé de lui donner le nom, mais il se peut que son épouse le connaisse. Or, vu l'état de la pauvre femme, il lui semble que le dialogue est plutôt compromis. En attendant, dans l'espoir qu'Amélie se reprenne, elle procède à la cérémonie des condoléances auprès des membres de la famille. Fidèle au poste, Benoîte assure la garde. Au faible nombre des Kleenex qui encombrent sa jupe, à la fermeté de son visage, sœur Blandine se dit qu'elle a peut-être une chance de trouver une alliée en elle, qu'elle est la seule capable de l'aider à sortir Amélie de sa prostration. Elle lui murmure :

– Il faut que votre tante nous dise le nom du destinataire de l'enveloppe bleue. Essayez de la distraire, ça peut lui remettre les idées en place.

Dans des circonstances dramatiques, il y a toujours quelqu'un de plus fort que les autres, un homme de décision. Il eût paru normal qu'un des piliers masculins de la tribu Ruteboeuf assume la fonction de leader, mais non, ces messieurs désertent ou sont à ramasser avec une pipette, KO ou liquéfiés. C'est donc Benoîte, contre toute attente, qui prend les rênes du carrosse familial, véritable révolution dans cette république de machos.

Décidée, assurée, elle s'assied à côté d'Amélie :

– Comment ça va, ma tante ? Tu veux une tasse de café ?

– Non… Faudrait y mettre du sucre, j'en ai pas assez pour terminer le toit.

– Comment te sens-tu ?

– Comme quelqu'un de foutu, ma vie s'arrête aujourd'hui.

– Certes pas, tu la referas un jour, tu es encore belle.

C'est pourtant vrai que toutes les femmes sont belles, Amélie n'échappe pas à ce principe. Toutefois, pour l'affirmer sans flagornerie, il faudrait qu'elle change de garde-robe, maigrisse de quelques kilos, s'épile, fréquente un salon de coiffure convenable, se fasse tirer la peau du cou, manucure ses pauvres mains immergées dans un million de lessives… Deux fois rien, en somme. Mais le jugement de sa nièce la sort de sa semi-léthargie, après tout, un compliment ça se gobe avec plaisir, même en minaudant :

– Tu te moques de moi, tu sais mon âge ?

– Et après ? Regarde Liz Taylor… Avec ses dix ans de plus que toi, elle a tous les hommes à ses pieds.

– Pour sûr qu'elle en collectionne des gracieux.

– Et des jeunots.

– Si c'est son goût… Moi, j'ai toujours préféré les hommes mûrs… Tiens, je vais te faire une confidence : à quinze ans, j'étais amoureuse de *Gary* Cooper.

– Paul Newman est pas mal non plus.

– C'est vrai, il a de ces yeux ! S'il frappe à la porte, il dormira pas dans la cuisine.

– Moi, c'est Di Caprio ; un soupçon-poil maigrelet, mais pour ce que j'en ferais, j'exige pas des biceps.

Et tout Hollywood y passe, puis vient le tour des Français, des Italiens, des Anglais, dans un joyeux mélange surréaliste, dans lequel, tour à tour, chaque femme de la famille apporte ses épices. Peu à peu, ces dames se mettent à comparer les vertus physiques de Delon et de Cruise, le charme de Connery et de Mastroianni, la mâle prestance de Belmondo et de De Niro, en se fichant comme d'une guigne de la consternation épuisée de Patrick :

– Stallone, ça doit être une de ces bêêêtes !...

– Trop de muscles, je te le laisse, je préfère Brad Pitt. L'est chou, celui-là.

– Et Banderas, alors, hein ? Il y a rien à jeter.

– Il doit transpirer, j'aimerais pas, ça use les draps.

Enterré, le Gustave, oubliés ses chaussettes trouées, ses pieds puants, ses gros doigts rugueux. Les autres aussi évacuent les maris, leurs aisselles toujours en sueur, leurs éructations intempestives, leurs gémissements au moindre bobo, leur fascisme footesque. Elles rêvent à des beaux mecs, à des qui seraient prévenants, qui sentiraient bon, qui vomiraient à la vue d'un ballon, pas comme ceux qu'elles ont découvert après le mariage. Pour un peu, elles envieraient Amélie de son veuvage. Dame ! il lui permet désormais de puiser dans ce catalogue de séducteurs.

Au milieu de ce délire, sœur Blandine garde la tête froide, elle laisse dire, elle attend le bon moment pour entrer en piste. Justement, l'ambiance monte, Amélie a poussé ses sucres pour aller chercher des verres et une bouteille de gnôle, du blanc, du bien raide. Peu importe l'heure matinale, chacune y va de son cul sec. Après la traditionnelle grimace, Amélie s'ébroue, regarde ses visiteuses, se penche vers la religieuse :

– Vous ne buvez pas, ma sœur ? Vous pouvez y aller, c'est fait maison.

– Dans un moment, si vous me le permettez.

– Ah ? J'ai eu craint que vous y avez pas le droit.

– Nous n'avons pas de bar au couvent, mais rien ne nous interdit un petit remontant de temps en temps.

Si elle est fâchée avec la conjugaison, Amélie, en revanche, s'entend parfaitement avec la bouteille ; elle s'en ressert une grosse goutte, imitée par l'assemblée, à l'exception de Patrick, définitivement assommé par le breuvage.

– Aux hommes ! lance une nièce maquillée à outrance.

– Et à l'âme de Gustave, ajoute enfin sa veuve... Il a été un bon mari, il avait du sentiment à sa façon, même s'il y avait plus rien entre nous depuis des années.

– Rien de rien ? s'émeut la peinturée.

– Comme je te l'annonce.

– Ben, comment tu faisais ?

– Je faisais pas, ou rarement, à la va-vite.

Un instant de consternation générale suit l'aveu. Un léger toussotement diplomatique permet à sœur Blandine de rappeler sa présence. Amélie rougit, s'emmêle dans des excuses :

– Oh ! Pardon, ma sœur, je vous oubliais... Causer du je fais, du je fais pas, alors que vous, vous avez juré de plus faire, c'est pas bien.

– Il n'y a pas de mal, j'ai un peu vécu, dans ma jeunesse.

– Ah ! Ben vous avez eu bien raison, moi, j'ai pas eu cette chance... À mon époque, c'était le mariage ou l'enfer... Je sais pas s'il y a beaucoup de différence.

Plus rien ne peut arrêter Amélie, elle règle son compte à sa vie, troisième verre de gnôle en main. D'un mouvement du menton, Benoîte fait signe à la sœur de prendre le relais.

– Dites-moi, Amélie, puis-je revenir sur Gustave ?

– Faites, ma sœur, c'est pas lui qui reviendra tout seul.

C'est à peine si elle ne rit pas du bon mot qu'elle a lâché.

– Je ferai court... Savez-vous à qui il a envoyé votre enveloppe bleue ?

– Prrr... Il me l'a bien dit, je m'en souviens pas... Je me rappelle que c'est à un gars qui a été résistant, un ami de son père, pas davantage.

L'indication permet à la religieuse de supposer :

– Julien Chomard... Ce ne serait pas ce nom-là ?

– Si ! Ça me revient, maintenant.

– Et, auriez-vous son adresse ?

– Ça, non, Gustave a pas voulu en parler. Il parlait d'ailleurs jamais, sauf pour faire des remontrances, ou se plaindre quand il était patraque… Pour ça, j'avais un mari moins bavard qu'un gadin, ma sœur. Ah ! Je me demande si c'est pas vous qui avez raison de vivre sans homme, ils sont pas marrants tous les jours.

Sœur Blandine la remercie, elle a appris ce qu'elle voulait savoir, plus rien ne la retient dans cette maison. Hélas, avant de la quitter, il lui faut avaler la gnôle posée devant elle. Elle respire profondément, prend le verre, engloutit d'un trait la double dose qu'Amélie-la-main-lourde lui a servie, sent sa vue se brouiller, ses poumons s'enflammer, sa langue doubler de volume, avant d'apprécier très chrétiennement entre deux quintes de toux :

– Violent mais charnu, une rareté.

– Production personnelle, du grain de raisin de notre vigne, vous en trouverez pas ailleurs.

Cette exclusivité rassure sœur Blandine, il n'y a pas à craindre que ce poison décime la région. Le besoin de trouver un peu d'air frais la presse à saluer l'assemblée, la tête lui tourne. Vite, elle serre des mains, promet de revenir, s'enfuit plus qu'elle ne s'en va.

Dehors, l'agitation a pris de l'ampleur. D'autres voitures de la gendarmerie ont rejoint les premières, un second camion de pompiers a débarqué des hommes venus prêter main-forte à leurs collègues, le flot de journalistes a grossi.

Le vent des monts du Beaujolais aide sœur Blandine à recouvrer ses esprits, elle le mâche goulûment avant de descendre l'escalier, elle aspire sa fraîcheur, se remet en ordre de marche. Sa position surélevée lui permet d'apercevoir un homme qui, caché derrière les véhicules des reporters, lui adresse de grands signes. Sa vision redevient claire, elle reconnaît Gontrand.

Pour le rejoindre, elle doit faire appel à ses qualités de skieuse ; il y a tellement de monde qu'elle doit slalomer entre des dizaines de personnes excitées.

– Mes respects, ma sœur. Déjà sur les lieux du drame ?

– Bien avant vous, ce qui m'a surpris.

– Je m'occupais de notre affaire... J'ai du neuf.

– Tiens donc ? Dites vite...

– Pas ici... Quand serez-vous libre dans la journée pour que, dans un lieu plus paisible, je vous confie ce que j'ai appris ?

– Permission exceptionnelle, j'ai tout mon temps.

Ravi, Gontrand roule des yeux gourmands :

– Dans ce cas, je vous invite à Collonges pour déjeuner... Mathilde a prévu des cuisses de grenouille, de vraies andouillettes lyonnaises, au veau, comme il se doit, des galettes pérougiennes, le tout précédé d'un excellent cerdon... Ceci pour le temporel.

– Mais encore ?

– Côté spirituel, j'ai rencontré un vieux monsieur ce matin... Si tout se passe bien, je devrais recevoir un coup de fil important vers treize heures, à l'hôtel. Ce serait bien que ce soit vous qui répondiez.

– D'accord... Je ne résiste pas au vin du Bugey.

Avant d'aller plus loin, le journaliste s'assure que personne ne les écoute :

– Et vous, ma sœur, vous avez avancé ?

– Pas mal, je vous raconterai... Ce que je peux vous confier pour l'instant, c'est que j'ai l'impression que nous enquêtons sur une histoire de famille, d'intérêts, ou les deux à la fois... Règlement de comptes, soit, mais pas de résistants.

– Par intuition ou preuve à l'appui ?

– Intime conviction basée sur le contenu des enveloppes blanches.

– Vous l'avez donc lu ?

L'arrivée de Koëstler met fin à leur dialogue. Ils se séparent en confirmant leur rendez-vous de midi.

Pourquoi apprendrait-elle ce qu'elle a découvert au lieutenant ? Ce grand buté n'écoute personne, ses méthodes sont trop lentes, autant l'éviter en courant vers la Titine. Mais pour une fois, c'est lui qui se précipite vers elle :

– Ma sœur ! Ma sœur !

– Oui, lieutenant.

Il tortille sa veste, un peu bêta, pendant qu'elle s'installe au volant :

– Pardonnez-moi, pour tout à l'heure, j'ai été grossier.

– N'y pensez plus, c'est déjà oublié.

– Je vous promets d'explorer la piste des enveloppes au plus vite... Je n'en ai pas eu le temps avec toutes les procédures à respecter, les papiers à remplir.

– La discipline est la force des armées... Ceci dit, bonne journée, on m'attend, je suis pressée.

Le nez du gendarme se plisse, flaire autour de lui :

– Vous ne sentez rien ? Ça pue l'eau-de-vie...

– Oui, c'est moi... Je me suis désinfecté une carie à l'alcool à 90.

– Ah ? On peut ?

– Avec modération, bien entendu.

Le fait qu'elle ait pu vider un verre de gnôle de bon matin ne l'effleure pas... En revanche, quelque chose d'autre le taraude :

– Vous le connaissez bien, Gontrand Cheuillade ?

– Un peu... Pourquoi ?

– Il est classé anar... Même anticlérical... Je vous préviens, on ne sait jamais.

Dieu que ce genre de discours la fait gerber, ça lui rappelle trop de mauvais souvenirs, tout le mauvais côté de la police qu'elle détestait :

– Ah ? Pourtant il m'a invitée.

– Où ça ?

– À l'hôtel.

Outré, le lieutenant explose :

– Non ? Le salaud ! Il ne manque pas de culot !

– Ça paye, parfois, le culot ; la preuve : je lui ai dit oui, je l'y rejoins tout à l'heure… Bon courage, lieutenant.

Et la Titine démarre en laissant derrière elle un Koëstler ébaubi.

***

Limonest, Portes de Lyon, ville constellée d'étoiles : la densité hôtelière y frise la concentration. Dans l'une de ses nombreuses boutiques pause-dodo, aux formes cubiques, à la décoration si conventionnelle qu'elle ne mérite pas une seule virgule d'extase, un étrange dialogue s'amorce.

Jusque-là, tout va bien, l'œil voit tout.

Mais la qualité d'un tableau dépend en partie de l'éclairage de ce qu'il convient de peindre ; la description minutieuse d'un lieu également.

Or, dans cette chambre, le noir absolu emprisonne le volume, les lourds rideaux de la fenêtre ont été tirés pour empêcher le soleil matinal d'entrer, difficile de décrire quoi que ce soit de ce qu'elle contient.

Il faut que le regard s'habitue à la pénombre pour vaguement distinguer les meubles, les objets, les lits. Il y en a deux, des jumeaux, mais un seul est occupé par un couple. La femme et l'homme se serrent l'un contre l'autre, heureux, étourdis, encore enivrés d'avoir décliné le verbe aimer sous toutes ses formes. Elle lui caresse les joues :

– Combien de temps faudra-t-il encore se cacher ?

– Plus beaucoup, ma chérie, dans trois jours on se sauve, quatre au plus.

– Juré-promis, tu en es sûr ?

– Oui, tout à fait, c'est bientôt fini.

L'obscurité les cache, ils se devinent, s'embrassent, s'étreignent violemment.

– On va être riches, ma chérie, tout nous sera permis, à nous la belle vie, les plages du Pacifique, le beau temps éternel… Dès que j'ai la troisième enveloppe, on fiche le camp, direction Hawaii.

Après un nouveau baiser, elle soupire, sa voix faiblit :

– Mais il y a tous ces morts… Tout ce sang…

– Je n'y suis pour rien, tu le sais… Je suis incapable de tuer une mouche.

– C'est vrai, tu es un monstre, mais de douceur.

– Je ne fais que prendre, enfin, ce qui m'appartient, et je vais le partager avec la femme que j'aime… Je rétablis une injustice, je n'assassine personne.

D'un mouvement las, elle se détache de lui :

– Mais la troisième lettre, comment vas-tu faire ? Tu ne sais pas qui l'a.

– On va très vite l'apprendre, c'est dans l'ordre des choses… J'agirai comme il se doit, sans violence… Confiance, le grain est mûr, la vendange approche.

Son corps revient sur le sien, elle n'a pas toutes les réponses :

– Pourquoi Gustave, pourquoi lui ?

– Je l'ignore, ma chérie, je ne veux même pas le savoir, ce ne sont pas mes affaires… Seules les enveloppes m'intéressent.

La vilaine musique du téléphone crache ses notes électroniques ; à tâtons, il tend la main, saisit l'appareil :

– J'écoute.

À l'autre bout, la voix joviale du réceptionniste de l'hôtel le prévient :

– Dis donc, mon gone, bientôt midi, va falloir me rendre la chambre avant que les prochains clients arrivent, faut le temps de la retaper.

– Merci, Edgard, t'es sympa.

– Pas de quoi, mon gone, mais faites vite… Sans vilain jeu de mots.

Ils raccrochent.

– C'est déjà l'heure ?

– Oui, ma chérie… Allez, plus que quatre jours, et on pourra louer des suites dans tous les châteaux du monde sans avoir à se cacher.

Ils s'embrassent une dernière fois.

C'est pas réjouissant un beau projet d'avenir ?

⁂

On ne peut trouver réputation plus surfaite que celle du triste Épicure. L'homme fuyait le monde, avec pour devise de vivre caché pour vivre heureux, buvait de l'eau, mangeait mal. Et pourtant, on a fait de cet ascète de la gamelle un gourmet de référence !

Lyon, capitale des gueules, les fines, n'a pas pour habitude de célébrer le personnage. On préfère y chanter les talents des grands maîtres queux, des cuistots confidentiels aux recettes subtiles, des discrets marmitons des bouchons conviviaux. Au féminin, on célèbre ce qu'on appelle ici, avec respect et gourmandise, « la cuisine de femmes ». En haut de la Croix-Rousse ou dans une ruelle de Saint-Jean, au débouché d'une traboule ou dans le quartier des Brotteaux, elles sont nombreuses à œuvrer devant les pianos, à doser avec art légumes, viandes et poissons. Les adresses de ces prêtresses du goût s'échangent entre amis ou sous le manteau, avec des garanties.

Mathilde aurait pu s'illustrer dans leurs rangs, elle a mieux que le don, elle brûle de passion pour ses casseroles. De loin, on hume avec impatience son alchimique composition, des cuisses de grenouille à peine revenues à l'ail, coquinement mélangées à quelques dés de poivrons jaunes et de tomates, un soupçon de chablis versé au bon moment, le coup de patte en plus. Sel, poivre en grains, épices... On ne parle pas des herbes, ça deviendrait indécent.

Dans la salle à manger de son hôtel-résidence, Gontrand verse du vin dans le verre de sœur Blandine, un nectar à la robe violine, aux reflets purpurins, aux senteurs de violette. Il pétille sur la langue, il frémit dans la gorge, il donne du bonheur à l'esprit :

– Du cerdon du Bugey... Je n'en ai pas bu depuis des années.

– Méthode ancestrale, ma sœur, il vous attendait. Un brut pour l'apéritif et un demi-sec pour le dessert m'ont paru dignes du programme.

– Règle première : ne jamais faire de mélange.

– Quoique... Un château-grillet m'a séduit pour l'intermède.

– Tant que l'on évite les rouges, on reste dans la ligne du parti.

L'hédoniste réflexion de la sœur permet à Gontrand d'enchaîner ; après tout, ils sont un peu là pour échanger leurs informations :

– En parlant de parti, ce matin j'ai rencontré un ancien membre du PC.

– Mon Dieu, vous pratiquez un métier à risques.

– C'est méchant, ma sœur, votre propos me surprend.

– Humour à l'état brut, réaction primaire, camarade journaliste... Et puis vous avez précisé « ancien », je lui accorde mon indulgence.

– Seriez-vous une athée du matérialisme, une adversaire du prolétariat ?

– Issue d'un milieu bourgeois, ex-flic, bonne sœur, je n'ai pas le profil idéal pour prendre ma carte... Mais rassurez-vous, ni celle-là ni une autre, j'ai horreur des étiquettes... C'est par réflexe que je plaisante, je ne combats personne, ma mission est d'aimer.

– Vous êtes surtout lyonnaise, autant attachée à la table qu'aux passions politiques, deux grands sujets prisés des gens de la région, avec leur humour en prime.

– *Mea culpa*, j'avoue : j'ai commis le péché de lyonnaiserie... Soit... Alors, votre vieux monsieur, que vous a-t-il dit ?

Les bulles de cerdon éclatent à la surface de son verre, Gontrand les fixe comme une voyante sa boule pour se concentrer :

– Il s'appelle Daniel Villeneuve, c'est un ancien maquisard avec lequel j'ai été mis en contact grâce à une amie. Il connaît Julien Chomard.

– Bravo... Bien... Et après ?

– En fait, il n'a pas voulu me donner son vrai nom, ni son adresse. En revanche, nous sommes convenus qu'il joindrait lui-même Chomard pour le convaincre de vous appeler ici. S'il refuse, Villeneuve nous préviendra. Bref, quoi qu'il se passe, le téléphone sonnera vers treize heures.

La fine pendule Directoire posée sur la cheminée indique midi et demi. Trente minutes, c'est juste le temps nécessaire pour déguster les cuisses de grenouille que Mathilde leur apporte :

– Hmm... La dernière fois que j'en ai mangé, c'était sous Louis XIV.

– Je ne vous savais pas contemporaine de Saint-Simon, ma sœur.

– Pourquoi croyez-vous que j'affirme que c'est Versailles ?

Et sans plus tarder, ils s'empressent de tester la divine recette conçue par Mathilde. Entre deux *Ah* de béatitude, deux lampées de vin blanc frais, Gontrand parvient à poursuivre, sa noble patience a des limites imposées par sa curiosité :

– Et vous, ma sœur ? Si j'ai bien compris, vous avez lu le contenu des enveloppes blanches ?

– J'allais vous en parler...

Sur ce, tout en décortiquant, tout en savourant, tout en se fichant pas mal de ses leçons de maintien à table, rigide institution du cossu quartier d'Ainay, elle l'informe que Gustave a expédié l'enveloppe de sa femme à Chomard. Puis elle lui restitue de mémoire le texte d'Edmond Ruteboeuf. Dès qu'elle en a fini, Gontrand l'interroge :

– De moins en moins banal... Ce vigneron avait la fibre hitchcockienne, il a le don de nous faire bouillir d'impatience... Est-ce sa lettre qui vous pousse à affirmer qu'il n'y a pas d'histoire de Résistance dans ce fatras ?

– Tout à fait. Si on analyse bien la deuxième partie de son écrit, on se rend compte qu'à aucun moment il ne fait mention de trahison, de lâcheté, d'abandon de poste, il ne met personne en cause. Au contraire, c'est lui qui fuit devant la pression allemande, il se réfugie non loin de Châtillon-d'Azergues, il se terre en attendant que cessent les combats. Et c'est en se cachant qu'il fait cette découverte propre à enrichir les siens... Parce qu'il se croit perdu, il n'y touche pas, il réserve la jouissance de sa bonne fortune à ses descendants, il en partage une partie avec des amis qui lui prêtent la main, et il se tait. Hélas pour lui, c'était mal compter sur un répit de quatorze ans, il aurait pu peut-être en profiter... Mais sa conviction de mourir avant l'heure l'influençait-elle, n'y avait-il pas un motif plus sordide pour qu'il décide de ne toucher à rien ?

– D'où votre conviction que l'intérêt guide sa démarche ? Un intérêt indéfinissable, connu seulement de lui.

– Oui, avec le mystère Rampon à la clé : il insiste lourdement pour qu'ils ne sachent rien de sa trouvaille, il calcule le temps pour déterminer quand, en toute logique, ils le rejoindront au cimetière... Ce qui me tracasse, dans son histoire, ce sont deux de ses remarques : que Gaston soit encore vivant en 2000 ne le dérange pas, pas plus que sa femme. À cela s'ajoute un vieux contentieux entre Louis Ruteboeuf, son père disparu en 1924, et les Rampon.

– Vous en déduisez quoi, ma sœur ?

– En premier, que contre l'avis général, il y avait bien un autre Rampon vivant quand il a écrit ces pages. Tout le monde était persuadé que la lignée s'éteindrait avec Gaston, mais les précautions d'Edmond nous prouvent le contraire. Qui plus est, les Rampon présentent Sébastien comme un neveu, ce que je trouve étrange pour des gens sans frères et sœurs.

– Je peux vous garantir que c'est impossible qu'ils en aient un. Mon amie de la SRPJ a épuisé les puces de son ordinateur pour le rechercher, ce neveu n'existe pas… Du moins, officiellement.

Une lampée de château-grillet les aide à réfléchir.

– Et en second, ma sœur ?

– Qu'il s'agit bien d'une affaire de familles, au pluriel, d'une guerre déclarée depuis un siècle entre les deux clans. Mais quant à en savoir le motif, autre paire de manches ! Pas impossible qu'un problème de terre soit la cause de leur haine. Certains tueraient pour étendre leur vignoble. Ça doit remonter à loin, tout ça, la solution doit se trouver dans les tiroirs d'un notaire, sous une tonne de poussière… J'irai voir maître Blanchon, lundi, on ne sait jamais.

Une irrépressible question incendie les lèvres de Gontrand, un feu de première catégorie, il lui faut l'éteindre d'urgence :

– Et à ce stade, avez-vous une idée de l'identité du coupable ?

Un sourire amusé sur une bouche pleine de beurre aillé lui répond :

– Ce serait vite aller en besogne… Toutefois, j'ai assisté à une curieuse réunion, ce matin, elle m'a mis la puce à l'oreille.

– Chez Amélie Bonet ?

– Précisément… J'ai été plus que surprise, abasourdie convient mieux, de constater à quel point les femmes de la famille Rutebœuf détestaient leurs maris, voire leurs pères. J'avais déjà ressenti ce malaise chez Adèle, j'ai été à deux doigts d'en être malade chez Amélie… Il y a quelque chose de pourri au royaume de ces dames.

La confidence fait frémir le journaliste :

– Vous ne songez quand même pas à une conspiration féminine ?

– Il faut penser à tout, mon cher Gontrand, surtout à n'importe quoi… D'ailleurs je n'arrive pas à comprendre le meurtre de Gustave. Le processus meurtrier a visé jusque-là les détenteurs des enveloppes bleues, à considérer que nous ayons raison de croire qu'elles sont en rapport avec l'affaire. Or c'est Adèle que le tueur aurait dû éliminer, pas son mari… Bizarre, non ?

– Tudieu ! Pardon, je corrige : fichtre ! Une association de malfaitrices, vous n'y allez pas avec le dos de la cuiller !

– Le cas ne serait pas le premier du genre. En revanche, à grande échelle, ce serait une innovation, à laquelle je ne crois pas une seule seconde. Ou faiblement…

– Dommage, cela aurait pu faire un beau titre… (Puis il abandonne cette pensée pour une question plus concrète :) Mais elles seraient motivées par quoi, vos amazones ?

– Le ras-le-bol de compter pour du beurre, la lassitude de se heurter à des murs, le manque de prévenance… Ce ne sont pas des marrants, les hommes Rutebœuf, à croire qu'ils en sont encore à se demander si les femmes ont une âme, comme au synode de Mâcon… Des pièces rares, ces types-là… Alors, s'il y a de l'argent à dépenser en veuves joyeuses, pourquoi pas ? Mais tout ceci n'est que suppositions, à savourer comme ces grenouilles, œuvre d'art éphémère.

Ce n'est pas l'avis du journaliste :

– Imaginons que vous ayez vu juste…

La tristesse envahit les yeux de la religieuse :

– J'ai bien peur que l'identité de la quatrième victime nous le dise.

– Quoi ?

– Excepté un miracle, il y en aura une autre, mon cher, mais je ne sais pas qui, malheureusement. Celle ou celui que l'assassin frappera nous donnera en partie l'identité du coupable.

Tout paraît limpide maintenant pour Gontrand :

– Bien entendu, si le coup tombe sur un des hommes du clan, on devra se concentrer sur la gent féminine, et dans une autre hypothèse…

Là, il ne sait plus, la logique lui fait défaut. Sœur Blandine achève pour lui :

– Il faudra aviser, vaste champ de considérations.

Ni l'un ni l'autre n'ose le dire crûment, mais ils n'en savent pas beaucoup plus pour stopper l'hémorragie. Certes, ils ont collecté des éléments nouveaux, des détails capables de leur indiquer des pistes, alors que la veille ils n'en avaient aucune, mais ils ignorent laquelle est la bonne pour arrêter l'assassin. Tout repose peut-être sur l'appel qu'ils attendent…

– Alors, ces andouillettes, je vous les apporte ? (La jovialité de Mathilde leur redonne un peu de tonus.) Je vois que vous avez apprécié ma recette, ma sœur.

– Ma chère Mathilde, le jour où vous voudrez entrer dans les ordres, de grâce, venez chez nous à la Sainte-Croix, on vous dispensera des prières pour vous laisser dans votre cuisine, vous y gagnerez le Ciel.

Le rouge de la confusion empourpre les joues de la cuisinière.

– Pour répondre à ta question, peut-on attendre un peu ?

– Comme tu veux, Gontrand, ça mijote, avec un gratin de pommes de terre et de navets… Mais ne tardez pas trop, ça risque de prendre le chaud.

– Dès que nous aurons reçu le coup de fil que nous attendons, on passera aux choses sérieuses, promis.

La pendule indique treize heures cinq. Aucun signe de Chomard. Tendue, sœur Blandine fumerait bien une cigarette, mais elle se retient. Stoïque, les nerfs amidonnés à la naissance, arborant sa superbe des jours de réception royale, Gontrand feint de ne pas tendre l'oreille vers la console de l'hôtel. Mieux, il disserte sur le vin, badin :

– Le petit bouquet de violette du château-grillet devrait s'harmoniser à merveille avec le gratin.

– Grand cru. Le Seigneur fait pour moi des merveilles, saint est Son nom.

Treize heures huit. La sonnerie retentit. Dans un même élan, n'en pouvant plus, ils se lèvent, bousculent leurs chaises, courent jusqu'au standard où Mathilde a déjà enclenché une fiche dans son antique gruyère à trous :

– Hôtel de la Saône, bonjour.

Les mains de Gontrand se tendent, prêtes à saisir le combiné modèle Clemenceau ; sœur Blandine trépigne comme une gamine.

– Oui... Je vous passe M. Cheuillade.

Elle retire la fiche pour qu'à l'autre bout du fil on ne l'entende pas :

– Une dame pour toi, Gontrand, elle ne veut pas dire son nom.

La déception se lit sur leurs visages :

– Une dame ?.... Voyons ce qu'elle veut... Renclenche...

Gontrand au combiné, sœur Blandine à l'écouteur, la conversation peut commencer :

– Bonjour, Cheuillade à l'appareil, je vous écoute, madame.

– Bonjour, monsieur... Voilà ce qui m'amène : vous attendiez un appel de Julien Chomard, si je ne m'abuse.

– Avec impatience, madame. Mais puisque vous en parlez, c'est que vous le connaissez, non ?

– Fort bien… Il est à côté de moi.

Avec autant de discrétion qu'il est possible, sœur Blandine marmonne quelques mots à l'oreille de Gontrand. Il acquiesce, reprend :

– Monsieur Chomard m'entend-il ?

– J'ai mis le haut-parleur, il vous écoute.

– Parfait. Monsieur Chomard, je suppose que votre ami Villeneuve vous a fait part de notre entretien ?

– Tout à fait, Julien est au courant de votre conversation de ce matin.

– J'irai droit au but, monsieur : nous savons que Gustave Bonier vous a envoyé une enveloppe bleue qu'il vous a demandé de conserver. Il ne faut pas que vous la gardiez, quelqu'un va chercher à vous tuer pour la prendre. Je vous propose de vous rencontrer avec sœur Blandine dont j'ai parlé à M. Villeneuve, nous devons savoir ce qu'elle contient.

Un blanc… Des chuchotements leur parviennent. La dame rétablit le dialogue :

– Julien ne le peut pas, il dit que c'est une question d'honneur… Gustave compte sur sa discrétion.

D'un mouvement rageur, sœur Blandine prend le téléphone des mains de Gontrand, presque hors d'elle :

– Sœur Blandine, à l'appareil. Écoutez-moi bien, Chomard : Gustave a été abattu cette nuit comme un chien, ça nous fait trois cadavres sur le carreau pour ces foutues enveloppes. Alors un conseil, si vous ne voulez pas finir avec une neuf millimètres dans la tronche, essayez de vous servir de ce qu'elle contient pour réfléchir vite. Mon marché se résume en une phrase : vos principes ou le crâne en purée. Compris ? J'ai rien à ajouter.

Suite à son envolée, un silence mortel vide la ligne, Gontrand hésite quant à l'appréciaton qu'il doit porter sur l'intervention de la sœur, mais la voix de la dame leur revient avant qu'il ait le loisir de s'exprimer sur le sujet :

– Julien dit que vous parlez bien, pour une bonne sœur, il ajoute qu'il craignait – c'est lui qui le dit – que vous soyez du genre à vous laver le derrière dans de l'eau bénite.

– Ni ça, ni la langue.

À nouveau, ils devinent que leurs interlocuteurs parlementent :

– Allô, ma sœur ?

– Oui.

– Je vous passe Julien…

Un temps :

– OK, on se voit…

Point à la ligne, Chomard n'en dit pas plus, mais c'est suffisant pour que les deux enquêteurs exultent. La dame conclut :

– Je vous propose de nous rencontrer demain, dimanche, chez moi. Il faut d'abord que Julien aille chercher l'enveloppe, il ne l'a pas ici.

– D'accord. Quel est votre nom ?

– Madame Pouly. Voici mon adresse.

Le stylo de Gontrand court sur le papier, il note toutes les indications que la chère Mme Pouly lui livre.

– Bien, madame Pouly, à demain, quinze heures… Bonsoir, monsieur Chomard, prenez bien soin de vous.

Et elle repasse le combiné à Mathilde avant de jubiler :

– Béni soit Dieu ! Je savais qu'on pouvait compter sur Lui.

Pareil à lui-même, Gontrand lève le bras dans un mouvement princier :

– Et maintenant, Mathilde : andouillettes ! On a faim !

Toute tension nerveuse retombée à zéro est égale à un estomac vide, qu'il convient de remplir de nourriture du haut vers le bas, principe de physique universel enseigné dans toutes les bonnes écoles de cuisine.

Surtout à Lyon.

VIN TRISTE

Quand elle était toute petite, sa mère bêtifiait comme des millions de mamans, sans considération pour un standing verbal qu'elle défendait bec et ongles vernis dans leur appartement bourgeois du quartier d'Ainay :

– A coincé ses didis, mon bébé, maman va soigner sa Boubouille.

Elle maniait ainsi un ineffable vocabulaire à doubles syllabes, à commencer par le traditionnel caca-pipi-popo, suivi de près du très pratique doudou-dodo-poupouce, le bien-aimé des parents fatigués, désireux d'avoir enfin un peu de calme, sinon panpan-cucul. Sa chambre débordait de dadas-toutous-meumeuhs en peluche ; à table, au miam-miam, elle buvait du lolo, trempait du pain-pain dans des cocos, éructait des totos, et là, trente ans après, dans sa Titine :

– À bobo au ven-ventre, la sœu-sœur, a trop mangé de bê-bêtes, a trop fait miam-miam glouglou.

Son estomac est devenu le siège d'un combat de titans, grenouilles contre andouillettes, arbitré par saint Marcellin, à la neutralité douteuse. Des fourneaux de Mathilde sont sorties mille bonnes choses qu'elle n'a plus l'habitude d'avaler, habituée à la nourriture simple du couvent. Une chance qu'elle soit infirmière, sa trousse ne manque pas de médicaments. Tout en maintenant le cap, elle plonge la main droite dans son fourre-tout, en extrait une bouteille de Maalox, dévisse le bouchon, la porte à ses lèvres :

– Une cuiller pour maman grenouille… Une cuiller pour papa andouille… Et une dernière pour ma bidouille…

Ce toast vient à point, son court voyage prend fin. Le nom du village où réside le Dr Gromentin s'étale sur une plaque blanche : Pommiers. On serait tenté d'écrire que les maisons se ressemblent toutes avec leurs façades en pierres dorées, mais une telle description mériterait le bûcher pour son auteur de par l'inconsistance de son regard. Leur couleur n'a rien d'uniforme, elle harmonise les lacis des ruelles anciennes, elle joue avec les formes de chaque demeure que l'on devine animée d'une âme, dépositaire d'une histoire à raconter, elle donne envie de s'arrêter pour errer sur les pavés de ses hameaux, rêves au vent, comme peu d'endroits ont le pouvoir de retenir les hommes, de les pousser à poser leur sac à emmerdes. Et dire que ce petit bijou s'étale dans un écrin de vignes proche d'une autoroute où des millions de gens pressés passent, pied au plancher, sans en soupçonner la présence… Drôle d'époque, faut-y être idiot pour accepter sa tyrannie !… À table, Gontrand a émis une réflexion que la sœur a beaucoup méditée en traversant les paysages du Beaujolais :

– L'anarchie moderne, c'est aller sentir une fleur dans un champ quand d'autres la regardent sur Internet.

Curieux bonhomme, bourré de paradoxes.

Mais voilà enfin la rutilante plaque en cuivre du Dr Gromentin. Sœur Blandine s'arrête, coupe le moteur de la Titine, n'oublie pas de lui claquer une bise sur le tableau de bord, descend en se frottant le ventre. Les quelques mètres qu'elle parcourt jusque chez lui l'aident à remettre un peu d'ordre dans ses entrailles. Elle sort son sourire angélique, sonne à la porte…

– Oui, c'est pourquoi ?

La taille ceinturée d'un tablier trop grand pour elle, une jeunette maigrichonne vient lui ouvrir, avec les gestes las d'une condamnée aux travaux perpétuels, affectée à des tâches de lampiste. Aussitôt que ses yeux glauques retrouvent leur capacité à apprécier les choses de ce monde, de lancer à son cerveau la plus élémentaire association de politesses eu égard à l'uniforme de la visiteuse, son discours se transforme :

– Oh !… Bonjour, ma sœur…

– Bonjour… Mon nom est sœur Blandine. Puis-je voir le Dr Gromentin ?

– Heu… Oui… Il est parti voir un malade, mais il ne devrait plus tarder. Vous voulez l'attendre ?

– Si ça ne vous dérange pas.

Non, elle s'en bat l'œil prédécrit glauque, la conduit jusqu'à une large pièce où elle l'invite à s'asseoir.

Pas bleu, pas jaune, pas vert, mais rouge. Les murs, les doubles rideaux, le velours des sièges, tout est rouge ! Une totale tyrannie de camaïeu cerise, amarante, cramoisi, garance, brique… Gromentin en a collé jusque dans les cadres des tableaux, au sujet unique, témoin d'une passion dévorante, d'un culte obsessionnel : Napoléon III !… Partout où il est possible de planter un clou pour accrocher son portrait, l'impérial barbichu est représenté à cheval, debout, assis, en militaire, en civil, en frac, tête nue, le regard vif tourné vers le progrès, coiffé d'un képi, la vision affligée de myopie à trop fixer Sedan. Sur une table basse, les titres des revues historiques mises à la disposition des patients ne laissent aucun doute sur la passion du docteur :

– Même pas un magazine féminin, marmonne la religieuse.

Un article retient son attention : *Mode et beauté dans la Rome antique.*

– Savoir comment Agrippine se tirait les poils, ça doit pas faire flipper la vigneronne.

Pour tuer le temps, elle se casse le cou à relever les titres des livres alignés dans la bibliothèque en acajou, tous consacrés, comme il fallait s'y attendre, à la vie du dernier empereur. Mais sa solitude prend fin assez vite, une voix fluette la salue :

– Mes respects, ma sœur, désolé d'avoir été si long… Un cœur à prendre que j'ai dû ramener à la raison, bien que, paraît-il, il n'en ait pas… Une petite alerte cardiaque à traiter, j'ai préféré attendre l'ambulance avec mon malade.

Une pomme rougeaude à la peau luisante, plantée au-dessus d'un cylindrique melon, le tout de bonne taille, voilà à quoi lui fait penser le physique de Gromentin :

– Je vous en prie, docteur, c'est moi qui débarque à l'improviste.

– Et j'en suis charmé, ma sœur, j'ai beaucoup entendu parler de vous par l'intermédiaire de mes patients, je me félicite de vous découvrir enfin.

Et le visage radieux du philiatre prouve qu'il ne ment pas.

– Moi de même… Vous est-il possible de me recevoir pendant quelques minutes ? Je serai rapide.

– J'ai fini ma journée, ma sœur, au tour du carabin de garde d'aller soigner les rhinites, les diarrhées, les tachycardies si nombreuses en cette saison. Ça leur fait la main à nos futurs successeurs, moi, maintenant, j'ai tout mon temps.

– Pourtant, le samedi, vous ne devriez pas chômer ?

– Vous plaisantez, ma sœur ? Sauf urgence, les citoyens ne sont plus des malades le samedi, ce sont des consommateurs, tous à pousser un Caddie à l'hypermarché du coin… En revanche, le lundi, c'est le grand jour du foie, ils ont tellement bu et bouffé ce qu'ils ont acheté le week-end qu'ils se bousculent tous dans mon cabinet avec des mines de papier mâché. Pour un peu, je pourrais pré-imprimer les ordonnances, tant je sais ce qui les amène.

Gros, gras, mais gai, ce bon docteur. Il semble bien connaître son métier, pourquoi alors a-t-il négligé le mal de dos de Gaston ?

– Mais quittons cette salle, ma sœur, passons dans mon cabinet.

Invitation qu'il fait suivre d'un mouvement majestueux pour ouvrir la double porte couverte de moleskine. Son lieu de travail ressemble en tout point à celui qu'ils viennent de quitter : le rouge écrase l'ensemble, les portraits de Napoléon III envahissent le papier peint, son buste a même droit à une place de choix sur la cheminée. En vertu des règles de la conversation française, sœur Blandine se doit de l'amorcer avec des propos anodins nullement attachés au but de sa visite. Bien mal lui prend de choisir ce sujet :

– Napoléon III... Vous semblez bien l'aimer.

– Non, ma sœur : l'admirer ! Cet homme est le véritable fondateur de notre société actuelle, un visionnaire remarquable, un humaniste méconnu, à qui il faut rendre sa place.

En un mot comme en treize, c'est Zorro, Superman, l'abbé Pierre...

L'ennuyeux, chez les passionnés, c'est qu'une fois partis, on ne peut plus les arrêter. Et là, plus que jamais, Gromentin lui en offre la preuve en lui assenant un cours sur « son » empereur. Pendant dix minutes, il tient le crachoir dans une plaidoirie laudative sur ce brillant monarque qui a osé financer la première Internationale ouvrière, a reconnu le droit de grève, a combattu le paupérisme, l'obsession de sa vie, a facilité l'essor technologique. En six cents secondes, à une sœur Blandine poliment médusée par l'ingratitude de l'Histoire, il arrive en prime à lui caser son action pour la Croix-Rouge, sa trop grande confiance dans les hommes, gentillesse qui l'a perdu, parce que Sedan, ah ! ça non, ce n'est pas sa faute, mais celle de cet imbécile prétentieux de Bazaine !...

– N'est-ce pas, ma sœur ?

– Bien sûr, docteur, il ne pouvait être partout.

– Je ne vous le fais pas dire... Mais j'envisage de rétablir la vérité. Dans deux ans, ce sera l'heure de la retraite, j'écrirai un livre sérieux sur son œuvre.

Bien d'autres détails lui viennent à l'esprit, mais il s'aperçoit soudain de la pesanteur de son bavardage :

– Pardonnez-moi, ma sœur, je suis incorrigible, peut-être même rasoir... Quand je démarre, je n'arrive plus à trouver le frein.

– Non, non, docteur, au contraire, je ne connaissais pas Napoléon III sous cet angle, votre discours m'a vivement intéressée.

– Ah ?... J'en suis heureux, dans ce cas.

Puis il pianote sur son Vidal, un peu embarrassé pour trouver une liaison :

– Ça donne soif de parler... J'ai un petit cerdon au frais que j'ai ramené du Bugey, ça vous tente ?

Le visage effrayé de sœur Blandine lui fait craindre d'avoir profané le Seigneur, ou d'avoir commis un péché sans le savoir. Il propose aussi vite :

– Ou un café, du thé, de l'eau, si cela vous fait plaisir.

– Merci, docteur, non... Disons que je respecte une neuvaine.

– Ah ? Alors si c'est religieux, je m'incline.

Sont-ils bien catholiques les borborygmes qui maltraitent ses boyaux ? Est-il pur comme l'agneau son estomac engorgé ? A-t-elle le droit de faire passer une indigestion pour un vœu sacré ? Qu'importe, après tout elle n'est pas là pour raconter sa vie, mais pour rechercher la vérité :

– Docteur, je voulais vous rencontrer pour vous parler de Gaston Rampon.

– Gaston ? Il va mal ?

– Plutôt, oui... Je lui ai fait les piqûres que vous avez prescrites, le traitement est terminé, et je constate que sa sciatique ne s'arrange pas, au contraire...

– Sa sciatique ? À tous les coups une hernie discale, oui.
– C'est ce que je suppose aussi… Mais on dirait que vous vous en doutiez ?
– Absolument, je le lui ai dit… Mais ce vieil âne rouge a blêmi quand je lui ai conseillé de passer un scanner, j'ai cru qu'il allait mourir sur place si j'insistais… Vous avez vu ses radios, je présume ? Il n'y a rien à en tirer.
Déjà un bon point pour Gromentin, il connaît son affaire.
– Vous l'avez par conséquent soigné pour une sciatique en attendant de lui prouver qu'il lui fallait être plus raisonnable ?
– Exactement, avec l'espoir de m'être trompé sur sa hernie, mais votre propos me prouve que non, il est bon pour le billard, le Gaston. Ça va pas être simple.
Difficile de rester humble quand on triomphe, sœur Blandine puise en elle des réserves de modestie pour annoncer :
– Plus tant que cela, docteur, je l'ai convaincu, il vous attend.
À ces mots, les doigts boudinés de Gromentin se joignent comme pour remercier la Providence :
– Non ? Mais vous faites des miracles, ma sœur !… J'ignore comment vous vous y êtes prise, mais chapeau… Si vous pouviez m'aider à convaincre d'autres vieux fous de l'acabit de Gaston de se faire soigner, je vous offrirais un million de chandelles pour votre église… Sauf votre respect, je vous tiens en réserve un octogénaire buté qui refuse une coloscopie, persuadé qu'il va se retrouver avec un anus plus large que le trou de la Sécu. (Sur ce, il note d'appeler les Rampon aussitôt que possible :) Il a finalement retrouvé un peu de courage, notre maquisard, tant mieux.
Elle est belle, cette journée, pleine d'imprévus délicieux, avec des occasions faciles à saisir, comme la phrase du docteur :
– Votre père aussi a été maquisard, m'a-t-on dit ?

– Exact. Il a donné plus que son dû à la France… Notez que la patrie reconnaissante a su le récompenser avec une belle médaille.

– C'est également le cas des Ruteboeuf.

– Vous les connaissez ?

– Je soigne Adèle dont vous vous occupez.

– C'est vrai, oui, j'oubliais… Va y avoir du boulot, pour la reconstruire… Quelle affaire, ces deux meurtres.

– Trois, docteur. Gustave Bonier a été tué cette nuit.

La nouvelle frappe Gromentin en pleine figure, son stylo lui échappe :

– Gustave ?… Mais ça confine au délire…

– Dites plutôt à la boucherie… Pour les gendarmes, il serait question d'un règlement de comptes, un vieux contentieux du maquis dont on fait payer la note aux enfants, une histoire pas très nette. L'arme employée est un luger.

Outré, le docteur se lève. Il contourne la religieuse. Là, sur un mur, trône la fameuse photo du groupe de résistants :

– J'aime mieux que mon père soit mort, il n'aurait pas supporté pareilles calomnies… Papa m'a quitté il y a deux ans, dans un caveau, d'une façon merveilleuse, en goûtant le beaujolais nouveau. Il a dit : « Après avoir bu une telle merveille, on peut mourir. » Crise cardiaque ! L'instant d'après il était au Ciel, avec ses vieux compagnons d'armes… qui doivent piétiner de colère s'ils entendent les absurdités de la police.

Toute l'innocence céleste illumine les traits de sœur Blandine :

– Vous savez, je ne fais que répéter des on-dit.

– Je m'en doute bien, ma sœur, mais croyez-moi, les suppositions de la police sont stupides, comme toujours. Quelle bande d'incapables, ces flics.

Tiens ! Au passage, prends-toi ça dans les dents, se dit la sœur.

– Il n'y avait pas plus soudée que cette équipe.

– Vous les avez bien connus ?

– Juste un peu… J'étais gosse, je suis né en 39, à la déclaration de la guerre…

– Non ? Vous ne faites pas votre âge.

Elle se demande si ça se confesse un mensonge de cette taille.

– Papa ne figure pas sur cette photo, il soignait les blessés… Mais ici, tenez, c'est Gaston, là, un gars nommé Chomard, qui a travaillé longtemps avec lui après la Libération… Au milieu, c'est le vieux père Ruteboeuf, Edmond.

Mais l'inconnu, que sait-il de l'inconnu ?

– Ce type ? On l'a plus jamais revu, on ne sait pas ce qu'il est devenu. Son nom de maquis était Berthier… Ils s'aimaient beaucoup, Gaston et lui, je sais que sa disparition l'a affecté… Mais pourquoi vous intéresse-t-il ?

– J'avais l'impression d'avoir déjà vu son visage.

– C'est le danger de ces vieilles prises de vue, on croit reconnaître des gens… D'ailleurs, elle est incomplète, les femmes manquent : Florence, Gisèle, Marie, et même Eugénie, la femme de Gaston.

– Eugénie ? Elle était dans le maquis ?

Les tympans de sœur Blandine vibrent d'un air nouveau.

– Comment croyez-vous qu'ils se sont connus, avec Gaston ?… Elle assurait la liaison entre les maquis, la petite Eugénie, elle portait le courrier. Pour ça, elle avait pas froid aux yeux. Quel tempérament, ça c'est de la femme !

Pour un peu, elle lui en demanderait bien une goutte, de son cerdon, histoire de fêter ces nouvelles informations…

⁂

Le dimanche matin, pas une cloche ne manquerait le rendez-vous dominical. Chacune y va de son ding-dong pour appeler les fidèles à leur grand bain hebdomadaire. Leur sonnerie les invite à venir se laver l'âme de leurs odieux péchés, à se nettoyer la tête des vilaines pensées qu'ils ont eues, à se doucher le cœur pour le décrasser de ses scories. L'Église pratique l'amour propre. Inutile d'amener son savon, le curé se charge de vous en passer un, son sermon lui sert de décapant.

À Ars, plus que nulle part ailleurs, du moins dans la région, elles résonnent avec force. Dame ! À quoi servirait d'avoir une basilique, avec de bons gros bourdons comme on n'en fait plus, si on ne pouvait pas mettre un brin d'ambiance dans la campagne ? C'est imposant, c'est solennel, mais c'est aussi un poil chiant pour certains :

– Poutain de putana de la madre ! Et vas-y que jé cogne sour lé bronze pour emmerder lé peuple, qué ça fait déféquer mes canaris dé trouille.

Guernica se penche sur la cage :

– Ah ! mes pétits zoziaux, vous les aimez pas non plous, ces pets dé courés, dé castrés, d'impouissants… Leurs cloches, c'est comme les voitoures, plous on en a oune pétite, plous on a oun gros battant.

Dehors, il assiste au départ des paroissiens pour la messe, triste spectacle pour un ancien combattant de la liberté sans Dieu, qu'il rejette puisqu'Il n'existe pas, qu'il détesterait encore plus si par hasard Il comptait vraiment les points là-haut :

– Voilà, courez, bande dé pantins, allez vous abîmer les couisses sour vos pétites chaises… Vous savez à quoi on reconnaît oune catho d'oune fille poublique, les zoziaux ? Non, vous né pouvez pas savoir… Aux auréoles, l'oune les a aux génoux, l'autre aux fesses.

Et il crache de mépris par la fenêtre :

– Souperstitieux débiles ! Guignolos ! *Maricones* !

L'agitation de ces gens bien habillés, missel sous le bras, l'écœure. C'est bien la peine d'avoir tué tant de curés pour libérer les hommes de leurs croyances obscurantistes. Tiens ! Il va se servir une anisette pour s'en remettre, tant pis, c'est pas l'heure, mais manquerait plus que la patronne le lui reproche, il la laisse bien fréquenter le Bon Dieu ! Qu'elle lui fasse une crise parce qu'il flirte avec la bouteille, et elle entendra la suite.

Encore une sonnerie. Mais c'est celle du téléphone :

– Allô…

Laconique, peu communicatif, mais suffisant à son goût pour répondre dans la machine :

– Oui, jé souis bien Louis Lopez, qué mé voulez-vous ?

Très vite, ses doigts se crispent sur l'engin à causer, comme il l'appelle :

– Quoi ?… Jé, jé…

Son interlocuteur ne lui laisse pas en placer une, il s'éponge le front :

– Comment savez-vous ?… Comment ?

La pression semble forte, il s'assied :

– Impossible…

Apparemment, impossible n'est pas du goût de l'autre :

– Quand ça ?

Aurait-il lâché du lest ?

– Salaud ! Va té faire mettre chez Franco !

Mais il n'y a plus d'abonné de l'autre côté, l'autre a coupé. Abattu, anéanti, le vieux républicain ne trouve pas d'autre réconfort que dans la bouteille, une bonne rasade d'anisette n'a jamais tué personne, ce qui n'est pas le cas de celui qu'il vient d'entendre. Avec vingt ans de moins, il lui réglerait son compte, mais le corps ne suit plus… Il faut qu'il en parle… Le téléphone… Il compose un numéro, attend… Elle est là :

– Allô, Florence ? C'est Louis. Tou as oune minoute ?

– Oui, Luis. Que se passe-t-il ? Tu as l'air tout chose.

– Il m'a appelé.
– Qui, il ?
– Lé néttoyeur.
Un soupir épuisé lui répond.
– Tou es là, Florence ?
– Que t'a-t-il dit ?
– Il sait tout, il mé ménace, il mé touera si jé né fais pas comme il veut.
– C'est impossible... Comment, d'abord, a-t-il pu te retrouver ?
– Mystère et boule dé gomme, j'y comprends rien, c'est lé diable, s'il existe.
– Personne n'est au courant, Luis, il n'y a que moi, et je ne parle à personne.
– Jé té fais confiance, Florence, mais jé té lé répète, il sait tout... Tout !
– Même pour moi ?
– Non, j'ai pas l'impression, il n'a pas l'air dé té connaître.
Florence prend son temps pour mesurer l'ampleur du problème :
– Bon, alors viens immédiatement... Fais attention, qu'il ne te suive pas.
– La dernière plouie ne m'a pas vou naître. À tout dé souite.
Le chant des canaris a repris avec l'arrêt des cloches.
Guernica se prend la tête entre les mains : mais qui est cet homme ?... Il avait la voix de Gilbert... Non, Gilbert serait trop vieux... Et comment aurait-il été mis au courant ?... Démoniaque... Satan existerait-il, lui ?
À l'autre bout de la planète, distance que l'on estimera à vingt kilomètres d'Ars, au couvent de la Sainte-Croix, on se prépare de même à célébrer la messe. Les paysages varient avec tant de rapidité d'une rive à l'autre de la Saône, au détour d'une colline, dans la courbe d'un virage, à la sortie

d'un bois, que le voyageur a l'impression de franchir des frontières invisibles, de changer de pays à tout instant.

Les sœurs traversent la cour sous un magnifique soleil, en devisant joyeusement. La journée s'annonce merveilleuse, un nouveau don du Ciel. Elles parlent de tout et de rien, du beau temps et pas de la pluie – on l'oublie aujourd'hui –, des chants nouveaux qu'elles vont interpréter à la gloire du Seigneur, ou, plus prosaïquement, de ce qu'elles vont manger à midi à la cantine. Dans ce concert, une seule voix se tait, celle de sœur Guillemette. Insidieuse, trotte-menu, elle s'insinue jusqu'à sœur Blandine, tente en vain de lui présenter un sourire de blanche agnelle, entreprise désespérée… Sa face de vipère ne peut bêler ; dès qu'elle s'exprime, sa langue siffle :

– Bonjour, ma sœur… On ne vous a pas beaucoup vue, hier, je m'inquiétais pour vous.

Sa muqueuse caudale n'ose pas franchement lui demander où elle traînait encore, mais l'hypocrite formule contient sa bonne dose de venin :

– Absente au déjeuner, en retard pour le dîner, vous avez dû être sollicitée.

Le grand défaut de sœur Blandine, ce sont ses réactions de flic toujours sur la défensive. Elle a comme ça des réflexes verbaux qui frappent comme des matraques :

– Il ne fallait pas vous inquiéter, ma sœur, je me suis éclatée à l'hôtel avec un monsieur.

– Que-que-que…

Le gosier du reptile n'émet plus, sœur Blandine l'écrase, l'achève :

– On a fait un concours de cuisses, à se les léchouiller comme des fous, une beurrée de première… Sacrées grenouilles ! Ça fait du bien par où ça passe.

Au bord de la suffocation, sœur Guillemette s'enfuit en hululant comme une vieille chouette asthmatique.

– Sœur Guillemette !… Si vous cherchez la mère supérieure, c'est pas par là, c'est de l'autre côté.

Mais la délatrice a d'abord l'intention d'aller prier, elle fera son rapport ensuite, un gratiné, cette fois, à la hauteur du scandale, il sent le soufre, son flair reconnaît là les chaudrons de Belzébuth.

Toutes les sœurs entrent dans la chapelle où le père Dubost les attend. Enfin réunies, l'office peut commencer dans les chants, la sérénité, le recueillement. C'est l'occasion pour sœur Blandine de faire le point avec elle-même : n'a-t-elle pas trop forcé la dose avec sœur Guillemette ? Ne devrait-elle pas mettre une goutte d'eau dans son tonneau de vinaigre ?

– Comment résister ? Elle est bête et méchante, mon Dieu, à un point hors limite. C'est une malade, elle nous exaspère, il faudrait l'enfermer. Mais dans quoi ? Il y a bien des maisons de fous, mais il n'y a pas de maisons de bêtes, pas plus que de maisons de méchants.

La messe s'achève, elles se signent, sortent en chantant, le cœur oxygéné, prêtes à nouveau à porter aide et assistance aux malheureux. La matinée se poursuit sans problème jusqu'à ce que la cloche sonne pour le repas de midi. Comme les autres, sœur Blandine se rend vers le réfectoire quand mère Adrienne l'appelle au passage. Résignée, elle entre dans son bureau, prête à encaisser ses reproches :

– Oui, ma mère.

– Sœur Blandine, devinez de quoi je vais vous parler ?

– De sœur Guillemette, ma mère, sujet incontournable, quel que soit le jour de la semaine.

– Exact… Au menu d'aujourd'hui, je vous propose bacchanales, stupre et orgie à la Sardanapale.

– Copieux, mais lourd à digérer.

– Il est question cette fois d'un monsieur Grenouille dont vous auriez léché les jambes dans un hôtel après vous être beurrée.

Le fou rire de sœur Blandine met en pièce ces accusations. Elle sait bien que mère Adrienne ne leur accorde pas la moindre importance, que son indignation vient surtout d'avoir à supporter ces chicaneries, de répéter des appels au calme jamais entendus. Mais pour une fois, trop, c'est trop, malgré sa colère, la supérieure a du mal à contenir son rire :

– Enfin, ma sœur, prenez garde à vos propos, elle mélange tout… Pensez à votre oncle, l'évêque, montrez l'exemple.

Tiens, cela faisait un bout de temps qu'elle ne l'avait pas entendue, celle-là :

– Tout bien pesé, ma mère, n'est-il pas charitable de lui fournir matière à rapporter ; si on l'en privait, que deviendrait sa vie ?

– Il convient néanmoins de maîtriser la nature de vos livraisons ; en matière de ragots, votre dernière fournée peut l'inciter à se plaindre au pape en personne.

– D'un couvent du pays de Diderot, rien ne l'étonnerait, le Saint-Père a des lettres.

La supérieure met un terme à leur hilarité :

– Brisons là, sœur Guillemette a déjà trop pris de mon temps. Dites-moi plutôt ce que vous avez découvert de neuf, depuis hier.

Un récit de cette densité mérite qu'on s'asseye, ce qu'elles font. Toujours aussi synthétique, sœur Blandine lui narre l'essentiel… Mère Adrienne écoute le rapport de sa cadette avec l'attention qu'elle pratique le mieux : la religieuse. Quand sœur Blandine en finit, elle reprend :

– Trois héritiers d'enveloppes bleues, trois hommes tués, dont un, Gustave, au meurtre injustifié. Un lieutenant de gendarmerie service-service aussi rapide qu'une tortue. Un troupeau de femelles insatisfaites de leur mariage. Une Amélie vite consolée. Un neveu miraculeux. Un inconnu répondant au pseudonyme de Berthier. Trois maquisards enrichis dans le commerce, leurs veuves éparses à retrouver. Une Mme Rampon résistante. Un rendez-vous avec Chomard... Bon, si je rajoute un M. Cheuillade et ses invitations gastronomiques, ses grenouilles, ses andouillettes, son cerdon, je n'oublie rien ?

– Rien ne manque, ma mère.

– Parfait... Eh bien, j'espère que vous y voyez clair, dans ce foutoir ?

– Ma mère, enfin...

Le reproche amusé de sœur Blandine l'agace sur les bords :

– Il n'y a pas d'autre mot, ma sœur. Dans l'armée, on avait au moins un avantage sur la police : on connaissait l'ennemi... Vous, pas.

– J'arriverai peut-être à deviner son nom après le rendez-vous chez Mme Pouly... Si vous m'autorisez à la rencontrer, toutefois...

– Pfouit ! Au point où nous en sommes, autant aller au fond de ce bazar.

À cet instant, une jeune nonne entre, après avoir frappé timidement :

– Ma mère...

– Oui, qu'est-ce que c'est ?

– C'est sœur Valérie, la cuisinière, qui m'envoie. Elle vous fait dire que le service est terminé. Elle veut savoir si elle vous met deux parts de côté ?

– Ah ? Évidemment, on arrive.

Le frais minois s'apprête à disparaître, la supérieure le retient :

– Au fait, qu'a-t-elle fait de bon ?

– Du mouton avec des haricots.

– Hum... Fâcheux... Dites-lui de me préparer d'autres légumes, les haricots me donnent des flatulences.

– Des quoi, ma mère ?

– Ça fait péter… Soignez-moi des soldats au front, et essayez de me revenir avec un ventre intact après dix ans de rata, on en reparlera.

Le rouge de la confusion aux joues, frappée de logopathie, l'impétrante s'éclipse sans que personne n'ait compris sa réponse.

– Est-on sotte, à cet âge ! Venez, ma sœur, je redoute qu'elle nous commande un cassoulet.

Côte à côte, elles gagnent le réfectoire. Mère Adrienne reprend :

– Quitte à vous choquer, je vous avoue que je préfère une vocation tardive comme la vôtre à celles de ces jeunes exaltées. Heureusement que le noviciat nous sert de garde-fou ; aimer Dieu est une chose, le servir en est une autre… À un certain âge, il est déjà difficile de se passer du sexe, des plaisirs de la vie, mais pour une femme, il y a aussi à mettre une croix sur les joies de la maternité. Vaste problème.

– Vous ne me choquez pas, ma mère, je le sais… J'ai connu les joies terrestres, j'en ai profité à une vitesse folle, mais le seul homme avec qui j'aurais souhaité avoir des enfants a été tué… Le reste m'appartient.

– Je suis au courant, ma sœur.

Leur repas est vite expédié, l'heure avance, il lui faut partir. Cheuillade a proposé à sœur Blandine de laisser sa Titine au garage. Il doit venir la chercher en voiture à quatorze heures.

– C'est le moment, ma mère, j'y vais.

– Bonne chasse, ma sœur, ne prenez pas de risques inutiles.

– Je sais encore me défendre.

– Tiens donc ! Croyez-en mon expérience, un kakatéra, ou je ne sais trop comment vous les appelez, n'a jamais fait le poids devant un bon fusil.

– N'ayez crainte, Dieu me protège.

– J'en ai connu plein qui parlaient comme vous, ils ont une petite croix plantée sur le ventre.

Sur ces saintes paroles, sœur Blandine se précipite dehors. Le soleil n'a pas déserté, fidèle au poste, bien décidé à camper au-dessus du Lyonnais qu'il bombarde de rayons chauds. Avec générosité il en arrose un bon paquet sur la voiture de Gontrand, les chromes brillent, le pare-brise luit.

Déjà ? Il est en avance.

Pourtant, par politesse, elle se hâte, va jusqu'à trotter, passe devant sœur Guillemette, se ravise, se retourne, s'arrête sous son nez pointu :

– Sœur Guillemette, vous voyez le monsieur, là-bas, dans la voiture ? Il est athée, anarchiste, anticlérical, antimilitariste, et tellement anti tout, qu'on n'est même plus sûr qu'il soit pour quelque chose... Et pourtant, je pars en balade avec lui... Qui sait, peut-être le convertirai-je entre deux verres de chenas ?

C'est un peu comme si elle mettait une pièce dans un juke-box, le temps pour la machine de comprendre l'air qu'elle doit jouer, pour la platine de recevoir le CD, pour la rythmique d'accrocher un sol majeur, et le grand air de *Back in USSR* démarre, revu par Penderecki, dans un contre-ut à déplumer les corbeaux qui s'envolent, effrayés.

– Sœur Guillemette ! Mère Adrienne est au réfectoire !

Il lui est difficile de faire autrement que d'expédier un acte de contrition sur son fax intérieur, d'une ligne maximum, point trop n'en faut, elle sait qu'elle recommencera. Quelque peu interloqué par ce hurlement quasi inhumain, Gontrand l'interroge en se portant à sa rencontre :

– Que lui arrive-t-il, à cette pauvre sœur ? Vous lui avez marché sur le pied ?

– Je lui ai décoincé les amygdales.

Les querelles médico-religieuses sortant de sa compétence, le journaliste préfère aborder un autre sujet en entrant dans la voiture :

– Mon informateur de l'institut médico-légal m'a appelé, ce matin. Jacques Ruteboeuf a été tué d'une balle de lebel, un bon vieux fusil du temps de la ligne Maginot. Quant à Gustave Bonier, il a été abattu par le même luger qui a servi au meurtre d'Alexis.

– Tout cela se tient.

– Vous persistez à ne pas croire à un règlement de comptes entre maquisards ?

– De moins en moins, Gontrand, c'est un leurre... Et je ne pense pas que l'assassin ait eu un seul instant l'idée de nous embrouiller ; il profite des circonstances, c'est nous qui mélangeons tout, pas lui.

La 406 de Gontrand n'a rien de la Titine, ses pneus épousent les virages en souplesse, sa rapidité n'a d'égale que son confort, et, luxe suprême, elle comporte un lecteur de cassettes. Les yeux de la sœur parcourent les titres avec une envie terrible. Depuis combien de temps n'a-t-elle pas entendu une chanson de Brassens, un couplet de Brel, une roucoulade d'Elvis, tous ces chanteurs dont elle lit les noms sur les boîtiers ?

– Vous voulez que j'en mette une en route, ma sœur ?

Bien entendu qu'elle le souhaite, demande-t-on à un aveugle s'il veut voir, à un paralytique de courir ? Mais par quoi commencer ?

– Je n'ai, hélas, que du profane à vous proposer, rien de bien conforme à ce que l'on vous fait entendre dans vos couvents.

– Manquerait plus que vous ayez sœur Sourire en magasin... Non, non, un petit coup du Grand Jacques, ça me rappellera des souvenirs.

– Brel ? Ce mécréant ? Vous aimez ?

– Et alors ? On avait des idées de gauche, à la fac, histoire de mettre un peu d'ambiance à la maison.

– Ah ! J'imagine les effets du délit... De la provocation marxiste dans le quartier d'Ainay, quelle horreur !... Soit, vous l'aurez voulu... C'est parti.

Et aussitôt les premières notes des *Bourgeois* emplissent l'habitacle. Pour commencer, sœur Blandine bat gentiment la mesure avec son index. Puis toute la main s'en mêle. Vient un léger murmure, un fredonnement imperceptible. Bientôt, imitée par Gontrand, ses lèvres s'ouvrent, et c'est une explosion commune quand le refrain éclate :

– *Les bourgeois, c'est comme les cochons !*

Le vignoble paisible voit ainsi passer un honorable monsieur, aristocrate jusqu'au gros orteil, hurler à tue-tête une chanson anar avec une religieuse, elle-même issue d'une famille collet monté... S'agit-il d'un moment d'égarement ? Pas du tout, au contraire, puisque le duo enchaîne sur *Le Gorille* de Brassens, récidive avec *Le Bulletin de santé* en dépassant Theizé la superbe, puis persiste avec *Blue Suede Shoes* au dernier kilomètre avant Oingt, dans une frénésie adolescente.

– Nous y voilà, ma sœur, la fête est finie.

– Tant pis, c'est toujours ça de pris, j'ai fait le plein pour dix ans.

– Non ?... Ne me dites pas que vous ne vous éclaterez pas avant 2010 ?

– De cette façon, fort peu probable.

Comme accroché à un piton, le village médiéval de Oingt voit défiler des milliers de touristes en cette saison. Avec Ternand, plus à l'ouest, il se partage leurs faveurs, leurs cris d'admiration dans ses ruelles, et, plus embêtant, leurs véhicules sur ses parkings pris d'assaut. Le logo du *Progrès* étalé sur le capot de la 406 sert de sésame, les gendarmes laissent passer Gontrand par la porte de Nizy sans l'arrêter ; au contraire, ils lui facilitent l'entrée dans la petite cité en houspillant des flâneurs peu disposés à presser le pas :

– Voilà un des rares privilèges que j'apprécie dans ma profession… C'est complètement immoral, mais je m'en régale.

Près de l'église, ils trouvent à se garer sur une place pas vraiment réservée à leur usage, ce pourquoi Gontrand sort une pancarte de la boîte à gants sur laquelle est inscrit « En reportage » :

– En revanche, ceci est amoral, ça ne signifie rien, mais ça prémunit de la maladie de la contredanse.

– Vous faites un bien beau métier, mon cher Gontrand.

Les mains en prière, les épaules voûtées comme un pécheur repentant, le journaliste s'avance dans les ruelles de Oingt, bourrées de quidams en short, en tee-shirt, en chaussures légères, tous le nez en l'air, l'appareil photo à la main, à la conquête de la France profonde. La maison de Mme Pouly se dresse vite devant eux, juste à côté d'un des nombreux ateliers artisanaux qui parsèment l'ancienne forteresse. Ils sonnent, patientent… Une grande femme vient leur ouvrir :

– Entrez, je vous attendais.

Elle se range pour les laisser passer. En la saluant, ils remarquent ses cheveux blonds décolorés, sa mise en plis impeccable, sa robe de chez Chanel, ses bijoux discrets, mais de prix. Longiligne, mais pas maigre pour autant, elle semble avoir du caractère, ses phrases fusent avec une certaine autorité. Si ce qu'elle porte montre une certaine aisance, l'intérieur de sa demeure finit de prouver qu'elle a réellement les moyens de vivre dans le luxe. Les tableaux aux murs sont signés Perraut, Zinger, Bernard, pour les moins connus, mais aussi Buffet, s'il vous plaît, dont une toile certifiée trône dans la salle à manger… Il y a encore de plus grands noms au bas des lithos alignées le long des couloirs. Des statuettes en bronze, des biscuits, des pendulettes anciennes ornent l'ensemble, le mobilier se veut moderne dans des pièces tendues de tissu clair. Ce vers quoi se précipite sœur Blandine en pénétrant dans le salon, c'est une série de vitrines où sont exposées des poupées anciennes :

– Je rêve !... Mais c'est une poupée de Rohmer, du Second Empire ?

Surprise, Mme Pouly ne retient pas sa joie :

– Bravo ! Vous vous y connaissez, ma sœur ?

– Un peu... Ma mère avait une collection bien loin d'égaler la vôtre... Celle-ci est bien une Jumeau ?

– Oui, avec tête pivotante... Et ces deux-là sont des Googlies de 1914, avec des yeux qui louchent.

– Quelle merveille !... De quoi rendre jaloux plus d'un directeur de musée.

– Ils me font des offres, mais je ne suis pas vendeuse.

Il y en a ainsi une quarantaine, des Huret, des Bru, des Julien, et plein d'autres en parfait état, avec leurs petits vêtements soigneusement conservés. La sœur ne peut s'empêcher de demander :

– C'est une passion ou c'était votre métier ?

– Plutôt une folie, nous étions quincailliers, à Villefranche. (Mais elle ajoute aussitôt un détail de poids :) Pas des quincailliers de quartier, nous avions une entreprise de gros. Quand nous vendions un robinet, c'était pour le moins en cent exemplaires. Je peux affirmer avec fierté que nous avons participé à presque tous les grands chantiers de la région.

Ce correctif rassure Gontrand, il commençait à regretter de ne pas s'être lancé dans le commerce des clous. Pour sa part, sœur Blandine demeure circonspecte : ça rapporte tant que cela, la quincaillerie ? Au point de s'offrir une collection de poupées de plus d'un million de francs ? Sans compter tous les objets et œuvres d'art qu'elle peut admirer autour d'elle ?

Devine-t-elle leur doute ? En tout cas, Mme Pouly fait diversion :

– Puis-je vous offrir un thé, ma sœur ?

– Non, merci, je n'en bois jamais.

– Et vous, monsieur ?

– Sans vouloir paraître désobligeant, pas davantage.

La dame analyse les réponses avant d'avouer à son tour :

– Entre nous, je n'aime pas ça non plus. Il faut être anglais pour apprécier de l'eau sur de l'herbe cueillie dans le tiers-monde… En revanche, quinze heures, c'est l'heure de mon whiskey, un irlandais de vingt ans d'âge, excellent pour le cœur… Ça vous tente ?

Sa seconde proposition recueille leurs suffrages. Se savoir en présence de gens pas bégueules pour lever le coude, ça détend, ça met en confiance ; en les servant, sa langue se délie :

– Vous avez une excellente réputation, monsieur Cheuillade, Daniel Villeneuve m'a longuement vanté vos qualités, hier, au téléphone : pugnacité, discrétion…

– Il se peut, madame. *A contrario*, je sais que je suis sans concession quand on cherche à me tromper.

– L'avez-vous été avec votre grand-père ?

Il accuse le coup :

– Je vois que vous êtes bien renseignée.

– Sur votre père aussi, il était des nôtres. Les anciens de la Résistance maintiennent intact un réseau d'amitié qui fonctionne bien, on sait s'informer.

Son regard se tourne vers sœur Blandine :

– De même pour vous, ma sœur. Je ne vous cache pas admirer votre cheminement… Une ancienne commissaire… Bigre !…

Qu'elle n'aime pas qu'on lui parle de son passé !

– Parmi les sœurs, on trouve des architectes, des comptables, des professeurs, et même une étoile de l'Opéra… C'est la volonté de Dieu.

– Oui, possible, je n'engagerai pas la conversation dans cette voie, c'est un peu trop fort pour moi… L'affaire des trois meurtres me convient mieux, et puis c'est elle qui nous réunit… Vous avez du nouveau, à ce sujet, ma sœur ?

– Luger pour Alexis et Gustave, lebel pour Jacques. L'assassin a sorti son fourbi du musée de l'armée.

– Faut-il encore savoir s'en servir… Ces vieux tromblons nous ont été bien utiles contre les nazis, ne vous en moquez pas… C'est terrible, ma sœur, l'épreuve du feu, je ne vous souhaite pas de la connaître.

– Et alors, que croyez-vous ? Que les gars que je traquais me tiraient dessus avec des lance-patates ?

Un point à zéro. Elle n'a rien à regretter, la dame Pouly mérite d'être bousculée… Et ça n'a pas l'air de lui déplaire :

– Pardon, ma sœur, ça m'a échappé… Soit, je n'en dirai pas plus, d'autant que M. Cheuillade risque de nous prendre pour des boutefeux.

En clair, elle signifie à Gontrand que l'unique homme présent n'a pas leur expérience de la bagarre. Une vacherie, quoi.

– Chère madame, sachez que je me défends d'étaler aux yeux de la piétaille républicaine une médaille de mauvaise facture reçue pour fait d'armes en Algérie. D'abord, elle est d'un goût douteux, ensuite, je ne m'honore pas d'avoir occis de pauvres types qui étaient chez eux ; enfin, mes ancêtres ayant combattu à Bouvines, Rocroy, Fleurus, sans autre récompense que la gloire qu'ils en ont tirée, je ne conçois pas d'exposer ce colifichet à côté de leurs brillants souvenirs… (La bouche en rond de frite, la veuve Pouly en tombe assise sur un pouf.) Or donc ! J'apprécie votre accueil, chère madame, mais il me semble que nous sommes ici pour rencontrer Julien Chomard… J'ai bien compris que sœur Blandine et moi-même passions un examen probatoire avant que vous décidiez, ou non, d'aller chercher ce brave homme. Je considère que nous avons la note maximum, par conséquent, où est-il ?

Le rire de son hôtesse salue sa mise en demeure :

– Dans la pièce à côté, il attend que je l'appelle… C'est d'accord, j'y vais.

La porte derrière laquelle se cache Chomard se trouve à trois pas qu'elle effectue avec légèreté. Elle l'ouvre :

– Tu peux venir, il n'y a rien à craindre.

Apparaît alors un vieux monsieur mal fagoté, mal rasé, mal embouché.

– Ma sœur, monsieur, voici Julien Chomard… Je te présente M. Cheuillade… Sœur Blandine…

– Ouné bonne sœur, c'est donc vrai, manquait plous qué ça…

À peine a-t-il terminé que sœur Blandine s'exclame :

– Cet accent ! Mais vous êtes espagnol ?

– Oui, ma sœur, intervient Mme Pouly, Julien Chomard dans le maquis, Luis Lopez dans le civil. On lui avait donné un patronyme français pour tromper les Allemands, un pseudo-espagnol ne l'aurait pas mis à l'abri.

– Pour le cas où d'aucuns auraient livré des noms sous la torture ?

– Oui, ou si un message nominatif avait été intercepté… Moi, c'était Florette.

Pendant que ces dames s'expliquent, Lopez-Chomard s'assied en fulminant :

– On est bien d'accord, Florence, jé né dis pas « ma sœur » à oune sœur, jé dis madame ou madémoiselle, à son choix.

C'est mal connaître sœur Blandine que d'imaginer qu'elle va accepter de se laisser traiter n'importe comment, non pas qu'elle tienne à une marque de déférence particulière, mais parce qu'elle sait qu'avec ce genre d'homme il ne faut pas se montrer faible…

– Et vous, Julien-Luis, je vous appelle comment ? Vous préférez Vieux Machin ou Vieux Ronchon ?

– Quoi ?

– Vous allez bien m'écouter, coco de mon cœur : si je suis ici, c'est pour vous sauver la peau... Rien ne m'y oblige, j'ai d'autres bonnes œuvres qui m'attendent. Qui plus est, je risque sans doute la mienne dans cette histoire. Alors qu'on soit bien d'accord dès le départ : ou on se respecte d'entrée de jeu, ou je retourne à mon bénitier, est-ce bien reçu ?

Cheuillade s'inspecte les ongles, Florence admire le cadre d'un tableau, Lopez manque de s'étouffer :

– Ma, ma, ma... T'a entendou comment elle mé parle, Florence ?

– Je ne suis pas sourde, à moins d'un mètre d'une personne, je la reçois cinq sur cinq.

– Ma, ma, ma... Oune bonne sœur, mé causer comme elle m'a causé... Ouné jeune, en plous... Ma, c'est bien la première fois... Incroyable... (Il en salive de stupeur :) Tou veux mon opinion, Florence : en voilà au moins oune qui a dou caractère... Ça me plaît !... D'accord, jé vous dis ma sœur, appelez-moi Luis, mais pas Vieux Machin. Jé souis déjà oun vieux con, j'ai ma dose dé vieux quelqué chose.

Que s'est-il passé dans la machine à penser du bouffeur de curés ? Voilà un mystère que Florence ne cherche pas à élucider, elle occupe la place avant que ses idées tordues ne le reprennent :

– Parfait ! Bon, inutile de tourner autour du pot... Vous aviez raison, Luis est dans la ligne de mire, il a reçu des menaces de l'assassin, pas plus tard que ce matin.

Voilà qui ne convient pas à sœur Blandine, « son » suspect ne peut pas remonter jusqu'à Lopez, c'est impossible... Chomard, il connaît, mais pas Lopez... Non, il y a une branche coincée dans l'aube, le moulin ne tourne pas rond :

– Et il vous a dit quoi, comment, où ?

– Savez-vous à quoi il ressemble ? ajoute Gontrand.

– Chez moi, à dix heures, il m'a appelé. Oun homme, jé sais pas s'il est vieux ou jeune, les voix n'ont pas d'âge. Il m'a balancé qué il m'a retrouvé, qu'il connaît tous les membres de « Grain noir », qué si jé cause, ils vont payer, eux, ou leurs enfants…

– Il a bien dit : « Grain noir », le nom de votre réseau ?

– Si, ma sœur, tel quel.

– Dieu, il en sait un paquet, le bougre… Continuez.

– Il m'a jouré qu'il me collerait oune balle si j'obéissais pas à ses volontés. Oune de louger ou de lébel, à la carte, peu lui importe, à ce fils dé poute.

Ils se regardent tous les trois, il n'y a aucun doute, seul l'assassin est capable de citer le nom de ces armes.

– Ensouite, il m'a commandé dé lui apporter l'enveloppe bleue des Bonier.

– Où ? crient-ils de concert.

– À Saint-Jean-des-Vignes, mardi à minouit, sour lé parking dou panorama, à oun endroit très précis.

Déception… Saint-Jean-des-Vignes, et de nuit : bien vu, bien joué, félicitations ! L'endroit du rendez-vous est un site de choix, haut perché, avec vue imprenable, une église et quelques maisons éparpillées sur ses flancs. De la vigne, des arbres, des champs, des chemins impraticables pour les voitures, voilà le lieu idéal pour quelqu'un qui n'a pas envie de se faire remarquer tout en observant le moindre mouvement des autres à des kilomètres à la ronde. Ils ont déjà tous compris la tactique du meurtrier : l'homme pourra se dissimuler autant qu'il le voudra pour s'assurer que nul ne lui tend un piège, et ceci en toute tranquillité… Quant à s'éclipser, pour peu qu'il ait un tant soit peu l'habitude du terrain, le meurtrier disparaîtra dans la nature sans qu'une armée soit capable de l'arrêter…

– Vous avez entendu, ma sœur : un homme.

Il ne devrait pas insister, Gontrand, ça l'empêche de réfléchir :

– Je n'ai jamais prétendu que je soupçonnais une femme, j'ai supposé à voix haute qu'il se pouvait que…

– Oui, je vous l'accorde, mais votre théorie rejette tout acte de vengeance lié à l'époque du maquis. Or notre meurtrier y fait référence, il cite « Grain noir » et ses membres, il les poursuit de sa haine, ou leurs enfants s'ils ne sont plus de ce monde.

– C'est du pipeau.

– Vous persistez et signez ? Alors qui est-ce, d'après vous ?

Les bruits de la rue n'entrent pas dans la maison, elle jouit d'une isolation exemplaire, tout est calme dans ce nid confortable. Il n'y fait même pas chaud, un système d'air conditionné maintient une température agréable, idéale pour se concentrer, ce à quoi la sœur s'emploie avant de reprendre :

– On va très vite le découvrir, il n'y a qu'à lui mettre la main dessus, facile.

– Vous êtes sérieuse ? persifle Florence.

– Totalement, j'ai ma petite idée… Si l'enveloppe bleue de Luis contient bien ce que je crois, notre bonhomme est cuit.

L'attention que les autres lui portent soudainement montre qu'ils ont de légers doutes sur ses facultés mentales. Elle s'en fiche :

– Raisonnons un instant… Je vais d'abord vous apprendre ce qu'Edmond raconte dans ses enveloppes blanches…

Sa facilité à résumer les faits met vite Florence et Luis à niveau. Son exposé achevé, elle continue sur sa lancée :

– Edmond précise qu'il révèle tout sur sa « découverte » dans les trois enveloppes bleues : Quoi ? Comment ? Où ?… Or savoir quoi et où donne des chances de se dispenser du comment, de même que le comment et où peut conduire sur la voie… Mais privé de l'information sur l'endroit où chercher ce qu'il a légué aux siens, avec juste en main ce qu'il a décrit et le mode d'emploi pour le récupérer, bonjour le jeu de piste !

Mais où veut-elle en venir ? ont l'air de lui demander trois mines ahuries.

– Notre meurtrier, en toute logique, sait de quoi il s'agit, quel moyen employer pour le récupérer, mais pas où se diriger… Il lui manque le « où » que contient votre enveloppe, Luis, sinon, il ne s'acharnerait pas.

Bon, ils semblent convaincus, mais après, comme le demande Gontrand :

– On fait quoi ?

– C'est simple : on lui concocte un faux.

Et à ces mots, tout s'illumine, il se frappe le front à la mode du « bon sang, mais c'est bien sûr ! » :

– Vous voulez dire qu'on falsifie le document et qu'on envoie notre gugus vers un endroit où le coincer facilement ?

– Avec vos relations, vous devriez pouvoir nous arranger ce coup ? Des faussaires, ça ne manque pas.

– C'est envisageable, ça me coûtera juste un bouquet de lys.

La cause étant entendue, sœur Blandine s'occupe de Luis :

– À nous, maintenant, vous l'avez, cette enveloppe ?

– Sour moi, la voilà…

Un peu dépassé, Lopez-Chomard la tend sans discuter. Sœur Blandine la regarde avant de l'ouvrir, elle apprécie le moment, elle sent aussi son cœur se pincer ; pourvu qu'elle ait raison. Un coup de pouce, et hop ! La voilà ouverte, elle ne va plus tarder à être fixée… Le texte est court :

– « Voici où : À la sortie de Charnay, sur la 70, vers Chazay. On y a une vieille maison, héritée de ma femme, vous la connaissez. Au fond du jardin, près du cerisier, ou, s'il existe plus, à trente pas vers l'est en partant de la porte d'entrée, juste à côté de la remise, vous creuserez. Les livres et le reste sont enterrés à trois mètres de fond, sous la dalle comme je l'ai indiqué. »

Les livres et le reste... Certes, Edmond savait de quoi il parlait, mais il y en avait d'autres, qu'il a payés pour se taire, ce que la sœur n'oublie pas :

– Madame Pouly, auriez-vous une idée sur ce que nous cherchons ?

Les pommettes de la brave dame rougeoient, elle pince les lèvres, s'agite sur son pouf :

– Moi ? Pourquoi le saurais-je, grand Dieu ?

– Parce qu'il a découvert ce qu'il a enterré pendant les batailles que livrait le maquis. Vous étiez proches, alors, vous pourriez peut-être avoir soupçonné quelque chose d'anormal chez lui, à l'époque ?

– Eh bien non, désolée... Je ne garde de Chazay-d'Azergues que le souvenir de camarades morts au combat.

Le mouvement de tête de Luis confirme la réponse. Soit ! Elle en prend acte, pas convaincue d'avoir entendu la vérité, change de cap pour obtenir les renseignements qu'elle est venue chercher :

– Et Eugénie Rampon, pensez-vous qu'elle aurait pu remarquer quoi que ce soit de bizarre chez Edmond ?

– Elle ? Comment aurait-elle pu ? Elle assurait les liaisons, toujours à courir d'un groupe à l'autre... Elle n'avait pas le temps de s'attarder.

– Je comprends... Autre question, si vous me permettez de vous ennuyer encore un peu : on m'a parlé de trois anciens maquisards qui ont fait fortune dans le commerce, après la guerre, à Villefranche. Ils ont épousé des camarades de combat rencontrées au maquis... Je présume que vous êtes l'une d'elles ?

– Oui, si on peut appeler fortune de l'argent durement gagné. Tout était à reconstruire, après la guerre, celui qui avait des idées et du courage avait toutes les chances de réussir. On a retroussé les manches.

– Et les autres, que sont-ils devenus ?

– Morts... Je suis la dernière de la bande... Mon mari est décédé il y a dix-huit mois, pratiquement en même temps que les copains... Eux, ils étaient veufs depuis longtemps. Je n'ai gardé qu'un seul contact : Luis. Autant que vous le sachiez, nous avons été amants dans le maquis, avant que je connaisse mon mari. C'est une histoire privée, il en reste de la tendresse.

Le fond de son whiskey disparaît pour noyer son chagrin. Inutile de continuer, elle a décidé de limiter ses confidences, sœur Blandine ne voit pas comment elle pourrait la rendre plus coopérative. C'est pourquoi elle s'adresse à Luis pour une ultime question :

– Berthier, ça vous rappelle un visage ?

L'Espagnol sursaute en entendant ce nom :

– Et comment ! Oun combattant dou tonnerre, il avait pas froid aux yeux. Il leur en a fait voir, aux Boches, *madre mía.*

– Mais il venait d'où, ce Berthier ? J'aimerais bien lui parler deux secondes.

La grimace de Luis augure mal de la suite :

– Il était pas dou coin, il vénait dou Vercors... Pourtant, il paraissait bien à l'aise dans lé Beaujolais, il avait dou y vivre, mais il causait pas dé son passé, et on loui démandait rien, c'était la règle... Tiens ! jé me souviens qué c'est Gaston qui l'avait accueilli, jé pense qu'ils sé connaissaient, ils s'aimaient bien tous les deux... Mais il a disparou après la guerre, on l'a plous jamais révou... Loui aussi, il doit être mort, ou alors, vou son âge, il est centenaire. Pauvre Gilbert.

– Gilbert ?

– C'était son prénom, un faux, évidemment.

Le tour du propriétaire est terminé, la maison des non-dits se referme, sœur Blandine ne voit pas ce qu'elle pourrait y apprendre de plus. Il lui reste à mettre son plan en application :

– À présent, passons aux choses sérieuses, voilà comment nous allons procéder pour alpaguer ce lascar...

Elle leur fait part de son plan.

Elle ne leur confie pas qu'elle a trouvé le début de la solution... Pas le coupable, quoique... Mais les raisons de ce massacre, certainement.

*
**

Ça a du bon, les relations. En pratique, elles permettent d'obtenir ce que l'on ne peut décrocher par la filière normale. Les gens privés d'appuis occultes ou sympathiques peuvent dénoncer ces combines, ils ont raison ; la notion d'égalité ne sort pas grandie d'un passe-droit accordé par intérêt ou amitié. Mais il faut bien admettre que pour réussir dans notre société joliment administrée, il convient d'avoir recours à ces pratiques. Beaucoup en usent. La preuve en est que les bancs des tribunaux font le plein de gens bourrés de relations.

Pour Gontrand, jouer des siennes signifie les employer à la recherche de la vérité. Mais en ce dimanche soir où tout est fermé à Lyon, c'est aussi pouvoir offrir des fleurs à Victoire alors que toutes les grilles des fleuristes sont bouclées. Le patron de la Rose d'or, Charles Leiniel, ne peut lui refuser d'ouvrir son arrière-boutique, avec le sourire en prime ; il y a comme une histoire d'ascenseur entre eux que le journaliste ne lui demandera jamais de renvoyer... Ceci dit, quand Charles lui compose un bouquet de lys en dehors des heures légales, Gontrand considère qu'il s'acquitte plus qu'il ne le faut d'un service rendu autrefois.

Fleur en main, cheveux peignés, parfumé à « Tzar » dont un flacon traîne toujours dans la portière de sa voiture, Gontrand s'apprête à pénétrer dans les locaux de police de l'avenue Marius-Berliet, un ensemble de bâtiments imposants dans lesquels on entre, et cette particularité l'amuse à chaque fois, par une seule et unique petite porte. Un brigadier proche de la retraite le reçoit avec jovialité, un presque ami de trente ans avec lequel il a vécu des dizaines d'aventures :

– Monsieur Cheuillade ! Quel bon vent vous amène ?

– L'amour de la police, mon cher Maxime.

– À neuf heures du soir, un dimanche, avec des fleurs, j'ai comme dans l'idée que cet amour est une exclusivité, d'aspect féminin, et situé au premier étage.

– Quel flair ! Quel esprit de déduction ! Vous savez qu'ils ont fait une erreur en ne vous nommant pas commissaire ?

– En attendant, la vôtre est de service, mais vous pouvez monter, il n'y a pas de ramdam pour l'instant, elle est disponible.

Un bref remerciement, Gontrand se dirige vers l'escalier. Par principe, mais surtout parce qu'il l'aime bien, il parcourt les derniers mètres avec un mot aimable, c'est aussi cela l'art de cultiver les relations :

– Bientôt les vacances, Maxime ?

– Dans deux semaines.

– Les cannes sont prêtes, le poisson attend ?

– Comme tous les ans.

– Toujours en Auvergne ?

– Où voudriez-vous que j'aille ?

– Un beau pays, vous avez raison.

Des gens comme Maxime, il en fréquente des centaines, il connaît leurs vies, leurs familles, leurs petites joies, il sait les écouter, retenir ce qu'ils lui disent, lui confient, et le garder pour lui ; c'est sans doute le secret de sa force.

Le couloir a été briqué, on respire le nettoyant ménager à pleines narines, les vitres resplendissent, aucun mégot ne traîne dans les cendriers vidés, une propreté pareille susciterait presque une vocation de truand, tant on sent que le SRPJ sait recevoir. La porte du bureau de Victoire est encore ouverte, il entre sans frapper :

– Commissaire Amalfi, mes hommages.

Elle relève à peine le menton, contemple les fleurs :

– Ça va me coûter combien ?…

Ça souffle froid, ça glace l'humeur un accueil aussi peu chaleureux.

Décontenancé, Gontrand se reprend, joue les tendres, les Pierrot épris de sa Colombine, il tend le bouquet à bout de bras :

– Contre quoi ?…

– Comment, contre quoi ? Une parole aimable de ta voix de velours, un baiser furtif sur tes lèvres satinées, un regard langoureux de tes yeux de braise, une page d'amour dans le code pénal.

Pour le coup, la tirade lui enlève ses derniers doutes :

– Ouh !… Gontrand Cheuillade poète !… Alors là, je ne me fais plus d'illusion, il va me falloir sortir le gros porte-monnaie, la facture va douiller.

Intuition féminine ou instinct professionnel ? Diplomate, sachant qu'elle a un petit peu raison, Gontrand n'insiste pas trop ; il ajoute juste un rapide couplet sincère, en la fixant, sans chercher à la séduire :

– Je ne sais pas te mentir, Victoire : c'est vrai que j'ai besoin de ton aide… Mais je te prie de croire que j'avais follement envie de t'apporter ces fleurs ; j'ai fait le siège d'un fleuriste pour qu'il m'ouvre, rien que pour toi.

C'est fou ce qu'elle s'en veut de craquer dès qu'il penche la tête avec son sourire niais d'étudiant attardé. Au fond, qu'est-ce qu'il a pour lui ce vieux beau, mis à part ses manières versaillaises ?… Rien, se dit-elle, ou plutôt, si elle veut rester franche avec elle-même, elle ne le sait pas. Plus grave encore, elle sait qu'elle ne le saura jamais ; Gontrand reste un mystère. Alors elle agit en conséquence pour maintenir un équilibre entre eux, c'est-à-dire brutalement :

– Assieds-toi, va, cesse de m'embobiner, dis-moi d'abord comment ça s'est passé avec Villeneuve, puisque je n'ai pas eu l'honneur d'un coup de fil de ta part. Deux jours sans nouvelles, il y a du progrès, la dernière fois c'était cinq.

Gontrand se morigène, se dit qu'il devrait faire un effort, l'appeler plus souvent ; mais il n'a jamais su parler à une femme au téléphone :

– Pardon, j'ai été bousculé, impossible de trouver une minute pour te tenir au courant… Enfin, sache qu'on progresse.

– J'en suis fort aise… Mais j'en reviens à Villeneuve : que t'a-t-il dit ?

– De bonnes et grandes merveilles… Passionnant, cet homme, il m'en a appris beaucoup, quelle mémoire ! (Puis, comme consterné, un jour de deuil, à l'heure des condoléances :) J'ignorais, pour ton père, je le croyais gaulliste.

Victoire ne bouge même pas un cil :

– Gaulliste « et » communiste.

– Surprenante compatibilité.

– On lui demande bien d'être français « et » corse.

– Là, on parle de dualité.

– Ulcérée « et » prête à gifler, tu appelles ça comment ?

– Hmm… De la féminité.

– Alors change de disque si tu ne veux pas qu'elle t'éclate au nez, à la sauce bastiaise.

L'injonction est lancée avec douceur, il la prend donc au sérieux. Gontrand a appris à ses dépens que lorsque Victoire le menaçait de ses maléfices corses, il avait intérêt à se méfier. Rien de plus terrible qu'une Amalfi en colère, les objets volent, les portes claquent, la langue corse lui fouette les oreilles sans qu'il puisse se défendre, incapable de comprendre le sens de ce qu'elle lui reproche. En conclusion, il se sait battu d'avance, il opère donc une prudente retraite avant même de livrer combat :

– Bien, ma chère, passons au rapport complet des activités du sieur Cheuillade depuis samedi matin. Il en a tant à raconter.

Un sujet, un verbe, un complément d'objet, parfois un adjectif, jamais un seul jugement de valeur, voilà comment Gontrand conçoit l'ordre de ses phrases. Il manie la thèse, l'antithèse, la synthèse avec talent, la question, la réponse, la conclusion avec précision, mais là il néglige le hors-d'œuvre, le plat, le dessert dans son récit… Alors, savoir pourquoi le mot « repas » vient remplacer grenouilles-andouillettes-galettes le regarde, la richesse de la narration lui appartient. D'ailleurs il est trop tard pour corriger, il en a terminé.

Des sirènes de voitures de police hurlent soudain au-dehors, des hommes se mettent à courir dans le couloir. L'un d'eux prend le temps de passer sa tête bien coiffée dans l'encadrement de la porte :

– Les frères Jahoui, patron.

– Mettez-les au frais, j'arrive.

Pas plus à cet instant qu'à un autre moment la commissaire n'a manifesté la moindre émotion. Gontrand doit lui arracher une confidence :

– Du travail en perspective ?

– La routine.

– Jahoui ? Ce sont les types soupçonnés du braquage de Bron ?

– Ça t'intéresse ?

– Non…

– Tu as raison, ton affaire vaut bien mieux que celle de ces minables.

– Tiens ? Qu'est-ce qui te fait dire ça ?

Elle se love dans son grand fauteuil où elle paraît toute petite, s'étire, revient face à lui, avec des gestes lents :

– Parce que je n'ai pas perdu mon temps, figure-toi. J'ai mis un de mes gars sur le dossier Rutebœuf, il en a tiré quelques infos croquignolettes.

– Je suis heureux d'apprendre que le SRPJ s'est penché sur leur cas… Mais encore ?

– Ta sœur Blandine n'a pas tort de mettre ces dames dans son collimateur. Quelle belle brochette de fines gâchettes, dis-moi. Tu savais que la plupart de ces femmes avaient leur permis de chasse ?

– Non.

– Mais j'ai plus juteux : Benoîte Beaujon casse la baraque dans les ball-traps ; la jolie Barbara a fait partie d'un club de tir, tout comme sa belle-sœur, la sémillante Nicole. C'est là que les frères Rutebœuf ont connu leurs épouses. Quant à Henriette, la femme de Jacques, elle a travaillé autrefois dans une fabrique de cartouches. Redoutable aréopage, n'est-ce pas ?

L'information laisse Gontrand dubitatif, il met du temps à réagir :

– Ça ne fait pas d'elles des meurtrières… Pendant que tu y es, tu n'aurais rien trouvé du côté des Rampon ?

– Il n'y a qu'à demander, mon cher, la police ne peut rien te refuser. En l'état, je peux te confirmer qu'Eugénie faisait plutôt la factrice que le coup de feu, que son mari, en revanche, a la réputation d'un tireur d'élite, et qu'une fois pour toutes, ils n'ont pas de neveu. La photo que tu m'as confiée du prétendu tel n'a rien donné au fichier. Tu as découvert l'inconnu parfait, chapeau.

Voilà qui ne lui permet pas d'y voir mieux. Des cris leur parviennent d'un autre bureau, des hurlements de bête blessée, ponctués d'injures proférées dans une langue importée de loin. Le journaliste sourit :

– Ah !… Vous rétablissez enfin la torture.

– Je n'ai plus trop de temps, Gontrand, il faut que j'aille m'occuper des Jahoui, dis-moi ce que tu veux.

Le bouquet de lys repose sur le bureau, par-dessus le téléphone. Il se jure que si elle accepte sa demande, il lui en offrira un plus gros encore :

– Peu de chose pour toi, une bagatelle.

Il sort l'enveloppe bleue ainsi qu'une autre feuille :

– Dans tes relations intimes, tu as bien un faussaire assez habile pour imiter l'écriture d'Edmond, sur un papier identique à celui-ci ?

– Possible.

– Il faudrait qu'il recopie ce texte.

Elle lit la note écrite par sœur Blandine :

– Oui… Je comprends la manœuvre… Subtil… C'est tout ?

– Pas vraiment. Il serait bon, maintenant, que tu mettes en branle ta grande machinerie à coffrer les méchants. On ne peut pas faire confiance à Koëstler ; ou il ne suivra pas, ou il perdra du temps à poser mille questions… C'est pour mardi soir… On peut compter sur toi ?

Là, ses lèvres forment un rictus :

– Si je comprends bien, tu m'invites à aggraver le contentieux entre ministères, à relancer la guerre des polices, à me charger d'une arrestation qui ne me regarde pas ?

Gontrand se fait tout doux, tout miel :

– On peut examiner le problème sous un autre angle, celui de la presse, par exemple, avec un joli titre dans un journal, tel que : *La commissaire Amalfi démasque le tueur fou du Beaujolais*… Tentant, non ?

Tout à fait, il ne lui faut que peu pour prendre sa décision :

– D'accord, mais à mes conditions.

– Et quelles sont-elles, ces conditions ?

– Un week-end chez moi, trois jours, sans que tu retournes dans ta tanière mystérieuse. À la date de mon choix, bien entendu.

Peut-il refuser ? Il n'en a pas les moyens, et puis, il verra bien une fois dans sa vie ce que signifie partager le quotidien avec une femme :

– Accordé, avec joie.

Il lui baise la main ; elle se dégage pour le pousser vers la sortie :

– Va, maintenant, mon équipe m'attend... Et n'oublie pas de m'appeler, fais un nœud à ton Kleenex.

– Je vous le promets, belle dame.

Guilleret, heureux, satisfait, il part le cœur léger...

Victoire attend qu'il ait disparu pour pousser les fleurs. Elle décroche le téléphone, tape rapidement sur les touches du clavier...

– Commissaire Amalfi à l'appareil... Je voudrais... Ah ? c'est vous... Oui... Non, c'est encore plus tordu qu'on ne l'imaginait...

Les Corses ont le sens inné du secret...

***

Le vin a un goût de pisse de chat, pourtant, il n'en a jamais bu, mais c'est l'effet que ça lui fait. Et puis il est à court d'images, au bout du rouleau, sur le cul, il cherche pas à comparer :

– J'ai plus de palais, plus de langue, plus de ressort, je pars en compote.

Son dos se brise, ses jambes gonflent, mais il y a pire. Ça se passe dans la tête, une vraie bataille. Le remords joue du canon, l'amertume grille tout ce qui pense, la lassitude achève le reste. Un massacre, une hécatombe. Sa raison se meurt.

– Je vais tâter de celui-là.

Il reluque une bouteille, se verse un verre... Non, il le trouve acide, autant que l'autre, et Dieu sait si c'est du bon.

Comme c'est triste de ne plus aimer le beaujolais...

Tout ça, c'est la faute à cette affaire, à tous ces morts, les anciens, les nouveaux, ceux à venir… Il ne se fait pas d'illusions, il va y en avoir encore, l'assassin peut plus reculer, il en est convaincu parce qu'il a compris, il connaît son nom… Et ça le ronge :

– Folie ! La vengeance est une folie !…

Que va-t-il faire ?… Que doit-il faire ?… Il ne sait plus… Il erre…

Il se cogne dans les meubles, reboit un coup. Toujours aussi mauvais ce vin ; d'ailleurs, il n'y a plus rien de bon sur cette terre, tout y est pourri.

C'est quoi, ce truc dans le tiroir ?…

Un coup de feu.

Gaston Rampon s'écroule ; son âme part dans les vignes du Seigneur.

Pourvu que le vin soit fruité, là-haut, sinon, ils vont en entendre…

IN VINO VERITAS

Il faut être pourvu de bons yeux pour découvrir sa pomme d'Adam ; perdue dans la graisse de son triple menton, la recherche de la saillie est d'autant plus malaisée qu'elle s'y enfonce sous le choc de l'émotion :

– Mieux qu'un patient ou qu'un ami, c'est un grand faiseur de pinard que je perds, un artiste du raisin, un magicien de la vigne.

Autour du Dr Gromentin, c'est la consternation, l'abattement brut de fonderie. Le teint blanc de sœur Blandine l'exempte de tout commentaire, on voit trop que sa peine a du mal à trouver les larmes qui conviennent, ses yeux vert tendre n'ont pas encore choisi leur grosseur.

Un gendarme range le revolver du drame dans une pochette, un autre remonte la fermeture Éclair du sac à viande, deux de ses collègues l'emportent, Gaston quitte sa maison pour toujours.

La mine renfrognée de Koëstler en dit long sur son état d'esprit :

– Souhaitons qu'il soit le dernier, ça suffit.

Pourquoi ces paroles ? Pour conjurer le sort ? Parce qu'il est dépassé par les événements ? Il semble bien que ce soit par haine, il en a plein les galons de ce carnage, il veut la peau du coupable… Mais au fait, est-ce un meurtre ? Les éléments découverts s'opposent à cette thèse, et c'est tant mieux. Il souhaite en avoir la confirmation, tout de suite, même officieuse, ça le rassurerait. Et puisqu'il a un spécialiste sous la main :

– Qu'en pensez-vous, docteur Gromentin ? On l'a tué, ou il s'est tué ?

Les bajoues du médecin se gonflent, elles expirent l'incertitude :

– Pffl !... Pour le peu que j'en ai vu, mon lieutenant, j'aurais tendance à conclure au suicide... Maintenant, je suis toubib, pas policier ; a-t-on maquillé sa mort ? À vous de le découvrir. Moi, en qualité de témoin, je n'ajouterai qu'un commentaire : Gaston pétait la forme, hier soir, j'ai du mal à comprendre. Plus encore : je n'admets pas son geste, il manque de logique.

– Vous l'avez rencontré ?

– Non, je lui ai parlé au téléphone, c'est moi qui l'ai appelé.

– À quel sujet, si ce n'est pas trahir le secret médical ?

– Dans l'état où il se trouve, il n'y a plus grand-chose à trahir, mon lieutenant.

Koëstler pique son fard. Quelle remarque stupide, se dit sœur Blandine, encore une extraite du manuel ; c'est fou ce qu'il perd comme temps en procédure, en locutions préfabriquées. Charitable, Gromentin explique :

– J'ai appelé Gaston pour prendre rendez-vous avec lui. Sœur Blandine et moi avions discuté de son cas, je le savais prêt à se soumettre enfin à un traitement sérieux, c'est pourquoi il m'a paru pertinent de profiter de ses bonnes dispositions pour le soigner sans tarder. C'est la raison pour laquelle vous m'avez vu débarquer ici ce matin de bonne heure... Je m'attendais à le trouver en train de saucissonner, rigolard, et pas comme un sujet d'analyse de l'institut médico-légal.

Pour sœur Blandine, cette remarque ne manque pas d'intérêt :

– Vous affirmez qu'il vous a paru gai, jovial ?…

– Ah ! Totalement ! Il a même plaisanté sur ses petits bobos.

– Mis à part ses problèmes, vous avez causé d'autre chose ?

Les doigts de Gromentin grattent les plis de son merveilleux goitre, exemplaire unique pour carabins en mal de TP :

– Oui… De vin, de vigne, de récolte, comme d'habitude…

– Et pas du tout des meurtres ?

– Si, vous avez raison, on a évoqué l'affaire… Il m'a étonné d'ailleurs, il a presque plaint les Rutebœuf, malgré la grosse dent qu'il avait contre eux.

– Comment cela, « plaint » ?

– Bof… Il a prononcé des banalités, des poncifs de circonstance, il a dit qu'ils ne méritaient pas de finir avec une balle dans le ventre, même s'il ne les aimait pas. Venant de lui, cette compassion m'a frappé.

– C'est tout ?

Le docteur comprend l'importance de ses réponses, il chasse dans sa mémoire des paroles bien cachées :

– Non, ma sœur, je lui ai aussi donné quelques détails sur les meurtres… C'est vrai qu'il m'a paru fort surpris quand je lui ai appris que l'assassin utilisait un luger.

À cette remarque, Koëstler bondit, furibond :

– En voilà une bien bonne, comment saviez-vous cela ?

– Par sœur Blandine.

De mieux en mieux, il fulmine :

– Et vous, ma sœur, par quel miracle connaissiez-vous les secrets de l'instruction ?

– Secret de Polichinelle, lieutenant, lisez les journaux de ce matin, vous verrez que le tout Rhône-Alpes est au courant. On sait même que c'est une balle de lebel qui a tué Jacques.

– Ah ! Je comprends, monsieur Cheuillade a encore fouiné !

Avec ses gamineries de gosse pas content qu'on touche à ses joujoux, Koëstler a coupé le fil de la conversation ; énervée, sœur Blandine s'efforce au calme pour remettre Gromentin sur les rails :

– Et Gaston ne vous a pas paru troublé, ému ?

– Voui… Certes, certes… Je me rappelle à présent qu'il y a eu un blanc dans le tuyau quand je lui ai parlé du luger, sa voix a été un moment étranglée, puis il s'est repris, c'est tout. (Il réfléchit encore :) Un luger, un lebel… Mais dites-moi, mon lieutenant, en 2000, comment peut-on trouver des munitions pour ces tromblons ? Ou on en a en réserve, ou on se les fabrique, non ?

– Exact, l'un ou l'autre.

– L'examen balistique a dû vous renseigner ?

Mais Koëstler n'est pas en veine de confidences, il regarde sa montre :

– Vous m'excuserez, mais le devoir m'appelle. Merci encore, docteur, pour votre collaboration.

– Je vous en prie ; j'espère que mon témoignage servira à découvrir la vérité.

L'attitude du gendarme montre qu'il n'en a, hélas, pas tiré grand profit. C'est le contraire pour sœur Blandine, les propos du docteur lui ont fait découvrir une autre porte à ouvrir. Un bref salut, Koëstler s'éloigne, elle attend qu'il disparaisse pour reprendre :

– Moi aussi, je vous remercie, docteur.

– N'en faites rien, ma sœur, je sais que la mort de Gaston vous touche autant que moi ; triste fin.

– Et Eugénie, comment va-t-elle ?

– Autant qu'on peut aller quand l'homme avec lequel on a vécu pendant plus d'un demi-siècle tire sa révérence sans prévenir. Pour parler cru, ma sœur, un suicide, c'est comme un adultère, il y en a un des deux qui cocufie l'autre.

– Je partage votre opinion, docteur. Celui qui reste n'a rien vu venir, il culpabilise, il en prend plein la figure.

– Et il ressasse, et il ressasse encore… Eugénie n'échappe pas à la règle, elle est plus choquée par le fond que par la forme.

– Je peux la voir ?

– Essayez, elle est dans sa chambre. Je ne vais pas vous apprendre votre métier, vous sentirez bien si elle a besoin de votre réconfort.

La consolation n'est pas son but, elle a deux ou trois torchons sales à mettre au propre, à plat, au carré ; Eugénie peut toujours repasser, elle n'a pas l'intention de s'occuper de ses mouchoirs, elle a d'autres priorités pour sa grande lessive personnelle.

C'est avec la même délicatesse qu'elle met à piquer les fesses qu'elle entre dans la chambre, en coup de vent, sans frapper. Dans un fauteuil, assise vers la fenêtre, le dos tourné, Eugénie reconnaît son pas, sa façon de se déplacer, son énergie :

– Bonjour, ma sœur, je vous attendais.

La manière dont débute leur rencontre n'a rien de ce qu'en imaginait la sœur. Elle s'attendait à trouver la vieille dame effondrée, allongée, hagarde… Elle la découvre droite comme un if, calée dans un voltaire, le visage sec, le regard droit.

– Vous m'attendiez ?

– Oui… Je ne sais pas qui vous a prévenue, mais j'avais le pressentiment que vous accourriez la première.

Elle se garde bien de lui dire que Gontrand l'a avertie par téléphone dès qu'il a su la nouvelle. Et puis, elle n'a pas envie de faire de sentiment, le drame ne lui donne pas les moyens de compatir, elle attaque bille en tête :

– Comment cela s'est-il passé ?

Seules les lèvres d'Eugénie bougent, son corps reste immobile :

– En pleine nuit, vers deux heures, pendant que je dormais.

– Quoi ? Il a réussi à se lever sans votre aide ?

Pas de réponse.

– Vous m'avez raconté votre calvaire pour le tirer du lit, sa difficulté à se mettre seul sur ses jambes... Comment a-t-il réussi ce tour de force ?

Eugénie ne quitte pas sa bulle, ailleurs, loin de sa chambre. Elle semble ne pas entendre, mais, pour la sœur, il ne fait aucun doute qu'elle se bouche les oreilles, ses questions l'embarrassent.

– Un homme de cette taille, de ce poids, on doit le sentir quand il bouge ?

Pas davantage de réaction.

– Sans compter ses cris ; son dos le faisait hurler, il vivait un martyre.

Enfin ! Eugénie dirige un regard étrange vers sœur Blandine :

– Vous voulez en arriver à quoi, ma sœur ? Que voulez-vous prouver ?

– Rien, je ne suis pas de la police, je veux comprendre... J'aimais beaucoup Gaston, je n'arrive pas à l'imaginer en train de se suicider, surtout après ce que le docteur Gromentin m'a appris. À vingt-deux heures, il plaisante avec lui, quatre heures après, il se lève, va tranquillement dans le salon, et se tire une balle dans la tête... La cohérence n'est pas le terme que j'utiliserais pour qualifier ce scénario.

Impassible, Eugénie ferme les yeux :

– Je ne comprends pas non plus... Je vous l'ai dit, je dormais, je n'ai rien entendu, jusqu'au coup de feu... Voilà.

Bon... Elle n'en tirera rien de plus, du moins sur ce plan-là :

– Vous ne pouvez pas rester seule... Sébastien, votre neveu, peut-il venir ?

Touchée ! Là, Eugénie condescend à remuer, à changer de ton :

– Non, non… Il est trop occupé, il voyage, je ne sais pas où le joindre.

– Ah ? Il est dans les affaires ?

– Oui, c'est ça, il a beaucoup de travail, il arrête pas de bouger.

– Mais c'est votre neveu ou celui de Gaston ?

Avec un léger sourire en coin, dans lequel sœur Blandine décèle une pointe d'orgueil, Eugénie répond fièrement :

– C'est un Rampon, un vrai Rampon.

Cette fois, c'en est fini, la religieuse a rempli son sac à indices, elle peut s'en aller. Pour la forme, elle demande :

– Vous avez besoin de quelque chose ?

– Non, merci… Au revoir, ma sœur.

Elle part sans rien ajouter, sans ménager la porte.

Le salon grouille d'une foule de gendarmes affairés à relever des empreintes, à prendre des photos, à noter une foule de détails. Et ça piétine les tapis, et ça bouscule les bibelots, et ça se cogne contre les cloisons. Un troupeau d'éléphants ne fait pas autant de dégâts. Avec des « pardon », « excusez-moi » à répétition, doublés de prières au Ciel pour qu'aucun de ces pachydermes ne lui écrase les orteils, la sœur arrive enfin à fuir le lieu du drame. Dès qu'elle se retrouve dans la petite rue du hameau, son premier regard est pour retrouver Gontrand. Une main se lève loin derrière, le journaliste s'est mis en retrait comme il le fait toujours pour tout observer…

– Alors, ma sœur, vos impressions ?

La formule l'amuse, elle la reprend avec l'intonation chère à Marie-Chantal :

– En direct de Radio-Paris, M. Cheuillade me demande mes impressions… Désuet, mais direct.

– J'ai de vieilles casseroles journalistiques que je trimbale aux pieds…

– Or donc, comme vous dites, que voulez-vous que je vous apprenne ?

– Tout, je ne sais rien. Gaston Rampon est mort, paix à ses cendres, mais encore ?

Elle ordonne les éléments qu'elle a recueillis avant d'affirmer :

– Dans une précédente vie, j'aurais dit qu'on se fout de ma gueule.

– Oh ! Vous flirtiez avec le vulgaire, ma sœur, heureusement que l'Église vous a reprise en main ; comment exprimez-vous la chose maintenant qu'elle vous a éduqué la langue ?

– Très simplement : Eugénie Rampon cache les raisons du suicide de son mari.

– Parce qu'il s'est suicidé ? La brigade Pandore ne voulait rien nous en dire.

– Pas si simple, conclusion hâtive… Pour moi, c'est un assassinat-suicide.

– Voilà qui est nouveau : reste donc à arrêter le défunt pour s'être violemment donné la mort. L'avantage est que le coupable ne cherchera pas à s'échapper.

Les railleries de Gontrand ne l'amusent pas :

– Cessez de plaisanter. Si je veux vous présenter les faits autrement, je dirai qu'on l'a poussé au suicide, qu'on a tout fait pour qu'il se tire une balle dans le crâne… Ou encore qu'on ne l'a pas empêché de le faire.

Ce distinguo éveille davantage l'intérêt du journaliste :

– D'accord, je vois… Et vous soupçonnez sa femme ?

– Elle, ou le neveu soi-disant évaporé – il paraît qu'il voyage –, sans en oublier d'autres… Ce qui est certain, c'est qu'Eugénie connaît la réponse… Bien entendu, Koëstler a négligé de l'interroger, il respecte sa douleur.

– Nous avons affaire à un homme d'honneur, il a au moins ça pour lui… Mais jusqu'à un certain point : il vient d'embarquer Henriette Rutebœuf, la femme de Jacques, pour l'entendre comme témoin.

– Quoi ?

Ça hurle pin-pon-ding-dong dans sa tête, sirène de pompiers et tocsin confondus ; quelle erreur ! Il faut alerter les autorités, Koëstler est devenu dingue !

– Mais pourquoi ? s'émeut-elle.

– Avant de se marier, Henriette travaillait dans une cartoucherie. Et puis elle hérite d'un joli petit paquet, de quoi assurer une belle retraite à une ancienne fille de journalier. Notre gendarme n'a d'yeux que pour les faits.

Décidément, ce pauvre lieutenant part dans tous les sens, il est temps qu'elle mette un terme à ses dérives, qu'elle trouve un appui pour faire bouger la barque dans la bonne direction de ses affluents.

Justement, Gontrand l'informe de sa conversation avec Victoire. Elle respire : voilà enfin quelqu'un qui s'occupe sérieusement de cette enquête.

⁂

La pendule de facture gréco-chinoise, un petit bijou du génie créatif des ateliers de Hongkong, fait un raffut de ponceuse mal réglée. En temps normal, quand des gens parlent dans le bureau, on ne l'entend pas. Mais depuis plus de trente secondes, elle abuse du silence pour rouler des mécaniques. Il faut dire que la question de sœur Blandine met maître Blanchon dans l'embarras. Pour une fois dans sa vie, il n'a pas la réponse en tête, il la cherche. On n'entend que le pesant tic-tac du bel objet à compter le temps… Et le raclement de gorge de la sœur pour sortir le notaire de sa léthargie :

– Mh-mh ! Alors, maître ?

La bouche en cul-de-poule, le pauvre homme ne cache pas son désespoir, son incompétence :

– Franchement, ma sœur, je suis vide… J'ai beau chercher, je ne trouve pas dans ma mémoire un contentieux de terrain entre les Rampon et les Ruteboeuf. Non, je ne vois pas.

– Cela date peut-être d'avant vos prises de fonction ?

D'un sourire, le notaire rejette l'interro-objection :

– Quand bien même… Je connais par cœur toutes leurs transactions depuis plus d'un siècle, le détail de leurs patrimoines ; tout est consigné dans les actes, on les ressort, on les relit à chaque fois qu'ils vendent ou qu'ils acquièrent… Pour ça, je me souviens de chaque ligne, chaque virgule de ce qu'ils contiennent, je peux vous garantir qu'ils n'ont jamais fait d'affaires ensemble, ni de mon temps, ni de celui de mes prédécesseurs.

Il faut donc fouiller ailleurs :

– Et, par hasard, ils ne se seraient pas disputés pour acheter un terrain que l'un aurait soufflé à la barbe de l'autre ?

– Pas davantage, ma sœur. Les transactions, dans le vignoble, sont toujours secrètes, mais propres. Si quelqu'un fait un coup fourré, ça se sait encore dix générations après. Le Beaujolais est un grand village, les réputations durent.

Les espoirs de la religieuse partent en fumée, la noire, celle de la remise en question, comme pour l'élection du pape. Elle était pourtant persuadée qu'elle trouverait la cause des meurtres dans la poussière des dossiers de maître Blanchon. Elle avait la conviction qu'il y avait une jolie magouille à la clé, un coup tordu, de l'argent dans une mauvaise poche.

– Entre nous, ma sœur, je vais vous faire une confidence.

Voilà un meilleur départ, elle tend l'oreille.

– La haine que se vouent les Rampon et les Ruteboeuf date d'avant la Grande Guerre, d'avant 14-18… Mon grand-père m'a raconté que les deux chefs de famille de l'époque, Louis Ruteboeuf et Frédéric Rampon, s'étaient tirés dessus à coups de fusil de chasse, sans qu'on sache pourquoi. Même les gendarmes qui les ont séparés n'ont pas réussi à l'apprendre. Nos belliqueux ont écopé d'une amende, mais ils se sont tus. Depuis, ils s'assassinent en insultes de père en fils, tout le vignoble résonne de leurs engueulades ; mais de là à passer aux actes… Surtout aujourd'hui, il y a prescription…

– Oui, vous avez raison, c'est un peu trop tard… Mais j'ai une autre question, maître : qui va hériter de Gaston ?

Les grands bras du notaire s'envolent vers le plafond :

– Ma pauvre ! Vous savez bien que je n'ai pas le droit de révéler le contenu de son testament. Et même le voudrais-je que j'en serais incapable, Gaston m'a remis ses dernières volontés sous pli cacheté pour que je ne les lise pas.

– Tiens ? Curieux… Généralement, on en discute avec son notaire.

– Oui, mais lui en a décidé autrement, comme si ça le gênait que je découvre les bénéficiaires… On en saura plus dans quelques jours.

– Mais hélas, d'ici là…

– On risque de ramasser d'autres cadavres.

– Exactement, vous avez compris.

Tout ce que peut ajouter Blanchon, c'est un geste d'impuissance.

– Nous n'y pouvons rien, maître, croisons les doigts et prions fort… (Dans un embouteillage, il faut explorer d'autres voies quand on est pressé ; elle tourne le volant, s'engouffre dans une nouvelle direction :) Et ces trois commerçants dont je vous ai parlé, avez-vous du consistant sur eux ?

– Grosses affaires, grosses fortunes… Démarrages un peu bizarres.

– Ce qui signifie ?

– Qu'on n'embêtait pas les héros de la Résistance à la Libération. Surtout eux, ils avaient beaucoup donné, ils étaient respectés. Et puis le flou de l'époque arrangeait bien les crayons de ceux qui voulaient se lancer dans le commerce ou l'industrie, il y avait tant à reconstruire.

– Et alors ?

– À la fin de la guerre, Pouly et ses deux camarades ont quitté Villefranche ; ils ont disparu pendant quelques mois. À leur retour, ce n'était plus les mêmes hommes, ils semblaient fort à l'aise. Du jour au lendemain, ils ont créé leurs entreprises, sans qu'on vienne leur demander d'où ils tiraient tout leur argent. Et je peux vous assurer qu'ils n'avaient pas un kopeck en 40, tous trois venaient de milieux modestes.

– Ils se sont enrichis rapidement ?

– Presque aussitôt. Ils ont été capables d'investir plus vite que la machine à profits, pour ça, ils ont réussi un sacré tour de passe-passe… Moi, je m'interroge toujours sur la source de leurs investissements, mais c'est mon métier… Certains ont murmuré, avec des mines de conspirateurs, que les Américains leur avaient payé quelques menus services – on peut toujours rêver ; quoi qu'il en soit, nos trois hommes sont devenus des petits nababs locaux, ils se sont mariés, et on leur a fichu la paix.

Voilà qui referme le dossier ; qu'a-t-elle découvert dans cet entretien, mis à part qu'elle se trompait sur les motifs du meurtrier ? Une confirmation, la certitude presque absolue que les trois mousquetaires du maquis sont ceux que cite Edmond Rutebœuf quand il écrit que des amis lui ont apporté de l'aide et qu'il les a rétribués pour leur concours… Mais pour être payés au point de pouvoir s'acheter la moitié du canton, qu'ont-ils bien pu transporter, toucher, manipuler qui leur a permis d'endosser les habits de Crésus ?

Elle a beau bénéficier d'une esthétique originale, la pendulette aux colonnes corinthiennes soutenues par des dragons hirsutes n'en est pas moins réglée comme une horloge ; sur l'air du *Docteur Jivago*, son carillon sonne midi. Les lunettes de maître Blanchon se collent à son cadran :

– Déjà ?

– Le temps passe vite, maître, je vais vous quitter, en vous remerciant encore de m'avoir reçue sans rendez-vous.

Galant, il se lève pour la raccompagner :

– Mais je vous en prie, ma sœur, ça tombait bien, j'avais un blanc dans mon agenda... Et en plus, si je puis dire, c'était pour une bonne œuvre.

– On peut ainsi qualifier notre démarche.

Il la précède pour lui ouvrir toutes les portes, sauf la dernière qu'il entrouvre pour s'enquérir :

– Et comment va monsieur votre père ?

– Bâtonnier, maintenant, en pleine forme, à deux doigts de la retraite.

– J'en suis heureux... Vous savez que nous avons fait une partie de nos études de droit ensemble ? Et beaucoup de bêtises, mais ne le répétez pas.

Son père, le rigoureux, l'incorruptible gardien des tables de la loi, aurait donc été facétieux ? Elle suppose que, dans un instant d'égarement, le poil à gratter a dû servir à la pire de ses turpitudes et que le souvenir de sa seule potacherie le ronge encore de remords :

– Tout à fait, je me rappelle même une de vos visites à la maison.

– Ah ? C'était le bon temps... Si on m'avait dit que je vous retrouverais sous le voile ! Enfin, votre mine épanouie montre que vous en tirez du bonheur, c'est le principal...

Sa béatitude lui fait presque oublier de la laisser partir. Il s'en aperçoit, se confond en excuses, lui promet de venir la voir, de reprendre contact avec monsieur son père, de lui fournir toute l'aide dont elle aura besoin, bref, maître Blanchon s'éternise avant de la quitter.

Devait-elle effectuer cette démarche à visage découvert, n'a-t-elle pas enfreint sa règle ? La fin justifie les moyens, se pardonne-t-elle en allant récupérer sa Titine sagement rangée rue Nationale.

Il serait vain de décrire une activité intense à Villefranche-sur-Saône, à midi, un lundi, au mois de juillet. Côté embarras de circulation, le centre-ville ne rivalise pas avec ceux de la place de la Concorde. Il suffit toutefois de trois automobilistes mal lunés pour créer un de ces petits bouchons stupides que tout conducteur déteste ; le premier veut sortir de son emplacement, le deuxième, dans sa R 5, force le passage parce que le précédent, au volant de sa 4 L, ne part pas assez vite ; le troisième, dans sa Porsche, tente de doubler à droite, avec, pour résultat, des noms d'oiseaux qui fusent. Dans ce scénario-catastrophe, sœur Blandine tient le rôle du premier autant que le premier rôle quant à la verdeur du dialogue contre l'automobiliste à la R 5 :

– J'ai une bonne nouvelle pour vous, espèce de chauffard !

– Quoi ? Qu'est-ce qu'elle raconte, la limace ?

– Que vous irez droit au paradis !

– Hein ?

– Il est écrit : « Heureux les pauvres d'esprit, ils auront une place au Ciel. »

– Et en plus, elle se fout de moi.

– Pas du tout, ce sera en première classe !

Mais ce qui devait arriver arrive ; la pauvre Titine ne répond plus, par trop malmenée dans ces manœuvres réservées aux formules 1. Elle cale, elle broute, elle tousse, elle s'encrasse, elle crie grâce :

– Bravo ! Et en plus, il me l'a déglinguée !

Pas d'autre solution que de mettre le point mort pour la faire reculer, il faut qu'elle se gare, qu'elle constate les dégâts. Le conducteur de la Porsche en profite pour se faufiler ; il les double dans un vroum de moteur méprisant, part sur les chapeaux de roues et, comble de suffisance, klaxonne un air victorieux. Son attitude blessante le désigne aussitôt comme l'ennemi commun, la vindicte des deux autres les unit, ils crient leur hargne à ce malappris du code :

– Apostat ! Hérétique ! Intégriste !

– Connard ! Enfoiré ! Trouduc !

À chacun sa colère, son vocabulaire pour l'extérioriser.

Furieuse, sœur Blandine sort de la Titine pour l'examiner. Elle connaît cette panne par cœur, ça va encore lui prendre du temps pour la réparer. Mais pour l'instant, il lui faut négocier, demander au conducteur de la R 5 de bien vouloir reculer pour qu'elle puisse se ranger correctement, c'est-à-dire en faire de même avec la bonne douzaine d'automobilistes venus se coller derrière lui ; ça promet quelques délicieux instants.

Concentrée sur le choix de ses mots, elle contourne la 4 L pour aller parlementer quand un homme passe près d'elle. Elle se fige, freine sur place, n'en croit pas ses yeux :

– Sébastien Rampon !

Le neveu voyageur, soi-disant aux antipodes, est là, tout près, à trois mètres, elle le reconnaît, c'est bien lui… Oh, non ! Il monte dans sa voiture, elle va le perdre, il faut qu'elle trouve une solution… Et ce n'est pas avec sa pauvre Titine qu'elle pourra le suivre, même si elle consent à redémarrer… Un coup d'œil au conducteur de la R 5… Il a tout l'air d'un beauf de caricature – mais nous sommes tous les enfants du Seigneur ; gras, luisant, la moustache réglementaire au centre d'une bouille de buveur de bière, il porte un tee-shirt à la gloire de l'OL… Tant pis ! Elle tente le coup :

– Eh bien, mon fils, un garçon aussi sympathique, tenir de tels propos !

Le moustachu découvre alors son uniforme ; la surprise anéantit le beau discours qu'il lui réservait, où le terme de grognasse avait rang d'amabilité. Il en bredouille :

– Oh ! Pardon, ma sœur, j'ignorais, je me suis un peu énervé…

Ça marche toujours le coup de « mon fils », elle l'aime bien. Ce qu'en revanche elle apprécie moins, c'est le moteur de la voiture de Sébastien, il va lui filer entre les doigts. Elle jette un œil dans l'habitacle de la R 5… Tiens ! La médaille de saint Christophe… Ah ! Et au cou du gros, n'est-ce pas un crucifix qu'elle voit là, perdu entre une corne, une balle de fusil et un talisman boubou ? Merci mon Dieu, il est du club, ça va lui faciliter la tâche :

– Dites-moi, mon fils, quand vous n'engueulez pas les gens, que faites-vous dans la vie ?

L'autre bafouille de stupeur, elle a du caractère, cette sœur-là :

– Heu… Sans vouloir être vulgaire, je m'emmerde.

– Est-ce par vocation ou occasionnel ?

– Par la faute d'un temporaire qui dure, ma sœur : je suis au chômage, et je m'emmerde, je m'emmerde, je m'emmerde… Sauf votre respect.

– Et là, tout de suite, qu'aviez-vous l'intention de faire ?

– De rentrer chez moi.

– Pour faire quoi ?

– Ben, cette question : pour m'emmerder encore plus.

Sans hésiter, elle se dirige vers la portière passager, l'ouvre, s'installe :

– Changement de programme : vous ne vous emmerdez plus, vous suivez cette voiture !

Tétanisé, le moustachu démarre, le regard fixé sur la Mégane de Sébastien ; il trouve quand même la force de se présenter :

– Je m'appelle Marcel.

– Parfait, Marcel, je paye l'essence, bien entendu.

Mais il se fiche du dédommagement, pour une fois qu'il lui arrive quelque chose de pas banal à raconter aux copains, il la payerait presque pour l'aventure qu'elle lui offre…

La Mégane serpente dans les rues de la ville, tourne et vire jusqu'au péage où elle s'engage. Là, un grand frisson parcourt le corps de sœur Blandine : Sébastien va-t-il sur Lyon ou sur Paris ? Doit-elle le poursuivre s'il prend la direction du nord ? Non, par bonheur son véhicule se dirige vers le sud, alléluia !

Arrivée aux caisses, elle tend une pièce de dix francs :

– Tenez, Marcel, ça devrait suffire…

– Non, non, ma sœur, c'est pour moi, c'est ma tournée.

Pour une fois qu'il s'emmerde pas, on va pas chipoter pour si peu. Il a peut-être des défauts de langage, Marcel, mais il sait conduire. En amateur, sœur Blandine apprécie :

– Vous avez fait des rallyes, ou je me trompe ?

– Gagné, ma sœur ! Je suis mécano, j'ai de l'huile dans le sang. J'espère bien que je referai des compètes, un jour ; pour l'instant, c'est du boulot que je cherche, et il est pas facile à trouver.

– Je sais, c'est dramatique.

Il s'amuse, il se change les idées, mais il voudrait savoir pourquoi. Faute de gants, il y met ses grosses moufles :

– C'est indiscret de vous demander ce qu'on fabrique sur l'A 6, ma sœur ?

– On suit un homme dangereux.

– Ah ? Rassurez-moi, vous êtes bien une bonne sœur ?

– Sans conteste, mon fils, certifiée de première classe…

Puis, l'idée saugrenue lui vient d'ajouter pour apaiser ses craintes :

– Police du Vatican.

Vouaouf ! il en siffle d'admiration, plus fort qu'à la finale de la Coupe ; il aurait pu tomber sur la CIA, l'ex-KGB ou encore le Deuxième Bureau, mais c'eût été banal. Le Vatican ! Ça c'est du costaud, forcément moral, on y traque le méchant, le diabolique, le pervers mondialiste.

– Et il a fait quoi, ce gus ?

– Probable qu'il a tué des pauvres gens, pour de l'argent, beaucoup d'argent.

Voilà ce qu'il ne fallait pas dire à Marcel ; zigouiller son prochain, il peut comprendre, mais pour du fric, dans sa morale de type de gauche, de culture judéo-chrétienne, c'est pas admissible. Sa belle-mère, dans un coup de folie, son voisin de stade pour un péno contestable, passe encore, mais des pauvres types pour de l'argent, du fric, du flouze, ça, ça coince :

– Vous bilez pas, ma sœur, on va pas se quitter, lui et nous.

Du coup, sa dextérité au volant redouble de maestria, Sébastien a beau changer et rechanger de file à toute allure, il lui colle au train comme un pro. La poursuite ne dure pas ; quelques minutes après avoir quitté Villefranche, la Mégane prend la bretelle de Limonest, suivie par la R 5 :

– Où nous emmène-t-il ?

– Y aura pas de lézard, ma sœur, où il va, je vais, on le perdra pas.

À une allure plus modérée, Sébastien entre dans la zone hôtelière des Portes de Lyon. Sans hésiter, il se dirige vers un établissement à trois étoiles, se gare sur le parking, s'arrête, descend, au grand étonnement de la sœur :

– Mais qu'est-ce qu'il fiche ?

Rien de plus que pénétrer dans l'hôtel et ne plus en sortir. Les regards de Marcel et de sœur Blandine se croisent, le moteur de la R 5 est coupé, les minutes filent, Sébastien ne ressort pas, quelle décision doit-elle prendre ?

– On fait quoi, maintenant, ma sœur ?

– Vous, vous m'attendez ici... Je vais aller voir.

– C'est peut-être dangereux ?

– Bonne sœur, mais ceinture noire de kodokan, ne vous inquiétez pas.

Dans ce qu'elle vient de dire, elle devra confesser au moins un péché : celui de l'orgueil, pas celui du mensonge... Car après tant d'années d'inactivité sportive, saurait-elle encore disputer un randori dans de bonnes conditions ? Quoi qu'il en soit, elle abandonne Marcel, de plus en plus fana de cette religieuse pas banale.

Elle traverse le parking, pousse la porte de l'hôtel, va directement vers la réception. Quand il relève la tête en prononçant un bonjour stéréotypé, l'homme aux clés d'or affiche sa déconvenue : une bonne sœur ! Que va-t-elle lui demander ? Des sous pour la kermesse ? Des colis pour les Inuits ? Des fonds pour les galeux ? Il s'attend à tout :

– Que puis-je pour votre service, ma sœur ?

– Juste un renseignement.

Comme quoi, ça ne sert à rien de baliser à l'avance :

– Je vous écoute.

– M. Sébastien Rampon... Il m'a donné rendez-vous dans un hôtel de la zone, mais je ne sais plus lequel. Or il m'a semblé l'avoir vu entrer ici... Est-il chez vous, pouvez-vous l'appeler ?

La voix du bonhomme – il s'appelle Edgard, c'est écrit sur son badge – change d'un dièse, ce qu'elle remarque sans sourciller, elle a une bonne ouïe :

– Non... Non, ma sœur, je ne connais pas de monsieur, comment dites-vous ? Rampon... Sébastien Rampon ?

– C'est son nom, oui. Plutôt jeune, avec des lunettes de soleil, vêtu d'une veste rouge... J'ai bien cru le voir entrer ici.

Le doigt d'Edgard tapote sur l'écran de son ordinateur :

– Désolé, ma sœur, mais je vous confirme que nous n'avons pas de client à ce nom... Et puis, si je puis me permettre, il y a une foule de messieurs qui portent une veste rouge, en cette saison, c'est de circonstance.

Ce n'est pas pour autant qu'elle a épuisé ses arguments :

– Je crois qu'il a une Mégane, comme celle garée devant votre établissement.

Il frappe sur son badge côté cœur :

– Oh ! ma sœur, vous touchez là un point sensible : c'est fou le nombre de gens qui stationnent sur notre parking alors qu'ils logent dans d'autres hôtels. On n'arrête pas de leur faire la chasse.

Au temps où elle était flic, il lui aurait fallu un quart de seconde pour le faire craquer, cet imbécile. Il se paye sa tête, Dieu s'en souviendra. Mais, pour l'instant, elle n'a plus qu'à repartir comme elle est venue :

– Tant pis, c'est que je me suis trompée… Bonne journée.

En quelques enjambées rapides, elle retourne vers la R 5 :

– Démarrez, Marcel, vite.

– Pourquoi, il y a du vilain ?

– Non, mais je suis sûre que mon ami le concierge nous observe, on s'en va.

– Pour aller où ?

– Ici… On fait le tour du pâté de maisons, on revient, et on se planque.

Aussitôt dit, aussitôt en première. Jamais la zone hôtelière n'a été parcourue aussi vite ; une minute après, ils sont de retour, en amont, mais bien placés pour observer les mouvements des clients de l'hôtel.

Un quart d'heure, une demi-heure, une heure… Rien de neuf, pas de Sébastien à l'horizon. Leurs yeux sont fixés sur la porte où entrent et sortent des Japonais, des Américains, des gens pressés, mais pas le neveu. Parfois ils partagent un cri d'espoir en croyant le voir apparaître, mais non, ce n'est pas lui… Sinon, ils ne parlent pas, ou très peu ; Marcel s'est pris au jeu, ses mains ne lâchent plus le volant sous la tension, il attend la sortie de l'homme qu'ils traquent, impatient de pouvoir enfin agir… Et sa stupeur n'est pas descriptible quand il entend sœur Blandine hurler de joie lorsqu'une femme pousse la porte de l'hôtel, en jetant des regards méfiants autour d'elle :

– Bingo ! Ça va, j'ai tout compris !

– Hein ?

– Mon cher Marcel, mon fils, mon associé, vous voyez cette femme, là-bas ?

– Ouais… Elle a quoi de particulier ?

– Deux fois rien : elle est la clé d'une énigme, de trois meurtres et d'un suicide.

Parfait… Il n'y a plus qu'à rentrer.

⁂

C'est terrible, insupportable, mais elle ne peut pas empêcher que le fou rire la gagne. Le problème est qu'il la prend toujours par traîtrise en plein milieu d'un enterrement. Freudien ou sacrilège, son comportement dépasse l'inadmissible, confine à l'hérésie, mais quoi qu'elle fasse, elle se marre, c'est plus fort qu'elle.

Pourtant, en ce mardi matin, sœur Blandine a de la peine ; elle partage le chagrin de ces gens venus rendre un dernier hommage à Alexis, elle voudrait leur apporter des paroles de réconfort… Mais ce geste lui est impossible, elle a du mal à retenir son rire ; même aux funérailles de ses proches elle ne pouvait le réfréner. Aussi, c'est en se mordant les joues jusqu'au sang qu'elle quitte d'urgence le petit cimetière de Jarnioux. Il faudra qu'un jour elle consulte un psy… dans son métier, ça la fiche mal.

Comme il semble bon de reposer là, au milieu des vignes, face au château perché sur le versant opposé. La vue est magnifique, on dirait le paradis, l'éternité sent bon la campagne beaujolaise.

Elle s'appuie contre le mur, hoquette, suffoque, se concentre sur les visages ravagés des Rutebœuf, les regards tristes des amis venus les soutenir, l'oraison pathétique du curé… Ça a l'air de marcher, son rire diminue, elle respire un grand coup… Mais ce qui la calme tout à fait, c'est l'arrivée du lieutenant Koëstler. Seul, apparemment grave, il vient vers elle d'un pas martial, la salue, paume de la main au képi :

– Ma sœur, pouvons-nous faire quelques pas ensemble ? J'ai à vous parler.

Ce cérémonial ne lui inspire rien de bon, mais peut-elle refuser ?

– À votre guise, lieutenant… De ce côté, par exemple ?

– Ce sera parfait.

En silence, ils cheminent côte à côte jusqu'à un plant de vigne où le lieutenant s'arrête. Il fouille dans ses poches, tend une enveloppe à la sœur :

– Pour vous, ma sœur, cadeau… Je sais que vous aimez les enveloppes.

– Pour moi ? Mais de quoi s'agit-il ?

– D'un billet que je vous demande expressément de ne pas lire avant ce soir.

– Mon Dieu ! Serait-ce vos dernières volontés ?

– Non, ma sœur, le nom de l'assassin. Il est bien convenu que nous devons l'arrêter ce soir, n'est-ce pas ?

Ce tour-là ne l'inspire pas, elle n'apprécie pas son humour :

– Que me racontez-vous, lieutenant ?

– La stricte vérité, j'ai découvert le coupable, son nom est inscrit à l'intérieur de cette enveloppe ; vous verrez bien après son arrestation si je me suis trompé.

– À quel jeu jouez-vous ?

Pour la première fois depuis qu'elle l'a rencontré, Koëstler sourit pleinement ; c'est pourtant vrai qu'il est beau, le bougre :

– Au jeu des chiffres et des lettres, ma sœur. À présent que la partie lettres est terminée, voyons celle des chiffres… Si je vous dis 434.1 et 434.12, que me répondez-vous ?

Décidément, elle n'apprécie pas du tout ses devinettes :

– Que ça sent son Dalloz.

– Exact, mais encore ?

– Entraves à la saisine de la justice, entraves à l'exercice de la justice, omissions, contraintes, amendes, emprisonnement, et la suite. Vous voulez des détails ou la livraison en gros vous suffit ?

– Elle me convient, ma sœur… Et ex-commissaire…

Ah ? Il sait donc, c'est fou le nombre de gens au courant de son passé :

– Entendu, vous connaissez mon parcours… Et après, vous cherchez quoi ?

– À ce que vous ne me preniez plus pour un abruti, ma sœur.

– Ça va être facile, lieutenant : je ne vous ai pris que pour un escargot, un enfileur de perles, quelqu'un de perdu dans ses manuels. Vous négligez détail sur détail, vous n'avancez pas… À part cela, je ne vous reproche rien.

– Nous y voilà ! Vieux débat entre flics et gendarmes… C'est vrai que nous ne jouons pas aux cow-boys avec de beaux brassards marqués police, que nous ne nous baladons pas dans des voitures rapides, gyrophares allumés… Nous, nous avançons avec méthode, suivant des plans rigoureux, sans nous agiter, mais je peux vous affirmer que ça donne des résultats.

– Je vous prends au mot : vous savez quoi de cette affaire ?

– Qu'on se fiche bien de nous avec cette histoire de maquisards, qu'elle cache en fait un conflit d'intérêts…

Jusque-là, bien… Il marque un point.

– Alors pourquoi avez-vous embarqué Henriette Rutebœuf ? C'est stupide !

– Non, tactique, ma sœur : je sais qu'elle est innocente, d'ailleurs elle est entendue comme simple témoin… Mais pendant ce temps, le coupable croit que l'on se repose sur nos lauriers ; il va moins se méfier. (Mais il ne l'a pas conviée pour lui détailler sa stratégie, il a mieux à lui confier :) On vous a laissée enquêter avec M. Cheuillade…

– Bigre ! « monsieur » Cheuillade, il n'est plus l'anar dont je dois me méfier ?

– C'est la seule erreur que j'aie commise, et je vous en demande pardon, ce journaliste est un type bien.

– Ah ! Et que lui vaut votre sympathie soudaine ?

– Les éloges du commissaire Victoire Amalfi avec laquelle je suis souvent en relation… Vous savez, dans des régions où tout se sait très vite, gendarmes et policiers n'ont pas les moyens de se balancer des peaux de bananes ; pendant qu'on se casse la figure, les voyous continuent à courir, on travaille donc en bonne entente, on s'entraide.

Elle commence à comprendre la suite :

– En fonction de quoi, je présume que vous êtes au courant de tout, de nos découvertes et de notre plan pour ce soir ?

– Je modifie votre discours : de votre plan génial… J'avoue que vous m'avez bluffé, je vous félicite, votre idée pour coincer le coupable vaut dix.

Les cloches de l'église sonnent, l'enterrement prend fin, les gens sortent du cimetière, les yeux rouges, le dos courbé.

– Bon ! Et qu'allez-vous en faire, de ce plan ?

– Mais l'appliquer, ma sœur, au quart de tour.

C'est toujours une consolation, mais elle n'y sera pas.

– Il est bien évident que M. Cheuillade et vous-même êtes les invités de la gendarmerie pour superviser son bon fonctionnement, on vous doit bien ça.

Mais c'est qu'en plus d'être beau, pas si idiot qu'il en a l'air, Koëstler se trouve être le plus charmant des gendarmes.

– Fort aimable, lieutenant, je tiens d'autant plus à être présente que je ne suis pas sûre du résultat… Il devrait nous réserver des rebondissements.

La main sur le cœur, Koëstler s'engage :

– J'ai mis un nom, dans cette enveloppe ; pour moi, l'identité du meurtrier ne fait pas l'ombre d'un doute... Je suis alsacien, ma sœur, je vous promets une caisse de rouge d'ottrott si je me suis planté.

Excellent vin, idéal sur une viande grillée... Elle en salive d'avance.

⁂

En plein champ, en pleine nuit, à faire le pied de grue depuis des heures collé à un arbre, Leninsky commence à trouver le temps long. Il a au moins pour consolation que le temps est beau, l'air de bonne facture ; ça le change des planques par moins cinq degrés, véritables calvaires tarifés d'avance à 39° de fièvre et dix jours d'antibiotiques. Ah ! gendarmerie... comme tes serviteurs poussent loin le sacrifice de leur personne, jusqu'aux prises de suppositoires pour que justice soit faite...

Une fois encore, ça crachote dans son oreillette :

– Allô, Renard blanc, ici Lapin bleu, vous m'entendez ?

– Affirmatif, Lapin bleu. Cinq sur cinq.

– Du nouveau, Renard blanc ?

– Négatif, Lapin bleu. Le parking est vide, rien ne bouge.

Ses jumelles à infrarouge balayent la surface du point de vue de Saint-Jean-des-Vignes, un terre-plein apprécié des promeneurs. De cette hauteur, on peut admirer un panorama unique, la vallée de l'Azergues, le Beaujolais, la Dombes, les Alpes quand il fait beau. Mais Leninsky n'est pas là pour en profiter, sa mission consiste à surveiller une pierre, un malheureux gros caillou tout ce qu'il y a de plus caillou. Et voilà bientôt six heures que ses yeux ne le quittent plus :

– Dès que ça remue, je vous préviens.

– D'accord, Renard blanc, terminé.

À l'autre bout de la fréquence, à peu de kilomètres de là, Koëstler repose l'appareil de transmission sous le regard narquois de Gontrand :

– Lapin bleu ?... Champêtre, mon lieutenant, pastoral. La gendarmerie ne manque pas de poésie, elle gagne à être connue. Mes lecteurs ne manqueront pas de s'en féliciter.

Sœur Blandine en ajoute une petite couche :

– Je ne vous voyais pas en lapin bleu, il va falloir que je force mon imaginaire.

Serrés tous trois comme des anchois dans une camionnette exiguë, ou le ton monte, ou ils le prennent à la rigolade. La deuxième solution semble préférable à Koëstler, il est de bonne humeur :

– Pour traquer le gros gibier, nous avons jugé plaisant d'imager notre dispositif, parfois nous ne résistons pas à une certaine forme de badinerie.

Les aiguilles de leurs montres ont dépassé minuit. Loup gris tarde à apparaître... C'est ainsi que le meurtrier a été baptisé. Le piège doit se refermer sur lui aussitôt qu'il aura pris la damnée enveloppe cachée sous le fichu caillou que Leninsky surveille depuis la fin de l'après-midi. Les ordres de l'inconnu ont été respectés à la lettre ; Luis Lopez est arrivé vers dix-neuf heures à Saint-Jean, il a garé sa voiture bien en vue, comme l'homme au téléphone lui a demandé de le faire, certainement pour le surveiller de loin. Patiemment, il a attendu que les touristes disparaissent avant de se diriger vers le muret qu'il lui a désigné, il a soulevé la troisième pierre du dessus en partant de la gauche, il y a glissé l'enveloppe, puis il est reparti. Dans cette scène, Loup gris ne sait pas que les gendarmes ont ajouté un personnage, un observateur discret, posté à bonne distance pour qu'il ne le découvre pas... Et justement, celui-ci se manifeste :

– Allô, Lapin bleu, ici Renard blanc.

– Renard blanc, je vous écoute.

– Ça mord, Lapin bleu, je vois une forme se mouvoir vers le muret.

– C'est lui, d'après vous ?

– Affirmatif. J'ignore d'où il a pu surgir, mais il est là... Ça y est, il soulève la pierre, il prend l'enveloppe.

– À quoi ressemble-t-il, Renard blanc ?

– Difficile à dire, il est tout en noir, il porte une cagoule.

– En gros, c'est un jeune, un costaud, un maigre ?

– Svelte, je pense. Mais trop tard, Lapin bleu, il s'est évanoui dans la nature. Vous aviez raison, il connaît le terrain, je sais pas par où il est parti.

– Votre mission est terminée, Renard blanc, on l'attend ici de pied ferme.

Ici, c'est le charmant petit village de Charnay où Edmond Rutebœuf a caché sa fameuse « découverte ». Ses maisons en pierres dorées ne connaissent que l'agitation annuelle des vendanges, c'est un écrin de calme, ignorant des courses-poursuites policières. Tout dort autour de « la Mansarde », l'ancien château seigneurial où le maire a pris ses quartiers. Dans ses ravissantes petites ruelles on ne rencontre que des chats en goguette, il ne s'y passe jamais rien de bien grave. Sauf cette nuit. Les véhicules de la gendarmerie sont cachés à ses abords, tous feux éteints, prêts à intervenir au commandement de Koëstler :

– Loup gris sort du bois, il ne va plus tarder.

– Dieu vous entende, lieutenant, espérons qu'il ne va pas reporter son expédition à plus tard.

– Vous le craignez vraiment, ma sœur ?

– Non... Il doit faire vite, il n'a pas d'autre solution pour atteindre son but, il peut redouter que Lopez ait lu la lettre, qu'il dévoile tout à la police, qu'elle vienne avant lui à Charnay.

Dans son coin, Gontrand soupire :

– Logique, logique... Que de crimes on commet en ton nom.

– Depuis quand un de Chailleux est-il pessimiste ? l'interroge la sœur.

– Depuis 1789.

Et l'attente se poursuit dans le silence. Vers une heure, sœur Blandine reprend le dialogue :

– Vous êtes sûr que Loup gris ne peut voir vos hommes, lieutenant ?

– Ils sont parfaitement cachés, ma sœur. Taupe orange a pris position à côté de l'église, dans un endroit où même une souris ne peut le découvrir. Il nous appellera dès qu'il verra notre bonhomme à l'œuvre.

– Et le curé, il a bien fait comme on lui a demandé ?

– Dans une collaboration exemplaire, je vous rassure. Le portail ne souffrira pas, on a allégé son ouverture.

Parfois, un message parvient d'une des voitures en faction pour signaler qu'un véhicule passe, mais rien de bien concret ne s'ensuit.

– Allô, Lapin bleu, ici voiture 3. Un cycliste en vue.

– S'il porte un maillot jaune, dites-lui que le Tour de France est ailleurs.

Il y a des limites aux procédures.

Ils se dévisagent, refusent de céder à leurs nerfs.

– Allô, Lapin bleu, ici Taupe orange.

– Lapin bleu, je vous écoute, Taupe orange, parlez.

Dans un même sursaut libérateur, sœur Blandine et Gontrand se rapprochent de l'ampli.

– Loup gris est arrivé, Lapin bleu, il est à pied, il a dû laisser sa voiture au loin.

– Que fait-il ?

– Il observe autour de lui, il s'assure qu'il n'y a personne.

– À quoi ressemble-t-il ?

– Loup gris est grand, tout en noir, avec une cagoule.

– C'est bien lui, Taupe orange. Dès qu'il sera dans l'église, prévenez-moi.

Quelques secondes s'envolent sans un mot sur la fréquence.

– Ici Taupe orange… Ça va être à vous, Lapin bleu, Loup gris force le portail de l'église… Il a un gros sac avec lui… Il regarde à gauche et à droite… Ça y est, il a forcé la serrure… Il entre.

Avec un synchronisme parfait, Koëstler tape sur l'épaule du chauffeur pour qu'il démarre et commande par radio :

– Ici Lapin bleu, à toutes les voitures, contact ! Je répète : contact !

En évitant de faire hurler les sirènes, d'allumer les gyrophares, les véhicules démarrent sur-le-champ, à toute allure, vers le centre de Charnay. En moins de deux, les gendarmes se retrouvent sur la place de la mairie, suivant un plan savamment mis au point, bloquent toutes les issues, les rues, les passages autour de l'église. Ils bondissent, pistolet au poing, se rangent près du portail. En chef responsable de la vie de ses hommes, Koëstler s'apprête à rentrer le premier, il commande :

– Burgeaud, Courtier, derrière moi, il peut être dangereux.

Prise dans le feu de l'action, sœur Blandine s'avance.

– Pas vous, ma sœur, attendez là.

Que croit-il ? Qu'elle va lui obéir ? Il est à peine entré dans la maison de Dieu qu'elle le suit aussitôt ; n'est-elle pas chez elle, après tout ?

Ce qu'elle voit en premier, c'est le curé d'Ars, tout sourires, les bras tendus, debout sur une stèle blanche. Puis les gendarmes, armes au poing, tendus, qui mettent en joue un individu cagoulé, perdu, paniqué, désespéré de ne pas trouver d'issue pour se sauver. À ses pieds, devant la chapelle Saint-Joseph, il a étalé des sacs, des outils, prêt à s'en servir pour briser l'autel. Il ne paraît pas armé, mais Koëstler se méfie :

– Les mains en l'air, pas un geste, l'église est cernée.

Conscient qu'il ne peut plus rien tenter, Loup gris capitule. À pas prudents, toujours méfiant, Koëstler s'approche :

– C'est fini, vous avez perdu.

Dans les échancrures de la cagoule, on ne voit que ses yeux derrière d'épaisses lunettes, et des larmes de rage. Le lieutenant fait signe à ses hommes de le saisir :

– Au nom de la loi, je vous arrête, monsieur Sébastien Ruffiet.

***

Le café est la plus belle invention au monde ; sans jus noir, l'homme ne pourrait résister à la fatigue, accomplir tant de belles choses la nuit pendant que d'autres dorment. Dans la gendarmerie de Villefranche, on ne compte plus les tasses avalées pour tenir debout, et encore moins les sucres. Le distributeur chauffe à blanc ; une chance, il marche, un cas rarissime : il accepte même les petites pièces jaunes. À demi dans le coaltar à force de ne rien faire, sœur Blandine et Gontrand résistent au sommeil grâce à une absorption immodérée d'arabica ; ils attendent, assis dans le bureau de Koëstler occupé dans une autre pièce à interroger le prévenu. Lui, il ne craque pas ; bientôt cinq heures du matin, et il répète toujours la même litanie, qu'il n'a tué personne, qu'il se contentait de voler les enveloppes, qu'il opérait seul.

Son entêtement finit par énerver le lieutenant. De peur de recourir à la bavure, les bonnes vieille baffes d'antan, il décide de s'accorder une pause. Il revient vers eux, s'assied, épuisé par le discours imbécile de Ruffiet. En quelques mots, il leur résume vulgairement la situation :

– Il nous prend vraiment pour des cons. À trop s'enferrer, son dossier va s'épaissir de vilaine façon ; aux assises, ça ne pardonnera pas.

Mais aucun d'eux ne songe à plaindre l'avenir de Ruffiet, personne ne l'a contraint à estourbir trois innocents... Quoique, pour sœur Blandine :

– Quelque part il dit vrai, lieutenant. Je ne pense pas que ce soit lui l'assassin.

Le sourire moqueur de Koëstler lui répond :

– Est-ce parce qu'une caisse de vin d'Ottrott vous échappe, ma sœur, que vous prenez le risque d'affirmer une telle conviction ?

– Non, pas du tout... Je reconnais que vous aviez bien deviné, le nom inscrit sur votre papier était le bon, mais Ruffiet, je le répète, n'a tué personne.

À ce sujet, un point obscur gêne Gontrand :

– Mais comment avez-vous su qu'il s'agissait de Ruffiet ?

– Grâce à vous, monsieur Cheuillade.

La dernière fois qu'un de Chailleux a eu cet air ébahi, c'était à la lecture des Droits de l'Homme et du Citoyen :

– À moi ?

D'un tiroir de son bureau, Koëstler sort une série de photos qu'il étale devant lui :

– Elles sont bien de vous ?

– De mon photographe.

Ils reconnaissent les prises de vue faites devant la maison des Rampon.

– Le commissaire Amalfi me les a confiées. Vous cherchiez un neveu, à la place on a trouvé un clerc de notaire peu scrupuleux.

– Et comment vous y êtes-vous pris ?

– Simplement : derrière lui, on distingue vaguement sa voiture. Notre laboratoire a fait des merveilles : on a grossi ce plan, on a réuni les morceaux, et on a obtenu ainsi une belle plaque d'immatriculation.

– Joli ! s'exclame sœur Blandine, il vous a suffi, ensuite, d'interroger le fichier des cartes grises.

– Exactement, ma sœur. Voilà comment nous avons découvert M. Ruffiet, clerc chez maître Blanchon… Le 13 juillet, il n'a pas résisté à l'envie d'ouvrir une des enveloppes blanches qu'il devait détruire. De là est né son plan pour récupérer les enveloppes bleues. Il a flairé un gros coup, l'avidité, la cupidité l'ont perdu.

– Mais ce n'est pas lui l'assassin.

Ce qu'elle peut être agaçante quand elle s'y met, elle a beau avoir été de la Criminelle, pour Koëstler, ça ne lui donne pas le droit de dire n'importe quoi :

– Mais enfin, ma sœur, il y a la réalité des faits !

Il est grand temps qu'elle s'en mêle, ça tourne à l'erreur judiciaire :

– Lieutenant, je peux vous garantir que l'arrestation de Sébastien a au moins permis d'éviter un autre meurtre. À l'heure actuelle, s'il n'était pas interrogé dans vos locaux, le Beaujolais compterait un cadavre de plus.

– Vous voyez bien, vous le reconnaissez.

– Pas si vite, lieutenant. Si ce meurtre n'a pas été commis, c'est pour la bonne raison que le tueur n'a pas de nouvelles de Ruffiet. À l'heure qu'il est, il attend devant son téléphone, ou il guette son arrivée, dans l'incertitude, dans l'angoisse, parce que le meurtrier aime Ruffiet.

Sceptique, mais ébranlé, Koëstler entre dans son jeu :

– Soit, si tant est que l'on puisse aimer un tel monstre, dites-moi à qui vous pensez ?

– J'ai suivi Ruffiet, hier, jusqu'à un hôtel de Limonest, j'y ai vu sa maîtresse.

Le rebondissement n'est pas pour déplaire à Gontrand :

– Diantre ! En plus de la Crime, notre religieuse fait dans les Mœurs.

– Et quelle est cette personne, ma sœur ?

– Barbara Ruteboeuf, lieutenant.

Voilà qui modifie ses plans, bouscule son agenda, il est pas encore couché, et dire que sa femme l'attend pour la conduire chez sa gynéco. Sacré métier, on ne fait jamais comme on veut :

– Ça signifie qu'elle est sa complice, mais pourquoi ?

– L'amour ne se commande pas, lieutenant. Barbara n'en peut plus de subir la loi de son mari, c'est une femme avec des appétits de femme, qui a besoin d'un peu de rêve dans sa vie, d'un discours autre que la vigne et le sport. Sébastien ne manque pas de charme, de culture, et sans doute de prévenance. Elle est certainement très amoureuse, au point de lui avoir livré mille petits détails sur les habitudes, les décisions, les déplacements des trois victimes. Voilà, par exemple, comment l'assassin a su que Jacques se promenait le soir dans ses vignes avec son enveloppe en poche.

– En conclusion, ils sont deux à avoir tué.

La question de la quantité ne mine pas l'esprit de la sœur. Elle songe plutôt à l'effondrement de Patrick, au chagrin de ses enfants quand les gendarmes vont venir arrêter Barbara.

– Bon, je n'ai plus qu'à demander à mes hommes d'aller la cueillir chez elle à l'heure légale. Je vais prévenir le juge pour les formalités.

– Minute, lieutenant, ce n'est pas tout.

Il n'en peut plus, qu'a-t-elle à ajouter ?

– Quoi encore, ma sœur ?

– Avez-vous bien réfléchi à deux éléments restés sans réponse ? Le premier, c'est qu'Eugénie Rampon m'a affirmé que Sébastien s'appelait Rampon, qu'il était le neveu de son mari… Pourquoi ? Le second concerne les armes. Vous voyez Ruffiet en tireur d'élite ? Il n'a pas cinq à chaque œil ; qui plus est, où aurait-il déniché un luger et un lebel avec leurs munitions, en parfait état de marche ? Je vous écoute.

– Pour le premier point, je n'ai pas la solution sur mes étagères, pour le second, j'ai comme dans l'idée que Barbara Rutebœuf, ancienne championne de tir, pourra nous éclairer.

Voilà les phrases qu'elle craignait, Koëstler a besoin de repos... Ou d'aide, il ne va pas s'en sortir tout seul :

– Lieutenant, avant de vous précipiter, acceptez mon pari : une caisse de cerdon contre deux d'ottrott si je découvre la vérité avant dix heures.

– Je ne vous savais pas si riche, ma sœur, où trouverez-vous les fonds ?

– Dans la poche de M. Cheuillade.

Heureux qu'on pense enfin à lui, Gontrand lance avec majesté :

– Les coffres de mon château vous sont ouverts, ma sœur, je garantis la mise.

– Alors, si vous ne voulez pas perdre, donnez-moi, s'il vous plaît, le numéro de téléphone de M. Villeneuve.

– Quoi ? Vous n'allez pas l'appeler à cette heure-ci ?

– Je vais me gêner, c'est un petit cachottier.

Il sort son carnet d'adresses, griffonne un numéro sur un papier.

– Sublime ! Puis-je m'isoler pour lui téléphoner, lieutenant ?

Intrigué mais soumis, Koëstler la conduit dans un bureau voisin où elle prend place, décroche, compose les dix chiffres inscrits...

– Quoi ? Qui c'est ? marmonne une voix pâteuse, pas aimable, pleine de sommeil interrompu.

– Bonjour, monsieur Villeneuve, sœur Blandine, à l'appareil.

– Hein ? Vous avez vu l'heure ?

– Oui, monsieur Villeneuve, c'est celui des comptes. Gaston Rampon est mort, le saviez-vous ?

– Mort ? Comment ?

La nouvelle a pour effet de le réveiller.

– Suicide, si on peut l'appeler ainsi. Son neveu, Sébastien Ruffiet, a été arrêté, on le soupçonne des meurtres des

Ruteboeuf et de Bonier ; je suis à la gendarmerie où on l'interroge.

– Ruffiet, dites-vous ?

– Oui, monsieur Villeneuve… Alors il ne s'agit plus de perdre de temps, parce que je ne crois pas qu'il soit l'assassin, celui-ci va encore frapper, je sais même qui… En conséquence de quoi, je vais vous dire ma version des faits, et vous allez m'apprendre le reste, parce que je suis persuadée que vous savez beaucoup plus de choses que vous ne voulez l'avouer…

Devant la porte du bureau, Koëstler se ronge un ongle, Gontrand bâille, chacun attend que la sœur en ait terminé en tuant le temps de la manière la plus ennuyeuse qui soit.

– C'est bon, lieutenant, préparez les caisses de vin.

Elle ressort avec un air volontaire, triomphant.

– Vous avez donc trouvé, ma sœur ?

– Oui, mais je vais avoir besoin de votre collaboration. Vous allez chercher Luis Lopez et Florence Pouly chez eux et les emmener tout à l'heure chez Eugénie Rampon. J'ajoute que Barbara Ruteboeuf ne sera pas de trop dans cette petite fête. Là, vous saurez tout, avant dix heures comme promis.

Koëstler n'en peut plus :

– Pas d'autres exigences ?

– Si, apportez bien sûr les trois enveloppes bleues.

Ben, pourquoi pas, pendant qu'on y est ? Des pièces à conviction…

– Au fait, lieutenant, Ruffiet a bien compris qu'il avait un faux entre les mains, fabriqué grâce aux bons soins du commissaire Amalfi ?

– On ne s'est pas privés de le lui dire. Il n'avait aucune chance de s'en sortir dans cette église… Croire que ce qu'il cherchait était dissimulé dans l'autel de la chapelle Saint-Joseph montre la stupidité du bonhomme.

– Un peu plus, et il n'hésitait pas à le fracasser, ricane Gontrand.

Sœur Blandine, encore moins charitable que ces messieurs, suggère :

– Nous apprécierions tous, je crois, que vous lui appreniez qu'à l'endroit où Edmond Ruteboeuf a caché sa « découverte », il n'y a plus de maison, mais « des » maisons… C'est une zone pavillonnaire depuis quinze ans.

D'aucuns prétendent que des maçons portugais venus travailler sur ce chantier sont retournés, depuis, dans leur pays, où ils vivent comme des rois.

Mais ceci, disait un ami humaniste, est une autre histoire.

***

Voyager dans une voiture de gendarmerie, on lui aura tout fait :

– *Madre mía*, mé faire oun affront pareil, à mon âge, ils profitent dé ma vieillesse, salopards.

Luis Lopez n'a pas eu le choix, il a dû suivre les valets de la réaction, les oppresseurs du peuple, sans se priver de leur cracher tout le bien qu'il pensait d'eux. Il en a encore en réserve, dommage, ils arrivent chez les Rampon.

Pas le temps de se coiffer convenablement, Florence a dû se contenter d'un rapide coup de peigne. Un soupçon de Chanel lui a quand même permis de suivre ces messieurs avec une certaine dignité. Elle se ferait bien les yeux, mais c'est trop tard, ils se garent devant le caveau.

Voilà maintenant une autre voiture de la gendarmerie ; Koëstler en sort pour ouvrir la portière de sœur Blandine ; Gontrand se débrouille très bien pour s'en extraire, il a l'air d'être le seul à s'amuser comme un fou dans cette agitation.

Tout ce beau monde se salue, Lopez lance des yeux noirs de haine à la religieuse, sûr qu'il ne fallait pas lui faire confiance, elle ne perd rien pour attendre. Barbara Rutebœuf, elle, n'ose regarder personne. Dans son coin, Florence vérifie un pli de sa robe. Chacun se demande ce qu'il fait là.

Représentant de la loi, le lieutenant se redresse pour lui faire honneur, il grimpe en premier le petit escalier, frappe à la porte… Elle s'ouvre immédiatement. Tout ce boucan a alerté Eugénie, elle ne dormait pas ; nul besoin de le dire, ça se voit sur ses traits :

– Lieutenant Koëstler ? Quelle surprise.

– Bonjour, madame Rampon, nous avons besoin de vous parler.

– Accompagné de tout ce monde ?

– Ça me paraît indispensable.

– Ah ? Pourquoi ?

– Nous avons arrêté Sébastien Ruffiet.

Ses réflexes sont encore bons malgré la fatigue, il a juste le temps de tendre les mains pour l'empêcher de tomber. Sœur Blandine arrive à la rescousse :

– Allez, Eugénie, ça va aller, suivez-moi, on va s'asseoir.

Pendant qu'elles entrent avec précaution, Koëstler ordonne aux autres de les suivre. La voix d'Eugénie se traîne, blanche, brisée :

– Pourquoi l'a-t-on arrêté ? Comment ?

– Il a été surpris en flagrant délit, Eugénie, il n'y a pas de doute sur sa culpabilité… Sébastien est bien le voleur des enveloppes bleues.

– Il risque quoi ?

– Des années de prison, peut-être la perpétuité si on prouve qu'il est l'assassin recherché, c'est ce que nous allons bientôt savoir.

– Il a rien fait.

Sous la surveillance des gendarmes, les invités malgré eux de sœur Blandine prennent place sur les sièges disponibles. Avec discrétion, mais de plus en plus amusé, Gontrand lui montre le cadran de la franc-comtoise : neuf heures trente-cinq, il lui reste moins d'une demi-heure pour gagner son pari. D'un petit signe du menton, elle lui fait comprendre que ça lui suffit, qu'elle contrôle la situation. Sans perdre un instant, le lieutenant introduit le sujet de la réunion :

– Je vous ai tous conviés ici à la demande de sœur Blandine. Vous savez, je suppose, que Sébastien Ruffiet a été arrêté cette nuit…

Deux séries de sanglots fusent, Barbara écrase une larme, Eugénie se prend le visage entre les mains.

– À l'heure qu'il est, il n'a rien avoué, mais ce n'est qu'une question de temps. Pour nous en faire gagner, autant que pour éviter une erreur judiciaire, sœur Blandine a des révélations à nous faire. Je lui laisse la parole.

Doucement, la sœur repousse Eugénie dans le canapé où elles se sont assises. Elle se lève, fait deux pas, commence :

– À l'origine de cette triste affaire, il y a la lecture du codicille d'Edmond Ruteboeuf… Que de précautions cet homme a prises pour nous révéler, cinquante-six ans après, pour être précis, qu'il avait fait une « découverte » extraordinaire dont il voulait faire bénéficier sa famille après sa mort… Mais aussi après celle de tous les Rampon, à l'exception de Gaston et d'Eugénie, restriction pour le moins bizarre… À tort, Edmond se croyait condamné à court terme, c'est la raison pour laquelle il n'a pas touché à ce qu'il a trouvé en se repliant pendant les combats de l'Azergues. (Elle fait une pause, compte sur ses doigts :) Trois questions, dans cette histoire, appellent des réponses : de quoi s'agissait-il ? Quels sont les amis qui l'ont aidé à transporter sa fameuse « découverte » et qui en ont profité ? Pourquoi fallait-il que les Rampon ne soient plus de ce monde à l'heure où le notaire ouvrirait son codicille ? (Lentement, elle passe entre les rangs :) Voyons la première ; j'ai ici les trois enveloppes bleues, je vais vous révéler leur contenu, mais à l'envers pour mieux servir ma démonstration. Je passerai sur le « où », nous savons qu'il s'agissait de la maison de Charnay, vendue par les héritiers d'Edmond à un promoteur immobilier... À sa place, nous pouvons y admirer des pavillons modernes... On en aura déduit que les crimes ne profiteront à personne. Quant au « comment », je vous fais grâce des pelles, pioches, outils à mesurer, précautions à prendre pour ne rien abîmer, et autres détails de la même veine que l'on peut lire sur le billet... En revanche, voici dans sa totalité ce qu'écrit Edmond sur le « quoi ».

Chacun retient son souffle, Sœur Blandine prend le sien :

– « Quoi ? Mes chers enfants, je vous cache pas que j'ai eu la pétoche de ma vie avec les Boches aux fesses. On s'est fait massacrer à Chazay ; avec des vieilles pétoires contre des automitrailleuses, on faisait pas le poids, on était dingues de partir au feu dans ces conditions. J'ai plus d'un copain qui est resté sur le carreau. Vous avez ma parole que j'ai décroché que quand ça n'a plus été tenable, j'ai pas à rougir de m'être fait la malle. Mais voilà, les Allemands sillonnaient tout le coin ; on dit qu'ils sont pas malins, mon œil ! Ils savaient nous débusquer, et leur artillerie faisait le reste. Dans cet enfer, j'ai couru comme un fou à travers les arbres jusqu'aux pentes du château, j'ai suivi les petits bois en me dissimulant comme je le pouvais. Il faisait nuit. À un moment, je les ai entendus arriver, ils se sont arrêtés pas loin de moi, et ils ont pas hésité à balancer des grenades au petit bonheur. Il a fallu que je trouve à me planquer au plus vite. Mes yeux ont alors vu un trou dans le coteau ; avec les explosions, des pierres étaient tombées, ça formait un orifice où j'ai pu me glisser. Quand ils sont partis, plus tard, j'ai réussi à fabriquer une torche. Je l'ai allumée. C'est là que j'ai vu les livres. Oui, je dis bien des livres. Je sais pas qui les a mis là et quand, certainement des nobles ou des moines pendant la Révolution, mais ce que je peux vous dire, c'est qu'il y en avait quatorze caisses bien lourdes. Ma foi, j'ai pas été beaucoup à l'école, ça m'a pourtant pas empêché de comprendre qu'il y en avait pour beaucoup d'argent. Par la suite, en étudiant la question, j'ai pu mettre un nom sur ces bouquins. Il s'agit d'incunables, de livres d'heures, de grimoires avec plein d'enluminures, mais aussi d'éditions originales anciennes, dont la Bible de Gutenberg qui vaut des sous (je l'ai gardée). Moi, j'en ai conservé la moitié, l'autre est revenue à des amis pour le coup de main qu'ils m'ont donné à transporter ma découverte jusqu'à un endroit que j'indique dans une de mes trois lettres. Voilà, mes enfants, tout ça vous appartient, il y en a pour une fortune, soyez prudents pour les vendre. Bon courage. »

Un peu écœurée, sœur Blandine replie le papier :

– Quant à ce qu'est devenu ce fantastique patrimoine, allez savoir ! Il y a décidément culture et culture, cultivateur et cultivé, mais je ne ferai pas de vilains jeux de mots.

Ceci lâché, elle se plante devant Luis Lopez :

– Deuxième question : quels étaient ces mystérieux amis dont il est fait mention ? Ils ont profité de la moitié de ce trésor, on peut s'intéresser à eux, non ? Qu'en pensez-vous, monsieur Lopez ?

L'Espagnol s'étonne de pouvoir répondre à cette garce :

– Jé n'ai pas d'avis, jé souis pas de ces gens-là.

– Ça n'est pas un scoop, monsieur Lopez ; pourtant, vous auriez pu bénéficier de la manne, Edmond vous a certainement sollicité.

– J'en ai pas lé souvenir.

– Comme vous n'avez pas celui qui pourrait vous rappeler les noms de vos camarades qui l'ont aidé… Ou alors, par solidarité pour vos anciens compagnons, ou par amour, vous avez plutôt décidé de les oublier. Je sais que vous détestez l'argent, ça fait partie de vos convictions, et que vous privilégiez l'amitié.

Elle se tourne vers Florence :

– Et c'est en son nom que Luis ne vous a jamais dénoncée, madame, ni vous, ni votre mari, ni ses deux camarades qui ont prêté main-forte à Edmond dans son entreprise de déménagement.

– Vous divaguez, ma pauvre sœur. Serait-ce le cas, qu'il faudrait encore le prouver.

– Je l'admets. La réussite des trois mousquetaires a étonné à la Libération, mais personne n'est allé voir ce qu'ils ont fabriqué pendant leurs quelques mois d'absence de Villefranche. A-t-on besoin d'être devin pour comprendre qu'ils ont été vendre leur butin à Paris ou ailleurs ? Ils en sont revenus riches… Et la rumeur a parlé de services rendus aux Américains… Que voilà une opinion publique bien pratique !

Le mépris est l'attitude choisie par Florence Pouly pour répondre aux accusations de la sœur : elle lui tourne carrément le dos.

– Si vous saviez comme vous avez tort d'agir ainsi avec moi, madame Pouly… Dans quelques secondes vous ne saurez plus comment me remercier de vous avoir sauvé la vie.

– Hein ? Vous ne pensez pas exagérer un peu ?

– Je crois sincèrement, au plus profond de mon âme, que c'est vous qui avez exagéré. Vous saviez beaucoup de choses qui auraient pu aider la police pour trouver l'assassin ; si vous étiez sortie de votre silence, il y aurait certainement eu moins de tués. Mais voilà, votre passé vous oblige à vous taire, cette histoire de codicille fait resurgir une malversation pour laquelle la république pourrait bien vous demander des comptes. Vous avez peur, madame Pouly, peur pour votre argent.

La conclusion fait sourire Luis Lopez.

– Et vous, vieux républicain de mes pieds, arrêtez de ricaner !

– Mais jé né vous permets pas !

– Je vais me gêner : vous rendez-vous compte que votre complicité a contribué à la mort d'innocents ? Vous avez protégé l'argent, Chomard ; bien, très bien pour une fin de carrière de révolutionnaire.

L'argument porte, Luis n'ose plus en placer une. Mais sœur Blandine ne le lui permettrait pas, elle a déjà épuisé la moitié de son temps :

– Nous voici arrivés à la troisième question : pourquoi les Rampon ? Il est de notoriété générale qu'après la mort d'Eugénie et Gaston, la branche s'éteindra. Alors qu'est-ce qui motivait le calcul d'Edmond pour affirmer qu'il n'y en aurait plus un seul, à part eux, en l'an 2000 ? Curieux, non ?

Avis partagé par Gontrand dont le menton bouge en signe d'affirmation.

– J'ai été très étonnée de l'entêtement de Gaston à ne pas vouloir citer le nom du maquisard inconnu de la photo. Par le docteur Gromentin, j'ai appris que son nom de code était Berthier. Ce brave résistant, bien que venant d'ailleurs, connaissait bien le Beaujolais ; Gaston lui portait une grande amitié... Et plus personne ne se souvient de lui... Sauf quelqu'un, un témoin du Vercors qui a du mal à livrer des informations, comme si nous étions toujours occupés. Vous verrez que le Vercors est un élément capital. Bref, ce monsieur, nommé Villeneuve, a consenti à parler ce matin, il était temps ! Et c'est grâce à lui que j'ai appris que Berthier s'appelait...

La voix de Luis termine sa phrase :

– Gilbert Ruffiet.

– Vous le saviez donc ?

– Comment voulez-vous qué jé l'ignore ? J'ai en plous travaillé ici, avec Gaston, pendant des années.

– Et Gilbert est le père de Sébastien. Petit détail, il l'a eu à cinquante ans passés, en 63, après la mort d'Edmond... Ça ne provoque rien en vous ?

Si, au lieutenant Koëstler :

– Cela voudrait dire que si Sébastien est le neveu de Gaston, sans qu'on sache comment, Gilbert était son frère... Ou un parent à la mode de Bretagne ou du Limousin, peu importe, qu'il considérait comme tel.

Ce sur quoi Gontrand poursuit :

– Et vu l'âge de Gilbert, quand Edmond a écrit son codicille, il était à cent lieues de penser qu'il se marierait sur le tard et qu'il aurait un fils. Contre tout calcul et toute attente, il reste bien un Rampon, même si c'est un Ruffiet... Mais de quelle branche ?

Plus que dix minutes pour conclure, sœur Blandine reprend :

– Quand j'ai rencontré maître Blanchon, il m'a relaté une vieille affaire qui avait opposé les Rampon et les Rutebœuf il y a quatre-vingt-dix ans de cela. Ce différend marque la date de la haine entre les deux familles... Que viennent faire les Ruffiet là-dedans ?... Je vais vous l'apprendre, M. Villeneuve a consenti à me le révéler.

Mais non, ce sera Eugénie qui va le faire, c'est son histoire, elle ne peut permettre qu'une autre s'en charge :

– Laissez, ma sœur, c'est moi qui vais le dire... Gaston avait une sœur beaucoup plus âgée que lui, une jolie fille, Marie-Louise elle s'appelait. Un peu avant la Grande Guerre, jeune, insouciante, elle s'est laissé séduire par un vieux cochon qui a profité d'elle, un vrai salaud, une ordure... Gilbert est né de cette maudite union... Bien entendu, le salopard n'a rien voulu savoir, et pour cause, il était déjà marié.

Il paraît utile à la sœur de compléter la révélation :

– Et cet homme s'appelait Rutebœuf, n'est-ce pas ?

– Oui, c'était le père d'Edmond... Heureusement pour Marie-Louise, le père de Gaston a pu arranger l'affaire. À l'époque, être fille mère c'était pas rien comme honte... Il l'a mariée à un brave garçon nommé Ruffiet qui a bien voulu reconnaître le gosse. Ils sont partis dans le Vercors, et voilà.

Plus que sept minutes, la sœur doit conclure avec Eugénie :

– Ce qui fait de Sébastien un Rampon et un Rutebœuf.

– Mais avec le caractère des Rampon.

– Voilà où je me demandais l'avoir déjà vu : il a le nez étrange des Rutebœuf.

– Mais il a pas sa part de leur gâteau.

– Non, et il la mérite autant que les autres. C'est donc pour cela que vous les avez tués ?

La question soulève des fesses de leur siège et des ho !

– Parce que c'est vous la meurtrière, Eugénie, c'est cela qu'avait compris Gaston quand le Dr Gromentin lui a parlé du luger et du lebel... Pour ne pas vous dénoncer, il a préféré se suicider, et vous l'avez laissé faire... Vous auriez pu l'en empêcher, vu son état, mais vous n'en avez rien fait.

Eugénie regarde l'assistance écroulée de stupeur. Elle prend son temps avant de murmurer :

– Oui, ma sœur, c'est exact...

Du coup, chacun veut lui poser des questions, mais la sœur fait taire les clameurs, c'est son enquête, son interrogatoire :

– Ça vous est toujours resté en travers de la gorge que les Ruffiet ne soient pas reconnus par les Rutebœuf.

– Pire : ça me fait vomir. Ils se bambanent avec tout leur argent, sans avoir jamais été à l'école, alors que Sébastien en a manqué pour faire ses études. Quand il nous a retrouvés, c'était trop tard. Un garçon si doué. Quel gâchis.

– C'est pourquoi lorsqu'il a lu ce que contenait une des enveloppes blanches, vous lui avez conseillé d'aller voler la bleue d'Alexis, chez lui.

– Oui, il fallait savoir de quoi ils héritaient encore.

– Et Barbara, sa maîtresse, lui a indiqué où et quand il pourrait la trouver ?

– Exactement. Dès qu'ils sont tous partis au feu d'artifice, il est entré chez eux. Je lui avais conseillé de casser quelques bibelots pour la mise en scène, il ne fallait pas que Barbara soit inquiétée, il fallait donner l'impression d'avoir cherché.

Mais ça ne justifie pas les meurtres, reste à les expliquer :

– Et cette enveloppe révélait le « quoi » que j'ai lu devant vous ?

– Oui.

– Vous en avez pris connaissance et vous avez compris que non seulement il s'agissait d'une fortune à saisir, mais surtout que vos anciens amis du maquis vous avaient trahis pendant la guerre.

– Tous des salauds ! Cet argent, on en avait besoin pendant la guerre, on manquait de tout, les copains tombaient comme des mouches. J'ai tout de suite compris qui en avait profité... La Pouly, là, dans son coin, elle peut jouer les grandes dames, elle l'emportera pas au paradis.

– Bien entendu, elle était sur votre liste ?

– D'un jour à l'autre, elle y aurait eu droit.

Le regard de sœur Blandine à Florence en dit long ; bien entendu, elle n'attend pas de remerciements.

– Quand j'ai lu la lettre d'Edmond, j'ai décidé de venger nos amis morts d'avoir pas eu les moyens de combattre. J'ai versé une bonne dose de somnifère dans le verre de Gaston, et je suis partie à Messimy. Par chance, j'y ai retrouvé Alexis tout seul. Il a pas eu le temps de comprendre.

– Moi non plus, je vous l'avoue... Pourquoi lui, Jacques, Gustave ? Ils n'avaient rien à voir avec cette histoire ?

– Ah ! D'en haut, il fallait que le vieil Edmond paye ses fautes ; voir ses enfants crever par nos armes, ça a dû le remuer dans son enfer. Et son gendre c'est pareil, surtout lui, si imbu, fier comme tout d'être le plus riche, d'avoir le plus de vin.

– C'est pour le punir que vous avez détruit ses cuves ?

– Ça lui a fait les pieds de voir son argent foutre le camp dans le ruisseau.

Pour sœur Blandine, le contrat est presque rempli :

– Et où avez-vous caché le luger et le lebel, Eugénie ?

– Comme en 40, dans une des cuves du caveau.

Eugénie met ses lunettes... La franc-comtoise sonne dix heures.

Au fond, est-elle contente d'avoir gagné son pari ?

⁂

Deux jours ont passé.

Après une remontée de cornettes de première catégorie, sœur Blandine a pu expliquer sa nuit mouvementée à mère Adrienne. Sa réaction a été à la hauteur du personnage :

– C'est bien d'avoir contribué à la justice des hommes, ma sœur. Mais maintenant je vous condamne à faire pénitence et à prier pour que cette pauvre Eugénie sache se préparer à la justice de Dieu... Et pas un mot de tout cela à sœur Guillemette, je vous en prie.

Bien entendu, Gontrand a tenu parole : il n'a jamais cité son nom dans ses articles.

Et aujourd'hui, Koëstler tient la sienne : il vient livrer ses deux caisses de rouge d'ottrott.

– Bonjour, lieutenant. Alors, j'ai appris que notre sœur vous avait fait des misères ?

– Non, ma mère, au contraire ; sans elle, nous serions encore à rechercher la vérité.

C'est bien. Ça lui suffit comme compliment.

– Et ça, ce sont les fameuses bouteilles du pari ?

– Oui, elles viennent de chez moi, en Alsace.

– Ah ! L'Alsace... Beau pays, beaux soldats. J'en ai connu quelques-uns dans la Légion qui n'avaient pas froid aux yeux, excellents chrétiens par ailleurs.

Ce qui devait arriver arrive : sœur Guillemette vient se joindre à eux, sous le prétexte d'un prétexte de robinet, de fuite, bref, pour savoir de quoi ils parlent. Aussitôt, mère Adrienne change de sujet :

– Et tous ces pauvres gens tués, lieutenant, les a-t-on rendus à leurs familles ?

– Affirmatif, ma mère. Ils seront enterrés demain.

La supérieure réfléchit, se tourne vers sœur Blandine :

– Il serait bon que vous y alliez, ma sœur, ces personnes auront besoin de réconfort.

Un enterrement ! Ça y est, ça la reprend, à la seule idée de s'y rendre, elle part dans un fou rire incontrôlable. Il est tellement énorme que Koëstler en est gagné à son tour, bientôt suivi de mère Adrienne.

Abattue, effarée, sœur Guillemette fuit ce trio de fous.

Elle réfléchit : le latin est-il indispensable pour écrire à un cardinal ?

CET OUVRAGE
A ÉTÉ ACHEVÉ D'IMPRIMER
SUR ROTO-PAGE
PAR L'IMPRIMERIE FLOCH
À MAYENNE EN AVRIL 2000

N° d'éd. 103. N° d'impr. 48572
D.L. mai 2000
(Imprimé en France)